산속의 가을 저녁 山居秋暝

빈 산, 새로 내린 비 막 갠 뒤

날 저물자 가을이 깊어졌다

밝은 달 소나무 사이로 비치고

맑은 샘물은 돌 위로 흐른다

대나무 숲 시끄럽게 빨래 하는 아낙네들 돌아가고

연꽃 요동치게 고깃배가 내려가네

봄날의 향기로운 꽃 없어진들 어떠리

은자만 절로 머물만 한 것을

空山新雨後　天氣晚來秋　明月松間照　清泉石上流

竹暄歸浣女　蓮動下漁丹　隨意春芳歇　王孫自可留

개방각하

丐幇閣下

개방각하 5

도욱 新무협 판타지 소설

초판 1쇄 찍은 날 § 2004년 12월 20일
초판 1쇄 펴낸 날 § 2004년 12월 30일

지은이 § 도욱
펴낸이 § 서경석

편집장 § 문혜영
편집 § 장상수 · 서지현 · 한지윤
마케팅 § 정필 · 강양원 · 이선구 · 김규진 · 홍현경

펴낸곳 § 도서출판 청어람
등록번호 § 제1081-1-89호
등록일자 § 1999. 5. 31
어람번호 § 제2-0493호

주소 § 경기도 부천시 원미구 심곡1동 350-1 남성B/D 3F (우) 420-011
전화 § 032-656-4452 팩스 § 032-656-4453
http://www.chungeoram.com
E-mail § eoram99@chollian.net

ⓒ 도욱, 2004

ISBN 89-5831-357-9 04810
ISBN 89-5505-215-7 (SET)

개방각하

丐幫閣下

5

대륙난전(大陸亂戰)

Fantastic Oriental Heroes

도욱 新무협 판타지 소설

도서출판 청어람

제5권
대륙난전(大陸亂戰)

| CONTENTS |

□ 제40장 □
역시 무대붕은 만만한 사람이 아니었다

역시 무대붕은 만만한 사람이 아니었다

—아직 날 모르나 본데…
난 아줌마 남편 잡으러 온 특사영반이야.
서열상으로 아줌마 남편보다 많이 높은 분이라구

같은 시각,

각하 대행 무천표의 지시를 받고 산서의 태원성, 협서의 장
안성, 안휘의 봉양성, 호북의 무창성과 형주성의 성주들을 독
대하고 있는 개방의 용사들.

그들은 무천표와 광마불이 그랬던 것처럼 각 성주들을 상대
로 약점과 비리를 추궁하고 협박하여 일제히 항복을 받아내는
것 같았는데, 단 한 군데에서 예상치 못한 반격을 받고 있었으
니…

그곳은 바로 산서의 태원성이었다.

"후후, 그러니까 뭐냐? 내가 죽은 쌍둥이 형을 대신하여 지
금 이 자리에 앉아 있다 이 말이냐?"

삼십대 후반에 반듯한 이목구비와 자신감에 찬 얼굴이 인상
적인 젊은 태원성의 성주 뇌군악은 싸늘한 냉소를 쳤다.

"세상에 그 말을 어느 놈이 믿지? 그런 말 같지도 않은 헛소리를?"

그는 송충이처럼 짙은 눈썹을 부릅뜨고 그의 앞에 앉아 있는 일남일녀의 개방인들 무섭게 응시했다.

"우리가 맘먹고 떠들고 돌아다니면 다람들은 더덜로 믿을 두밖에 업더요. 우리는 딕구가 무려 육만 명이 넘거든요. 그렇게 되면 덩두님은 덩밀 내다(정밀 내사)를 받게 될 거고, 그러면 결국 탄로가 날 두밖에 업더요."

일남일녀 중 혀가 지독히도 짧은 사내는 득의만면한 표정으로 열심히 더듬거렸다.

혀 짧은 사내, 그는 다름 아닌 환규였고 그의 옆에 앉아 있는 여인은 바로 가옥이었다.

"후후. 아무리 정밀하게 내사한다 할지라도 그것을 입증할 수 있는 사람은 이 세상에 아무도 없어."

뇌군악은 단호한 표정으로 소리쳤다.

"형두님이 잇딴아요?"

"……!"

순간 당당하던 뇌군악의 표정이 딱딱하게 굳어버렸다.

"덩두님이 다른 다람은 다 독일 두 잇겟띠만 형두님만은 독일 수 업단아요? 더욱이 덩두님이 그 다리에 안게 된 거또 따디고 보면 모두 형두님 때문이라던데."

그랬다.

태원성주 뇌군악은 본시 쌍둥이 형제였다.

뇌군악이란 이름도 본래는 그의 이름이 아닌 쌍둥이 형의 이름이었고, 그의 본명은 원래 뇌군명이었다.

형 뇌군악은 공부를 열심히 하여 스물둘이란 나이에 대과에 장원 급제를 할 정도로 우수한 인재였던 반면, 뇌군명은 학문보다는 무술에 뜻을 두는 바람에 어느 무림명파에서 무공 연마에만 전념했다.

　그러던 중 육 년 전, 뇌군명은 산서의 지방 현령(縣令)으로 근무하다가 뇌군악이 쓰러졌다는 소식을 듣고 형의 집을 찾았다. 그러나 뇌군명은 형과 말을 몇 마디 나누지도 못하고 그만 그의 죽음을 목격하게 되었다.

　처음엔 뇌군명도 형을 대신할 생각은 하지 못했다.

　그러나 젊은 형수와 어린 조카들을 보니 무술밖에 할 줄 모르는 자신의 능력으로는 그들을 보살펴 줄 수는 없었고, 고위 공직자가 되어 힘없는 백성들도 어깨를 펴고 살 수 있는 그런 사회를 만들겠다는 꿈도 펼치지 못하고 허망하게 요절을 한 형의 죽음이 너무도 애석했는데 뜻밖에도 형수가 제안을 했다.

　형의 죽음을 알고 있는 사람은 뇌군명과 자신밖에 없다며 형을 대신해 달라고!

　그러면서 그녀는 형과 관련된 주변 사람들에 대한 조언을 해주었고, 어떻게 처신하라는 것까지 일러주어 뇌군명이 뇌군악으로 완벽한 탈바꿈하도록 만드는 데까지는 성공을 했는데…

　그렇게 먼저 제안하고 적극적으로 조언까지 하며 탈바꿈을 시킨 장본인인 그녀가 그의 곁을 떠난 것은 아마도 한 가닥 남은 양심 때문이었다.

　과부로서 어린 자식 둘을 키우기가 너무도 두려운 나머지 그와 같은 계획을 꾸미긴 했지만, 시동생과 잠자리까지 함께한다는 것이 결코 편치가 않았다. 그리고 그럴 때마다 이상하게도 꿈에서 죽은 남편이 분노한 얼굴로 나타나자 그녀는 더 이상 양심의 가책을 견디지 못하고 자식들을 잘 부탁한다는 편지만을 남긴 채 홀연히 사라졌던 것이다.

뇌군명은 한때 형수이자 자신의 부인이기도 했던 그녀를 생각하자 분노가 치밀어 올랐다.

그녀 때문에 시작한 대역 인생이었지만 그는 어느 누구보다도 가정에 충실했다. 아버지의 죽음을 모르는 어린 조카들은 그때부터 지금까지 자신을 생부로 알고 지냈고, 그 역시 친자식처럼 그들을 아끼고 보살폈다.

삼촌인 자신도 친자식이 아닌 조카들을 위해 온갖 애정을 다 쏟아 부었거늘 생모인 그녀는 단지 양심의 가책이라는 이유 하나만으로 자신이 꾸민 모든 음모를 훌훌 털고 도망치고 말았으니 그녀에 대한 감정이 어찌 유쾌할 수 있겠는가.

그러나 그녀에 대한 분노는 차후 문제고, 그는 일단 자신을 생부로 알고 있는 조카들에 대한 믿음과 현재의 위치를 절대 잃어버리고 싶지 않았다.

촤앙!

뇌군명은 신속하게 검을 뽑아 들며 환규의 얼굴을 겨누었다.

"이, 이게 무든 덧입니까?"

환규는 눈을 휘둥그렇게 뜨며 당황했다.

"후후, 나에 대해서 그렇게 세밀하게 뒷조사를 했다면 내가 한때 화산파에서 가장 촉망받던 화산사룡(華山四龍) 중의 하나라는 것도 알고 있겠지?"

화산사룡.

한때, 화산파의 미래를 이끌어갈 네 명의 후기지수를 가리키는 이름이었다. 뇌군명의 증발과 함께 그 이름은 사라지게 됐지만, 그와 함께 사룡으로 꼽히던 인물들이 지금은 화산의 주요 요직을 맡고 있을 정도로 출중했고, 특히 무공 면으로는 화산의 장로들과 비교해도 결코 뒤지지 않을 만큼 젊은 나이에 엄청난 성취를 이룬 인물들이었다.

"다, 당연히 그 덩도야 알고 왔도."

"후후. 난 내 과거가 밝혀지는 것을 원치 않아. 비록 그녀에 의해 어이없이 대역 인생을 살게 되었지만 나를 진심으로 존경하고 신뢰하는 자식들을 위해서라도 이젠 도저히 본래의 자리로 돌아갈 수가 없다. 절대로!"

"그래서? 우릴 죽여 입을 막겠다는 게냐?"

계속 입을 다물고 지켜보고만 있던 가옥이 처음으로 입을 열었다.

"후후, 물론이지. 난 그녀가 나와 자식들을 버리고 도망친 후에도 아이들에게 상처를 주기 싫어서 이날까지 재혼도 하지 않았다. 재혼을 하여 진짜 내 피를 이어받은 내 자식들이 태어나면 혹시라도 그 아이들을 차별하지 않을까 하는 생각 때문에."

"……."

"이제 내게 그 아이들의 존재는 그만큼 절대적이다. 내 아이들에게 절대 지난 일을 알려지게 하고 싶지 않다. 그러기 위해선 안타깝더라도 너희들은 좀 죽어줘야겠다."

뇌군명의 눈가에 싸늘한 살기가 감돌기 시작했다.

"그, 그렇게 되면… 덩두님 입당이 곤란해딜 텐데……. 우리가 안 돌아가면 우리 개방 딕구들이 일데히 들고일어나더 그 다딜을 까발리고 돌아다니면 어떨려구?"

"까발릴 테면 얼마든지 까발려 보라구. 거지새끼들의 헛소리에 장단을 맞춰줄 사람은 결코 많지가 않을 테니까.”

차가운 냉갈과 함께 뇌군명의 검이 차가운 한줄기 검광을 뿌리며 환규의 목을 노리고 들어왔다.

쇄액!

“허… 허거걱!”

꽈다당탕!

환규는 기겁을 하며 의자와 함께 뒤로 나뒹굴었다.

앉아 있는 상태에서 짓쳐드는 검날을 피하기 위해선 의자와 함께 뒤로 자빠지는 게 최선의 선택일 수밖에 없었다.

타앗!

하나 뇌군명은 그것을 예상한 듯 가볍게 탁자를 뛰어넘으며 재차 공세를 펼쳤다.

파츠츠츳!

고막을 후벼 파는 파공성과 함께 화려한 검광이 자빠져 있는 환규의 동공 가득 채워졌다.

환규의 무공은 결코 하찮은 수준이 아니다. 아무리 뇌군명이 한때 화산사룡이었다 할지라도 정상적으로 맞붙었다면 승부를 예측할 수 없을 정도로 환규 역시 만만치 않은 절정의 고수다.

그러나 지금 상황은 결코 정상이 아니었다.

환규는 자신들의 앞에서 뇌군명이 꼬리를 내릴 수밖에 없다고 철썩같이 믿고 있었고, 설령 그가 검을 뽑아 들었다 할지라도 그건 단지 허세일 뿐 결코 자신들에게 그 어떤 위해를 가할 수는 없으리라고 너무도 확신했다.

그러한 방심이 지금과 같은 절체절명의 위기를 맞게 된 것이었다.

"이, 이런 띠발……."

환규는 자신의 얼굴을 향해 수직으로 내리찍는 검을 쳐다보며 이런 상황을 전혀 예상치 못한 자신의 태만함을 원망했다.

그 순간,

까앙!

환규의 얼굴 앞에서 강렬한 불꽃과 함께 병기의 마찰음이 터졌다.

"……?"

뇌군명은 눈을 부릅떴다.

어느새 몸을 낮게 숙인 가옥이 자신의 감산도(坎山刀)를 환규의 얼굴 바로 앞에 들이밀며 내려치는 뇌군명의 검을 막아낸 것이었다.

"계집, 제법이군."

"잘 봤다. 네가 상대할 사람은 아무 생각이 없는 저 친구가 아니라 바로 나다."

가옥은 무심한 음성을 발하며 자신의 감산도 위에 얹어져 있는 뇌군명의 검을 걷어올렸다.

"계집과의 싸움만큼은 무슨 일이 있어도 피한다는 게 그동안의 철칙이었으나 나의 현실을 지키기 위해 어쩔 수 없이 금기를 깨게 되는군."

"나를 이긴다면 넌 너의 현실을 지킬 자격이 있다."

"계집, 정말 당돌하군. 이제 갓 스물 정도로밖에 안 보이는 어린 계집이 그런 광오한 소리를 거침없이 내뱉다니."

"사설이 길다. 너도 입으로 싸우는 그런 부류냐?"

"하하하! 좋다. 도대체 뭘 믿고 그토록 당돌하게 구는지 어디 그 재주나 한번 보자꾸나."

호탕한 웃음과 함께 뇌군명은 자신이 화산사룡 시절 가장 자신있게 구사했던 매화구식(梅花九式) 중 제이식인 매화선풍(梅花旋風)을 펼치기 시작했다.

파츠츠츳!

지면을 낮게 떠오르는 듯한 신법과 함께 가옥을 향해 쏘아드는 뇌군명의 검끝에선 마치 회오리바람과도 같은 검기가 쏟아져 나왔다.

"훗! 보기는 참 좋군. 실속은 별로 없어 보이지만."

가옥은 입가에 조소를 머금으며 감산도를 번뜩였다.

이어 그녀는 도영(刀影)을 뿌리며 거침없이 맞공세를 펼쳐 나갔다.

채앵! 차차창—!

요란한 도와 검의 마찰음이 공간 가득 울려 퍼지기 시즈했다.

그러자 성주전 밖에 있던 뇌군명의 부관이 의아한 표정으로 살짝 문을 열어 장내의 상황을 엿보았다.

부엉이처럼 큰 눈을 갖고 있던 부관은 장내에서 예상치 못한 한바탕 혈전이 벌어지는 것을 목격하자 그 큰 눈을 더욱 크게 떴다. 그리고는 경비병들을 향해 다급하게 소리를 쳤다.

"성주전에서 싸움이 났다. 어서 병력을 소집하라. 어서!"

시간이 흐르자 뇌군명의 얼굴은 경악과 함께 땀으로 뒤덮여 갔다.

'아, 아니? 이, 이게 대체 무슨 도법이란 말인가? 이토록 극심한 변화에 사혈만을 정확히 파고드는 집요함이라니!'

그러나 가옥은 마치 이제부터가 본격적인 시작인 듯 탄구비류사십팔수 중의 제삼십구식인 비류회선도식(飛流回旋刀式)으로 상대를 더욱 거칠게 몰아쳤다.

쐐애애액!

엄청난 도광이 공간을 번뜩이자 뇌군명의 장대한 몸이 이리저리 쏠리며 그저 피하기에 급급했다.

"흥! 재미없군. 화산사룡이니 뭐니 하길래 싱거운 상대는 아닐 거라고 생각했거늘."

가옥이 냉소를 치며 신형을 허공으로 날렸다.

챙! 차차창! 차앙!

허공으로 몸을 날린 가옥은 천근추의 수법으로 몸을 급히 낙하하며 연이어 십여 번의 도식을 발출했다.

"허억!"

뇌군명은 다급한 비명을 터뜨렸다.

그는 더 이상 광풍처럼 몰아치는 가옥의 공세를 막지 못한 채 무너지듯 바닥에 주저앉았다.

"네가 졌다. 패배를 인정하겠지?"

가옥은 쓰러진 뇌군명을 향해 감산도를 겨눴다. 인정하지 않는다면 즉시 목을 날려 버릴 듯한 기세였다.

그 순간,

"멈춰랏!"

콰쩌쩌쩍!

성주전의 모든 문들이 거칠게 부서지며 수십 명의 병사가 병기를 들고 몰려들었다.

이어 병사들은 뇌군명의 목에 감산도를 겨누며 위협하고 있는 가옥과 환규의 주변을 둥그렇게 에워쌌다. 만약 그들이 뇌군명에게 허튼수작이라도 부리면 당장 응징할 태세였다.

"후후, 어쩌지? 인정하고 싶었는데 내 부하들이 몰려왔구만."

뇌군명은 가옥을 올려다보며 여유를 부렸다.

"인정 안 하면 너는 죽는다."

가옥의 대답은 여전히 무심했다.

"후훗. 그렇게 되면 너희 둘은 아마 내 부하들에 의해 형체조차 구별할 수 없을 정도로 갈기갈기 찢겨 나갈 것이다."

"상관없다."

"쓸데없는 배짱을 부리기보다는 현실과 타협하자구. 나를 살려준다면 나 역시 너희들의 안전을 보장하마."

"죽고 싶지 않다면 부하들을 내보내고 패배를 인정해라. 그것만이 네가 살길이다."

가옥의 대답은 여전히 무심하고 냉정했다.

"호오, 타협을 하기 싫다 이건가?"

"나의 타협은 그것뿐이다."

"내 부하들에 의해 갈기갈기 찢겨 죽을 텐데도?"

"호호. 너와 달리 우린 거지들이다. 생명처럼 소중한 자식도 없고 잃어야 할 명예도 없다."

가옥이 냉소를 치자 뇌군명은 흠칫거렸다. 말처럼 그녀에게선 결코 죽음에 대한 두려움 따윈 찾아볼 수가 없었다.

"다시 말하지만 우린 죽는다 해도 잃을 게 없어. 하지만 넌 아냐. 그렇지가 못해."

"……."

"어쩔 테냐? 네가 재혼조차 안 하면서까지 그토록 지켜주고 싶은 아이들을 두고 내 칼에 죽을 테냐? 그럴 수 있다면 그냥 고개만 끄덕여라. 간단한 일 갖고 시간 끄는 건 질색이니까."

"……."

뇌군명은 고개를 끄덕이지 못했다.

그는 가옥의 말대로 본의 아니게 대역 인생을 살긴 했지만, 형이 남긴 자식들에 대한 마음만큼은 친부이상으로 뜨겁고 애틋했다.

어떡하든 그 아이들이 장성할 때까지만이라도 생부 이상으로 아이들을 지켜줘야만 한다. 그런 목적 하나로 지금껏 살아왔고 앞으로도 살아가겠노라고 수없이 맹세하지 않았던가!

뇌군명은 천천히 고개를 들어 부엉이 눈을 쳐다보았다.

"부관, 어서 병사들을 물러가게 하라."

"서, 성주님?"

"어서!"

뇌군명은 무섭게 눈을 부릅뜨며 버럭 노성을 질렀다.

"아, 알겠습니다."

부엉이는 어쩔 수 없는 듯, 정중히 인사를 하고는 몰려온 병사들과 함께 실내에서 사라져 갔다.

"휴우우~"

병사들이 모두 물러가자 환규는 크게 한숨을 쉬며 무너지듯 주저앉았다. 만약 뇌군명이 고개를 끄덕였다면 지금쯤 가옥과 자신은 걸레처럼 찢겨진 시체로 둔갑해 버렸을 거라고 생각하니 어찌 그의 심장이 벌렁거리지 않을 텐가.

'뎅당! 다음부턴 가옥이 더 계딥애랑 함께 다니딜 말아야디. 무튼 계딥애가… 둑든 말든… 완던 똥배땅이라니까.'

환규는 가옥 때문에 자신이 구사일생으로 살아났다는 사실을 까맣게 잊은 채 가옥의 배짱만을 한없이 원망하고 있었다.

뇌군명은 천천히 일어났다. 그리고 쓸쓸한 표정으로 가옥을 바라보았다.

"비밀을 보장해 주겠다니 고맙다. 그리고 목숨을 보존시켜 줘서 고맙다. 말하라, 그 대가가 무엇인지를."

그 얘기는 곧 대가가 무엇이든 치르겠다는 의미였다.

이렇게 해서 가장 힘들었던 산서의 태원성주까지 모두 위대한 개방인들의 빛나는 활약에 모두 굴복하고 말았다.

이제 남은 것은 무대붕뿐이었다.

　　　　　*　　　　*　　　　*

꽝! 꽈르릉―

거대한 폭음이 울려 퍼졌다. 동시에 흙먼지가 자욱하게 일어나 시야를 가렸다.

뒤로 물러서 있는 마창악을 비롯한 특사 요원들과 정주성의 병사들은 자신들의 눈앞에서 펼쳐지는 엄청난 무공들의 충돌에 연신 감탄을 금치 못한 채 넋을 잃은 표정으로 쳐다보았다.

그리고 그들은 흙먼지 속에서 하나의 인영이 비틀거리며 뒤로 물러나는 모습도 발견할 수 있었다.

"끄윽~"

곽궐은 신형을 비틀거리며 술 취한 사람처럼 뒤로 주춤거렸다. 혈색 좋고 피둥피둥했던 그의 얼굴이 창졸간에 핼쑥하게 변해 있었다.

반면에 무대붕은 여전히 그 어떤 흔들림도 없이 우뚝 서 있었다.

"제법이군."

곽궐의 말끝이 미미하게 떨리는 것으로 보아 상당히 놀란 모양이었다.

"황실에 너 같은 인물이 있으리라곤 꿈에도 예상치 못했다. 어디서 배운 무공이냐?"

"천하제일 무림문파의 무공이다."

"소, 소림? 그럼 네놈은 소림사 출신이란 말이냐?"

곽궐은 눈을 휘둥그렇게 뜨며 의아한 표정을 지었다.

"한심한 놈. 한때 광동성과 복건성 일대를 주름잡던 최강의 고수니 어쩌니 하는 놈의 식견이 그 정도밖에 안 되냐?"

무대붕은 빈정거리듯 혀를 찼다.

"쯧쯧. 하긴 그따위로 세상 높은 줄 몰랐으니 무공으로 서열을 매기면 황제감이라느니 하는 헛소릴 지껄였겠지."

"뭐, 뭐가 어째?"

"이 무식한 놈아! 어째서 무림 최고의 문파가 개방이지 소림이냐? 쪽수로 보나 무공 수준으로 보나 구성원들의 인물 수준으로 보나, 그리고 이건 가장 중요한 건데… 방주라는 자의 됨됨이를 보나 모든 면에서 소림 빡빡 대가리들보다야 한 수, 아니, 열 수 위가 바로 개방이다! 알겠냐?"

곽궐이 소림사를 무림 최고의 문파로 취급하자 무대붕은 너무도 불쾌한 나머지 콧김까지 씩씩 내뿜으며 인상을 붉혔다.

"그럼… 네놈은 개방 출신이라는 얘기냐?"

"너무 많이 알려고 하지 마라. 어차피 다칠 거, 더 세게 다친다."

"황제가 정말 제정신이 아닌가 보군. 특사영반이라는 막강한 자리에 개방 출신의 거지새끼를 앉혀놓다니……."

곽궐은 어이없다는 표정으로 비아냥거렸다.

"그렇게 생각없이 아무렇게나 인사 정책을 펼치고 있으니 나라 꼴이 이 모양 이 꼴이겠지."

"얼씨구? 애국자 나셨군. 마누라 덕에 성주 자리에 앉은 주제에 참 별 걱정을 다하네? 얼마나 비웃음을 당하려고."

"뭐, 뭐가 어드래?"

분명 먼저 빈정거린 것은 곽궐이었으나 모욕감으로 시뻘겋게 달아오른 것도 곽궐이었다.

"흥분할 것 없어. 세상에 비밀이 있는 것 같아도 이미 아는 사람은 다 안다. 넌 마누라 덕에 출세한 놈이라고. 그리고 마누라가 만약 공손창의 딸이 아니었다면 때려죽여도 애가 둘씩 딸린 과부와는 절대 결혼하지 않을 간교한 인간이라고."

"빠드득! 이, 이 육시랄 놈이!"

곽궐은 눈알이 뒤집힐 것 같은 분노에 휩싸였다.

수많은 부하들 앞에서 자신의 치부를 당당하게 까발려지는 그 심정이 오죽하겠는가. 더욱이 부하들에게 그동안 자신을 세상에 둘도 없는 영웅이자 호걸이라며 수시로 떠벌리던 곽궐이었다. 짓뭉개진 체면을 위해서라도 무대봉을 무조건 박살을 내야만 했다.

"으아아아! 이놈! 머리통을 부숴 버리고 말 테다!"

곽궐은 귀청을 찢을 것 같은 괴성을 토하며 무대봉을 향해 맹렬히 달려들었다,

고오오오!

그의 쌍권에서 짙은 어둠이 무시무시한 기세로 쏟아져 나왔다. 마치 어둠을 응축시켜 놓았다가 일시에 터뜨리는 것 같은 광경이었다.

스스로 강호 최고의 권법으로 일컬어지는 소림의 벽보신권보다도

한 수 위라 자부하는 진천권이 하늘을 진동시킬 듯한 기세로 짓쳐들었다.

하나 무대붕은 놀라기는커녕 오히려 냉소를 쳤다.

"흥, 세상은 넓고 무공도 많은 법. 그 정도의 권법은 개방에도 있다."

무대붕은 최극강의 공력을 둥글게 말아 쥔 주먹에 모으며 자신을 향해 광포하게 몰려드는 권풍을 향해 힘차게 뻗었다.

개방 방주에게만 전해지는 비전 절학인 걸신항마권(乞神降魔拳)이 펼쳐지고 있는 것이다.

쾅! 쫘르릉—

공간이 요동친다. 초절정의 권법들이 충돌하자 동헌 전체가 흔들리는 듯한 모습이었다.

'허걱! 아, 아니, 이게 대체 무슨 권법인가? 천하에 백보신권 외에도 진천권에 버금가는 권법이 존재하다니!'

곽궐은 찢어질 듯 눈을 부릅뜨며 크게 흠칫했다.

그러나 불행하게도 그에겐 당황할 만한 여유가 없었다.

"네놈의 밑천이 다 떨어진 모양인데, 그럼 이제 끝을 보자구. 타아앗!"

낭랑한 기합성과 함께 무대붕은 엄지와 새끼손가락을 제외한 나머지 세 손가락을 곧게 펴며 곽궐의 심장을 겨눴다.

파파파팟!

지강이 마치 시차를 두고 쏘아대는 화살처럼 곽궐의 심장을 향해 파고들었다.

'아, 아니? 놈이 태, 태극회선지(太極廻旋指)까지?!'

곽궐은 무대붕이 펼치는 지강에 경악을 삼켰다.

그렇다.

무대붕이 지금 시전하고 있는 무학은 지난날 광마불까지도 경악하게 만들었던 바로 그 태극회선지였다.

인지, 중지, 약지의 세 손가락으로 지강을 격출시키는 지공 중의 하나다.

태극회선지는 세 개의 손가락에서 한꺼번에 똑같이 지강이 발출되지 않고 시간차로 연쇄 공세가 펼쳐지는 탓에 막아내기가 불가능한 대류 최강의 지공이다. 바로 그 최강의 지공이 곽궐과 수많은 중인들의 앞에서 펼쳐지고 있었다.

'워낙 수련이 난해하고, 내공 또한 심후해야만이 연마가 가능한 태극회선지를… 그래서 아직껏 어느 누구도 제대로 시전한 인물이 없었다는 태극회선지를… 어, 어떻게 저리 새파란 놈이……?!'

자칭 천하제일인 곽궐과 모두가 인정하는 천하제일인인 광마불의 차이는 바로 여기서 극명하게 나타난다.

광마불은 막아내기가 불가능하다는 태극선회지를 그보다 더욱 강맹한 무공으로 대항하며 맞받아 쳤으나, 안타깝게도 곽궐은 여기까지가 한계였다.

파파파팍!

"크으윽!"

곽궐은 피를 뿜으며 뒤로 물러났다.

비록 처음엔 허둥대며 막아낼 수 있었으나 시간차로 숨돌릴 틈 없이 쑤시고 들어오는 태극선회지를 곽궐은 더 이상 감당하지 못하고 연속적으로 격중당했던 것이다.

"마지막이다!"

이미 방어 태세조차 갖추지 못하고 한없이 비틀거리는 곽궐을 향해 무대붕의 걸신항마권이 다시 한 번 격출됐다.

콰앙!

"크아아악!"

폐부를 쥐어짜는 듯한 처절한 단말마의 비명과 함께 곽궐의 신형은 한없이 뒤로 곤두박질쳤다.

꽈당당탕!

담벼락 밑에까지 곤두박질친 후 곽궐의 신형은 몇 차례 몸을 크게 떨더니 마치 개구리처럼 널브러지고 말았다.

이로써 길고 긴 초절정고수들 간의 격렬했던 승부는 끝이 났다.

"……."

장내는 언제 하늘이 울리고 땅이 흔들렸냐는 듯 너무도 조용했다.

'세, 세상에! 우리 영반님이 무림의 고수라는 소문은 들었지만 저 정도로 엄청날 줄이야!'

'워낙 허풍이 심하기에 사실 반신반의를 했었는데… 저토록 가공할 무공의 소유자였다니!'

구경하던 특사부의 요원이나 정주성의 수많은 병사들이나 모두 한결같이 입을 쩍 벌리고 넋이 나간 표정을 짓고 있었다.

'맙소사! 우리 성주님이 개구리처럼 뻗었어. 그동안 우리에게 늘 자신은 적수가 없어 외롭다고 하던 우리 성주가……!'

'근데 난 우리 성주가 당했는데 왜 이렇게 기분이 좋지?'

'아마 모두 비슷한 심정일걸? 녹봉도 쥐꼬리만큼 주면서 온갖 생색은 다 내고, 게다가 걸핏하면 손찌검이나 해대던 저 인간에게 측은지심

이라도 갖는다면 정신에 상당히 문제가 있는 놈일 게야.'

자신의 병사들에게까지 인심을 잃은 곽궐은 특사부 요원들에 의해
온몸에 쇠사슬이 묶이기 시작했다.

그때였다.

"뭣들 하느냐! 성주님께서 체포되는 것을 보고만 있을 거냐? 어서
저자들을 모두 해치워라! 어서—!"

느닷없이 송곳처럼 뾰족한 여인의 음성이 터졌다.

공손정.

곽궐의 부인이자 공손창의 막내딸인 바로 그녀였다.

하나 그녀의 사갈스런 외침에도 불구하고 병사들은 그저 난처한 표
정만 지을 뿐 전혀 미동도 하지 않았다.

"아니? 이 멍청한 자식들아! 왜 가만있는 거야! 어서 몰려들어서 저
놈들을 해치우라는 내 얘기 못 들었어?"

공손정은 나서질 못하고 묵묵히 서 있는 병사들을 향해 욕가지 내뱉
으며 잡아끌었다.

"마, 마님……."

토끼처럼 앞니 두 개가 돌출한 부관 서생출이 조심스럽게 그녀의 앞
으로 나섰다.

"이, 이건 저희도 어쩔 수가 없습니다."

"왜? 어째서?"

"성주님께서 약속을 하셨거든요. 다른 사람들 피해주지 말고 사나이
답게 일 대 일의 승부로 결정하기로 말입니다. 그래서……."

쫙!

불행하게도 서생출의 보고는 더 이상 이어지질 못했다. 진지한 표정

으로 열심히 보고하고 있는 그의 뺨을 공손정이 호되게 갈겼기 때문이다.

"미친놈! 지금 그걸 말이라고 지껄이는 거냐! 그깟 약속이 뭐가 중요해? 당장 성주님이 잡혀가게 생겼는데!"

"하, 하지만 사나이들의 세계에서의 약속은 생명보다도 중요한 것이라서……."

서생출은 벼락처럼 얻어터진 뺨이 아직도 얼얼하긴 했지만 워낙 부관이라는 본연의 직무에 충실한 인물이었던 탓에 아픔을 참고 보고를 했다. 하나 그의 그러한 충실한 노력도 공손정에게는 모두 트집거리에 불과했다.

"뭐가 어째? 이 밥통 같은 자식아. 어떻게 약속이 생명보다 더 중요하다는 거냐? 생명은 누구에게나 단 하나뿐이다! 하지만 사람이 살면서 수십 수백 번도 더 하는 게 약속인데 어째서 그게 더 중요하다는 거냐? 이 한심하다 못해 덜떨어진 자식아!"

"하지만 사나이들은……."

"입 닥치지 못해! 닥쳐! 닥치라구, 이 머저리 같은 자식아!"

빠각!

공손정은 서생출의 정강이뼈를 걷어찼다. 어찌나 세게 갈겼는지 뼈가 아스러지는 소리가 들렸다.

"으왁! 아이고오~"

서생출은 주저앉으며 얻어터진 정강이를 잡고 고통스러워했다.

빡! 빠빡!

"너 같이 한심한 놈이 부관이라니! 죽어! 아예 죽어버려!!"

어디서 몽둥이를 구했는지 잔뜩 흥분한 공손정은 그렇지 않아도 상당히 고통스러워하고 있는 서생출을 미친 듯이 두들겨 팼다.

"얼씨구? 저 여편네가 부관을 마치 북어 패듯이 패네?"

무대붕이 어이없다는 표정을 짓자 마창악이 대답했다.

"공손 집안의 피가 원래 저런 모양입니다. 예전에 어떤 하인이 구걸하러 온 거지가 워낙 불쌍하여 집 안까지 불러들여 식사 한 끼를 대접했는데… 그랬다고 공손 승상이 그 하인을 직접 두들겨 패서 반병신을 만들었다는 얘기가 있었습니다."

"아니, 거지에게 더운밥 한 끼 대접했으면 마땅히 칭찬을 할 일이거늘 두들겨 패서 병신을 만들어? 왜? 뭣 때문에?"

거지에게 밥을 줬다는 이유로 하인을 팼다는 소리에 무대붕은 험악하게 인상을 일그러뜨리며 재차 물었다.

"거지가 집에 들어오면 재수가 없다나요? 그리고 냄새도 고약하고."

"뭐? 그랬다고 하인을 반병신으로 만들어? 그 착한 하인을?"

"게다가 나중에 그 거지가 자기네 집 구조를 알고 도득질이라도 하러 들어오면 어쩔 거냐고 했다고 합니다. 그렇게 경호 므사들을 많이 깔아놓고도 도둑이 들어올까 봐 겁이 났나 봅니다. 대체 얼마나 재산이 많길래……."

"이런 씨앙! 이거 또 머리 뚜껑 열리네!"

무대붕은 콧구멍 평수를 늘리며 연신 씩씩거렸다. 대단히 흥분했을 때 나타나는 그만의 증상이었다.

콱!

그는 흥분 상태로 공손정에게 다가가 부관을 개 패듯이 패고 있는 그녀의 몽둥이를 움켜잡았다.

"헉! 뭐, 뭐냐?"

공손정이 당황하며 그를 쳐다보았다.

"아줌마가 뭔데 사람을 잡는 거지? 아줌마도 한번 그렇게 당하게 해줄까?"

"아, 아줌마? 이, 이놈이 감히 내가 누군지 알고 주둥이를 함부로……!"

"아직 날 모르나 본데… 난 아줌마 남편 잡으러 온 특사영반이야. 서열상으로 아줌마 남편보다 많이 높은 분이라구."

"이, 이 자식아! 난 승상의 딸이다! 공손 승상님의 영애(令愛)라구. 알겠냐?"

"응, 알아. 그리고 그 영감탱이도 이제 곧 잡아넣을 거야."

"뭐가 어째? 이 자식이!"

공손정은 치솟는 흥분을 참을 수 없다는 듯 무대붕을 향해 손을 휘둘렀다. 그러나 여자의 손짓에 얻어맞을 무대붕이 아니다.

콱!

"아악!"

무대붕이 날아오는 그녀의 손목을 움켜잡자 공손정은 얼굴을 일그러뜨리며 비명을 내질렀다.

"아악! 이거 안 놔?"

그녀는 인상을 쓰며 자신의 팔목을 잡고 있는 무대붕의 손을 물어뜯었다.

"윽! 이, 이 아줌마가 정말?"

무대붕은 자신도 모르게 그녀의 따귀라도 후려치려는 듯 손을 번쩍 쳐들었다.

"에휴, 내가 원래 여자를 체질적으로 못 때리는데……."

무대붕는 문득 한숨을 길게 내쉬었다. 그리고는 이내 벼락처럼 그녀의 따귀를 갈겨 버렸다.

쫘악!

"으아악!"

공손정은 뾰족한 비명과 함께 널브러지며 기절해 버렸다.

솥뚜껑 같은 무대붕의 손으로 후려쳤으니 어찌 온전할 수 있겠는가?

"아무리 참으려 해도 아줌마는 좀 맞아야 돼. 우리 황제 형님을 괴롭히는 악독한 공손창의 딸이라는 것도 그렇고, 멀쩡한 부하들을 괴롭히는 성격 지랄 같은 여편네라는 것도 그렇고."

아무리 그렇다 해도 태어나서 처음으로 여자에게 손찌검을 했다는 느낌이 유쾌하지는 않은 듯 무대붕은 씁쓸한 표정으로 뻗어 있는 그녀를 바라보았다.

그리고는 벼락같이 고개를 돌려 특사부 요원들에게 소리쳤다.

"그 자식, 다 묶었냐? 그럼 어서 돌아가자!"

□ 제41장 □

공손창의 몰락

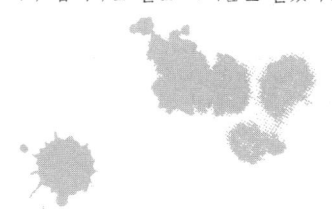

공손창의 몰락

—자네들 대체 지금 무슨 소리를 지껄이고 있는 건가?
그러니까 내가 잡혀가든 말든 자네들만 살겠다는 것인가?

새해가 밝았다.

춘절(春節).

대륙 최대의 명절이기도 한 이날 아침부터 금마국의 황성엔
대륙의 새로운 강자로 등장한 야율노극에게 새해 문안 인사를
드리기 위해 수많은 의정대신(議政大臣)들과 흑도무림인들이
몰려들었다.

"폐하! 만수무강하옵시고, 부디 기필코 천하제패라는 대업
을 이루시길 바라옵나이다."

"하하하! 고맙소. 지혜롭고 용맹스러운 그대들과 함께 기필
코 대업을 이루고 말겠소이다."

신년 세배가 끝난 후 야율노극은 아침부터 대궐로 모여든
충성스런 신하들을 넓은 대청으로 불러 주연(酒筵)을 베풀었
다.

되도록 음주가무를 삼가는 야율노극이었으나 그동안 전쟁을 하느라고 지친 여러 문무대신들을 격려하는 차원에서, 그리고 금마국의 깃발 아래 새롭게 충성을 맹세한 중원 흑도무림인들을 환영하는 의미에서 처음으로 성대한 주연을 마련했던 것이다.

"폐하! 여기 모이신 많은 분들의 면면을 보니 지금이라도 당장 황도 낙양을 쓸어버릴 수 있을 듯한데, 어서 출전령을 내리심이 어떨는지요? 요즘 좀 쉬었더니 몸이 근질근질해서 미치겠습니다."

전쟁을 할 때 삶의 희열을 느낀다는 병참제독 타미루가 술을 한 잔 들이키며 입을 열었다. 정말 매우 권태롭고 따분한 얼굴이었다.

"소신 또한 타미루 제독과 생각이 같습니다."

거기장군(車騎將軍)이라는 감투를 하사받은 비무기도 한마디를 거들었다.

비무기가 잡방이라는 삼류문파의 방주에서 금마국의 고위층 무장(武將)에 해당하는 거기장군으로 변신할 수 있었던 것은 그가 중원 흑도무림인들을 매우 적극적으로 금마국의 깃발 아래 끌어 모았기 때문이다. 과거를 비춰 오늘을 비교해 본다면 이만저만한 출세가 아닐 수 없었다.

"저희 흑도인들은 오늘이라도 당장 정파무림인 자식들을 박살 내고 싶어 미칠 지경입니다. 그동안 그 망할 놈들의 위세에 기 한번 제대로 펴지 못하고 삑 하면 무림공적으로 몰려 도망 다니던 생각을 하면… 그냥 모두 찢어 죽이고 싶을 뿐입니다!"

비무기의 잡방은 워낙 삼류방파였기 때문에 흑도나 백도로 구별될 만한 입장이 아니었다. 개방 거지 출신들로 구성원들이 이루어진 만큼 백도라고 할 수 있겠지만, 워낙 하고 다니는 일들이 추접스러웠던 탓에 백도무림에는 속하지 못했다.

이를테면 백도와 흑도 사이에 다리 하나씩을 걸친 회색 문파였고, 그나마도 세인의 관심을 가질 만한 곳이 못 되었던 탓에 백도무림인들에게 그의 말처럼 뼈저린 한이 있을 수밖에 없었다.

　그럼에도 불구하고 그는 말은 그렇게 했다. 백도무림인들의 위세 때문에 기 한번 펴지 못하고 살았던 게 미칠 정도로 억울했노라고.

　현재 장내의 분위기는 금마국의 앞길을 막겠다고 나선 중원 백도무림인들에게 보다 큰 적개심을 가질수록 자신에게 조금이라도 유리한 상황이었고, 그런 이유 때문에 비무기는 없는 한까지 만들어내며 열변을 토한 것이다.

　"하하, 여러분들의 뜻과 의지는 잘 알겠으나, 전투력 증강을 위해서 휴식은 절대적으로 필요한 법이오. 휴식이 없는 강행군은 병사들을 지치게 하기 마련이니 병사들의 힘을 극대화시키기 위해서라도 지금은 재충전을 해두어야만 할 시기외다."

　야율노극은 껄껄 웃으며 잔을 높이 들었다.

　"자~ 본좌와 여러분들의 숙원인 대륙 제패의 그날이 이제 얼마 남지 않았소. 그 영광의 날을 위하여 모두 술잔을 부딪쳐 봅시다!"

　"대륙 제패의 그날을 위하여!"

　"폐하! 천세! 천세!"

　기마대장군 오록호리가 선창을 하자 모든 중신들이 우렁찬 음성으로 따라 외쳤다.

　새해의 첫날, 금마국은 황제인 야율노극 이하 모든 중신들이 술잔을 부딪치며 이렇듯 단합된 모습을 보이고 있었다.

　　　　　*　　　　　*　　　　　*

영중제의 춘절은 그 어느 때보다도 쓸쓸했다.

여느 때 같았으면 공손창을 비롯한 대신들의 신년 하례를 받았겠지만, 황제와 공손창의 반목 때문인지 그에게 새해 인사를 드리러 오는 신하들은 거의 없었다.

자신들의 출세를 좌지우지할 수 있는 사람이 황제인 영중제보다는 공손창이라는 사실을 잘 알고 있는 탓에 굳이 그의 눈 밖에 나면서까지 영중제에게 신년 하례를 올린다는 게 아무래도 꺼림칙했기 때문이다. 그러나 그에겐 백 명의 신하보다도 든든한 아우 무대붕이 있었다.

"뭐라? 대붕이, 그게 사실인가?"

영중제는 눈을 휘둥그렇게 뜨며 무대붕을 바라보았다.

"백성들에게서 걷은 세금을 착복하고 터무니없는 상소문을 올린 여덟 성주로부터 세금은 물론 충성 각서도 받아냈단 말인가?"

"예, 형님. 일단 이것부터 보시지요."

무대붕은 각기 다른 여덟 장의 각서를 건네주었다.

촤르륵!

영중제는 서둘러 상소문들을 펼쳐 보았다.

"이, 이럴 수가……!"

그는 모든 상소문들을 펼쳐 보면서 당혹감을 금치 못했다.

그동안 자신들이 저지른 죄에 대한 깊은 참회와 함께 앞으로 그 어떤 사심 없이 폐하를 위해 충성을 다 바치겠다는 내용도 그렇거니와 그런 내용들을 붓이 아닌 피로 적었다는 것이 더욱 놀라웠던 것이었다.

"모두 혈서를 쓴 만큼 두 번 다시 형님께 반기를 드는 일은 없을 겁니다."

"정말… 이걸 자신들의 피로 썼단 말인가?"

"예. 제가 체포한 곽궐이 쓰는 걸 보니 손가락 한 개에서 나오는 피로는 턱없이 부족하더군요. 아마 대부분이 열 손가락 모두 깨물어서 썼을 겁니다. 움하하하!"

"이, 이런……."

영중제의 가슴에 큰 격랑이 일었다.

공손창의 수족이자 언제라도 지방 호족과 결탁하여 황실에 반기를 들 수 있는 입장인 여덟 성주가 자신에게 항복은 물론 충성을 맹세하는 혈서까지 보냈으니 어찌 감동하지 않을 수 있겠는가?

"대, 대붕이! 대체 어떻게 이와 같은 일을……?"

영중제는 혈서를 직접 확인했음에도 불구하고 도무지 믿어지지가 않는 모양이었다.

"움하하하! 형님, 언젠가 제가 말씀드렸잖습니까? 이 무대붕이 맘만 먹으면 못할 일이 없다고."

무대붕은 득의양양한 표정으로 웃음을 터뜨리며 말을 이었다.

"하지만 그런 건 별로 중요한 게 아니고, 주변에서 걸리적거리는 것들을 대충 다 정리했으니 이제 공손창을 체포하러 가겠습니다."

"뭐? 공손 승상을?"

영중제는 눈을 휘둥그렇게 떴다.

"왜 그렇게 놀라십니까? 그럼 그 영감탱이를 그냥 내버려 둘 생각이셨습니까?"

무대붕은 오히려 의아하다는 얼굴로 반문을 했다.

"물론 그건 아니지만……."

이런 날을 상상하지 않은 것은 아니다. 아니, 오히려 이와 같은 날이

오기를 얼마나 간절히 원하였던가.

하지만 막상 무대붕의 입을 통해 공손창을 체포하겠다는 얘기가 터져 나오자 영중제는 심장이 멈출 정도로 크게 당황했다.

"정말… 그를 체포할 수 있겠나?"

"못할 게 없잖습니까? 이미 그의 비리가 만천하에 드러난 마당인데요."

"하지만 그래도 아직은 너무 이른 게 아닐는지……."

"이런 일일수록 후다닥 처리해야 하는 겁니다. 그래야만 반발을 막을 수가 있는 것이죠. 더욱이 그 영감은 아직 여덟 성주가 투항했다는 것을 전혀 모르고 있습니다."

"그, 그래도 난 왠지……."

영중제가 불안한 것은 당연했다.

공손창이 누군가?

많은 고관대작들과 지방의 성주들을 자신의 수족처럼 부리며 황제인 자신보다도 더 큰 권력을 행사하던 대륙 최고의 거물이 아닌가!

아무리 공손창의 비리가 밝혀지고 그의 수족들이 잘려 나가도 그래도 부담스럽고 불안하기만 한 그를 지금 당장 체포하겠다고 하니 영중제가 극도의 긴장에 사로잡히는 것은 지극히 당연한 일이었다.

무대붕은 그러한 영중제의 불안감이 지워질 수 있도록 자신에 찬 표정으로 크게 웃었다.

"형님, 이 아우가 모든 것을 깔끔하게 해결하고 돌아올 테니 낮술 한잔 드시고 잠시만 주무시고 계십쇼. 움하하하!"

*   *   *

썰렁하고 쓸쓸한 황궁에 비해 공손창의 저택은 그야말로 문전성시를 이루고 있었다.

"하하하! 지금쯤 폐하는 대신들의 신년 인사조차 받지 못하는 자신의 처지를 한탄하며 아마 쓸쓸히 혼자서 낮술을 하고 계실 겁니다."

"그러길래 진작 우리의 눈 밖에 날 행동은 하지 마셨어야지. 당장 끌고 오라는 북궁월은 그냥 내버려 두고 좌릉 대장군을 비롯한 대신들을 체포하는데 어느 인간이 폐하에게 인사를 드리러 가겠소?"

공손창에게 신년 인사를 마친 대신들은 넓은 대청에 마련된 술상에 둘러 앉아 영중제에 대한 불만을 터뜨리고 있었다.

"그리고 특사영반인가 하는 그 젊은 놈은 뭣 때문에 그렇게 끼고 도는지 모르겠다니까요."

"크으, 내 생각도 같소이다."

하마와도 같이 큰 입이 인상적인 오십대 후반의 인물이 말을 받았다.

대사농(大司農) 주마복.

지난번 광한에 의해 죽임을 당한 염병학의 후임으로 그 자리에 임명된 공손창의 심복이었다.

"하룻강아지 범 무서운 줄 모른다고, 젊은 놈이 폐하께서 총애한다고 한없이 짖고 까부는데 아무래도 그놈도 곧 손을 좀 봐야겠습니다."

그는 공손창을 바라보며 조심스럽게 말했다.

"……."

그러나 깊은 상념에 잠겨 있던 공손창은 그의 말을 듣지 못했다.

'왜 정주에서 막내네가 안 오는 거지? 일찍 오겠다고 했는데?'

정주의 막내네란 그의 막내딸인 공손정 부부였다.

정주와 황도 낙양 사이의 거리가 그리 멀지 않은 탓에 늘 해가 바뀔 때마다 부부가 함께 인사를 드리러 왔는데, 이번은 어찌 된 일인지 아직까지 오질 않았다.

'곽 서방 이 친구가 좀 더 높은 벼슬자리에 앉지 못해 불만이 많다고 하더니만 이런 식으로 내게 불만을 표출하겠다는 건가?'

곽궐이 무대붕에 의해 박살나고 그의 부인 공손정이 연금 상태에 들어갔다는 사실을 알 길이 없는 공손창은 막내딸 내외가 아직껏 신년 인사를 오지 않았다는 사실에 대해 이런 식으로 곡해를 하였다.

"승상 어르신, 안색이 안 좋으십니다. 어디 편찮은 곳이라도 계신지요?"

상서시랑에서 일약 구경 중의 하나인 대사농으로 발탁된 주마복은 술 주전자를 들고 공손창의 옆으로 다가왔다.

"승상 어르신께서 건강하셔야만 합니다. 그래야 이 나라가 번성하고 만백성이 근심 걱정 없이 잘 살아갈 수 있습니다. 그런 의미에서 승상 어르신의 옥체는 개인의 것이 아닌 나라와 백성의 것입니다. 꼭 백 년, 아니, 그 이상 만수무강하시면서 옥체를 보중하셔야만 합니다."

주마복은 무릎을 꿇고 공손히 술을 따랐다.

"그거야 자네들 생각이나 그렇지 폐하의 생각은 어디 그런가? 폐하는 아마 이 늙은이가 빨리 죽어 없어지기를 바라고 있을 게야."

"설마 그럴 리가요? 나라가 안정되고 백성들이 근심 걱정 없이 잘 살아가고 있는 게 다 누구 덕인데요?"

전쟁으로 대륙의 일부가 금마국의 수중에 넘어가고, 백성들은 반복되는 가뭄과 홍수로 인해 초근목피로 생계를 유지하고 있는 판에 주마복은 서슴없이 그와 같은 말을 내뱉고 있었다.

"폐하가 그걸 안다면 감히 나한테 이런 식으로 나올 수는 없겠지. 자네들도 알다시피 내가 무슨 사심이 있는 사람인가?"

공손창은 술 한 잔을 들이키며 좌중을 둘러보았다.

"그럼요. 승상 어르신께서야 자나 깨나 오로지 폐하와 나라 걱정뿐이셨지요."

"사심이란 게 있을 리가 없죠. 만약 그런 소릴 지껄이는 놈이 있다면 제가 당장 그놈의 입을 찢어버리겠습니다!"

대신들은 그런 오해란 있을 수 없다는 듯 단호한 표정으로 입을 열었다.

"그래, 내가 이 나이까지 승상이란 자리에 앉아 있는 건 자네들 말대로 종묘사직에 대한 걱정 때문이지 결코 욕심 때문이 아니었네. 그런 나의 충심은 전혀 헤아리질 못하고 나를 믿고 따르는 신하들을 체포하여 강압적으로 나에 대한 비리를 수사하고 있다니… 정말 내가 살아도 너무 헛산 모양이네. 이런 대접이나 받으려고 그동안 아무것도 모르는 폐하를 보필하고 잠 한 번 제대로 못 자면서 국정의 모든 것을 챙겨야 했는지……."

공손창의 주름진 눈가에 촉촉한 이슬이 스쳤다.

예나 지금이나 위정자들의 특징은 지나치게 입이 발달되었고, 지나칠 정도로 자기 위주의 생각을 한다는 것이었다. 하지만 그의 착각은 정도가 심해도 너무 심했다.

그가 칠십이 훨씬 넘은 이 나이까지 승상이란 벼슬을 굳게 움켜쥐고 있는 게 과연 황제와 나라에 대한 충정 때문일까? 노욕(老慾) 때문은 아니고?

지나가는 개도 하품할 얘기였지만 다행스럽게도 듣고 있는 대신들은 충분히 그를 이해하는 표정들이었다.

"크흑~ 승상 어르신께서 그와 같은 모함을 받고 있다는 생각만 하면 너무도 분통이 터져 그저 울고 싶을 뿐입니다."

"하지만 걱정하실 것 없습니다. 폐하가 지금은 젊은 혈기에 승상 어르신의 깊은 뜻도 모르고 철없이 굴고 있지만, 아마 조금만 시간이 지나면 분명 승상 어르신 앞에 무릎 꿇고 닭똥 같은 눈물을 떨구며 사죄를 하게 될 겁니다."

"그렇습니다. 그렇게 하지 않고는 베길 수가 없을 겁니다. 위로는 적도들이 호시탐탐 이 땅을 노리고 있고, 안으로는 각 성의 성주들과 호족들이 언제라도 난(亂)을 일으킬 수 있는 판인데, 승상님같이 경륜 높은 지도자의 도움 없이 폐하가 무슨 재주로 이 난세를 극복해 나갈 수 있겠습니까?"

"맞습니다. 그건 택도 없는 일입니다. 이나마 황실이 별탈없이 유지되고 있는 게 다 누구 덕인데."

대신들이 일제히 목에 힘줄을 붉히며 흥분하자 어두웠던 공손창의 안색은 뿌듯한 만족감으로 가득 피어올랐다.

그때였다.

"우와악!"

"끄악!"

밖에서 난데없는 비명 소리가 울려 퍼지는 것과 동시에 저택을 관리하는 집사가 허둥대며 뛰어들어 왔다.

"승상님, 크, 큰일났습니다!"

"큰일이라니? 뭔데 호들갑이냐? 그리고 비명 소리는 또 뭐고?"

"황실 특사부에서 승상님을 체포하기 위해 사람들이 몰려왔습니다!"

"뭣이라?!"

쿵!

공손창은 물론 대신들 모두 눈알이 튀어나올 것처럼 크게 경악을 했다.

차차창!

"크악!"

파파파팟—

"우와악!"

넓은 정원에서는 이십여 명의 특사부 요원과 공손창이 개인적으로 고용한 삼백여 명의 경호 무사가 한바탕 혈전을 벌이고 있었다.

황실에서 황명을 받고 공손창을 연행하기 위해 출동한 것이라는 설명도 그들에게는 통하지가 않았다. 경호 무사들은 오로지 공손창을 위해 존재했고, 그를 위해 충성을 하면 분명 그만한 대가가 돌아올 것이라고 철썩같이 믿고 있었던 탓에 황명을 거역하는 것이 엄청난 대역죄라고 아무리 얘기해 줘도 그들은 귓전으로 흘렸다.

하여 특사부 요원들은 어쩔 수 없이 경호 무사들이란 장애물을 상대로 혈전을 벌일 수밖에 없었다.

"막아라! 틈을 주지 말고 끈질기게 달라붙어라! 죽음으로라도 우린 승상님을 지켜야 한다!"

경호대장 화소청은 고함을 지르며 부하들을 독려했다.

화소청.

그는 지난여름 광한의 기습으로 불안감을 느낀 공손창이 이후 새로이 영입한 경호대장이었다.

무당파의 속가제자 출신으로 황성의 성문교위(城門校尉)의 직책까지 맡은 바가 있었던 인재였으나 뇌물 수수 문제로 관직을 잃고 일 년 동안 옥살이까지 해야만 했었다.

그런 그에게 공손창이 자신의 경호대장으로 일하는 게 어떻겠냐고 제안을 하자 그는 생각하고 말고 할 것도 없이 받아들였다.

비리 문제로 관직에 복직할 수 없는 그의 입장에선 어떡하든 자신을 이끌어줄 강한 끈이 필요했다.

그렇기 때문에 그는 공손창이라는 끈을 잡았고 열심히 충성을 바치다 보면 머지않은 훗날 전보다 높은 관직에 앉혀줄 것이라는 기대로 기꺼이 공손창의 충견이 되었다.

'저 자식을 정리하는 게 판을 끝내는 가장 빠른 지름길이 되겠군.'

무대붕은 난전 속에서 열심히 부하들을 선동하고 독려하는 화소청을 뚫어지게 응시하고는 정원 한쪽 기울어진 나무를 교정하기 위해 받쳐 준 각목들 중 한 개를 뽑아 들었다.

파앗!

이어 그는 화소청을 향해 몸을 날리며 각목을 수평으로 그었다.

"후후훗! 특사영반만큼은 내가 직접 상대하려고 했는데 고맙게도 먼저 시작해 주는군. 근데 각목이라니? 이거 갑자기 기분이 더러워지는걸?"

화소청은 냉소를 치며 애검인 옥령신검으로 무대붕의 공세를 파해시키려 했다.

그런데,

"허어억!"

화소청은 맞대응은커녕 두 눈을 부릅뜨며 경악의 탄성을 지르고 말았다.

파츠츠츳!

화소청을 향해 짓쳐드는 무대붕의 공세는 비록 그 어떤 특이한 변화도 없었으나 각목 끝에서 싸늘한 빛이 번뜩이더니 순식간에 열 차례나 크게 진동하면서 그의 목과 두 팔, 앞가슴과 아랫배 등 무려 열 군데의 대혈(大穴)을 강맹하게 파고드는 것이었다.

화소청은 지금까지 그가 겪은 수많은 격전에서 단 한 번도 뒤로 물러난 적이 없었다. 무당파의 최연소 장로이자 가장 완벽하게 매화검법과 오행검식을 시전한다는 청학자와의 비무에서도 물러섬없이 맞받아쳤던 화소청이었다.

그랬던 그가 지금 단번에 뒤로 주춤거리며 이 장 정도나 물러났다.

'정말 엄청난 인물이다! 황실에 이와 같은 절정의 고수가 존재하다니……!'

살을 에이는 혹한 속에서 식은땀을 흘리는 화소청. 그는 옥령신검을 굳게 움켜쥐며 무대붕을 향해 날아들었다.

쐐애액!

고막을 찢을 것 같은 파공성과 함께 화소청의 옥령신검이 기이한 호선을 그렸다.

무대붕의 것과는 달리 그의 공격엔 변화가 거의 없었다. 그 대신 그 어떤 검공보다도 빨랐다. 그의 손이 움직인다 싶은 순간 어느새 그의 옥령신검은 무대붕의 얼굴 앞으로 날아들고 있었다.

그 속도는 그야말로 전율, 바로 그 자체였다.

무대붕은 기우뚱거리며 몸을 눕혔다.

"우하핫! 걸렸어. 이걸로 끝이다!"

화소청은 득의만면한 앙천광소와 함께 검을 돌려 잡으며 그의 공격을 피하기 위해 허리를 뒤로 꺾은 무대붕의 심장을 노렸다.

빠가각!

그러나 불행하게도 화소청의 옥령신검은 무대붕의 심장에 닿질 못했다. 닿기 전에 무대붕의 왼발이 먼저 그의 얼굴 측면을 강타해 버린 것이었다.

"크아아악!"

화소청은 처절한 비명을 지르며 한없이 뒤로 나가떨어졌다.

우당탕! 쿵탕!

의식 잃은 화소청은 절묘하게도 대청에서부터 소식을 듣고 나온 공손창과 대신들을 비롯한 많은 사람들의 앞까지 곤두박질쳤다.

경호대장인 화소청이 무대붕에게 박살이 나자 특사부 요원들을 상대로 대항하던 많은 경호원들의 기가 일제히 꺾여졌고, 특사부 요원들역시 기가 꺾인 그들에게 더 이상은 공세는 취하지 않았다.

화소청이 쓰러지고 공손창 일당이 나타나자 혈전은 자연스럽게 중단되고 말았다.

"이런, 한창 술 퍼마시며 재밌게 놀고 있는데 싸우는 소리에 그만 나오셨구면."

무대붕은 나타난 공손창 일행을 바라보며 씨익 미소를 지었다.

"큭~ 미안하우, 본의 아니게 판을 깨서."

엄지손가락으로 콧구멍을 후비며 천연덕스럽게 주절거리는 그의 얼굴 어느 구석 어디에도 미안함 따윈 찾아볼 수가 없었다.

"이, 이놈들! 감히 여기가 어디라고 함부로 나타나 행패를 부리는 게냐!"

주마복이 하마와도 같은 큰 입으로 노성을 질렀다.

"여기가 어디냐고? 국정과 모든 인사권을 제 손아귀에 넣고 주무르고 온갖 비리란 비리는 닥치는 대로 다 저지른, 아마도 유사 이래 최고 악질 대역 죄인인 공손창의 집으로 알고 왔는데, 왜? 뭐가 잘못됐냐?"

무대붕은 노력 끝에 건져 낸 코딱지를 조물딱거리며 자신에게 그와 같은 질문을 던진 주마복을 오히려 의아하다는 표정으로 쳐다보았다.

"이런 버르장머리없는 놈! 뭐가 어쩌고 어째?"

주마복은 얼굴을 붉히며 마치 무대붕의 멱살이라도 움켜잡을 듯한 기세로 뛰어나왔다.

따악!

"꾸왁!"

그러나 기세만 좋았을 뿐, 그는 무대붕에게 달려가기는커녕 오히려 하마 멱따는 듯한 괴성을 지르며 뒤로 자빠졌다.

무대붕의 독문병기(?)라고 할 수 있는 돌돌 말린 코딱지가 그의 손끝에서 튕겨 나가며 주마복의 이마를 세차게 강타한 것이었다.

아무리 하찮은 것들도 고수의 공력이 실리면 흉기가 된다. 하물며 무대붕 같은 절정고수의 손끝에서 튕겨 나간 왕건이었으니, 그 위력이 오죽하겠는가.

"아이고! 끄우우욱……."

쓰러진 주마복은 바닥을 구르며 주먹크기만하게 솟아오른 이마의 혹을 잡고 고통의 신음을 흘렸다. 그러면서 분명 이렇게 생각했다. 자신의 이마를 가격한 것은 쇠 구슬이나 아니면 그것보다 훨씬 단단한 흉기였을 거라고.

"나를 잡으러 왔다고 했느냐?"

공손창은 가소롭다는 표정으로 무대붕을 응시했다.

"영감 이름이 공손창야?"

"뭣이라?"

"그럼 맞아. 영감을 잡으러 왔어."

"이, 이런… 바, 발칙한……."

공손창은 너무도 기가 막혀 말조차 제대로 나오질 못했다.

그가 누군가? 황제인 영중제보다도 더 큰 권력을 행사하고 있는 대륙의 최고 권력자가 아닌가.

그런 자신에게 새파랗게 젊은 인물이 말끝마다 영감이라 부르며 말을 놓고 있었으니 어찌 기가 막히지 않을 수 있겠는가. 단언컨대 칠십여 평생을 살아오는 동안 자신의 앞에서 이와 같이 버르장머리없이 구는 인간은 처음이었다.

"영감. 왜? 승상이란 관직이 있는데도 불구하고 내가 자꾸 영감이라고 하니까 기분 나빠? 젊은 놈에게 그런 무시를 당하지 않으려면 애당초 죄를 짓지 말았어야지, 안 그래?"

무대붕은 공손창의 비위가 어떻든 계속 이죽거렸다.

"으드득! 이, 이놈! 아무리 세상 물정 모르고 날뛰는 놈이라지만 감히 이 공손창을 능멸하고도 목숨 보존할 수 있다고 생각하는 건 아니겠지!"

공손창은 이를 갈며 무섭게 노려보았다.

"영감, 아직도 착각 속에서 헤어나질 못하고 있는 모양인데, 영감은 지금 승상이 아니라 대역죄를 저지른 죄인이야. 그리고 난 영감을 잡으러 온 특사영반님이시고. 이놈 저놈 할 입장이 아니라구."

"나를 체포하겠다? 폐하가 정말 그렇게 지시하더냐?"

"응! 잡아 처넣으래. 영감 때문에 될 것도 안 되고 안 될 건 더 안 된다고 하시며."

"흐흐, 폐하가 저런 철부지를 끼고 도시더니만 실성하신 모양이군. 이 공손창을 체포했다는 소문이 퍼져 나가면 이 나라 종묘사직의 안위가 어찌 될 거라는 생각조차 잊을 정도로 말야."

"상관없어. 영감만 없으면 이 나라는 모든 게 다 잘되게 돼 있으니까."

"그래, 좋다! 죄가 있다면 당연히 죗값을 받아야지."

공손창은 앞으로 나오며 어서 자신을 묶어가라는 듯 미소까지 지으며 두 팔을 내밀어주었다.

"차, 참으십시오, 승상 어르신."

"폐하와 저놈이 무슨 짓을 할지 알고 순순히 끌려가시겠다는 겁니까? 더러운 모함에 불쾌하실지라도 절대 저들이 원하는 대로 해줘선 안 됩니다."

많은 추종자들이 그의 팔을 잡으며 만류하자 공손창은 미소를 지으며 그들의 손을 뿌리쳤다.

"후훗! 이번 기회에 폐하에게 나를 건드리면 이 세상이 어떻게 바뀌는지 가르쳐 주는 것도 나쁘진 않을 게야."

공손창은 다시 무대붕을 응시했다.

"뭐 하나? 어서 오랏줄을 묶으라니까."

"영감, 세상이 바뀐다는 건 그러니까 영감을 체포하면 여덟 성주를 비롯한 지방의 호족들이 민란을 일으킬 거라는 얘기 같은데?"

무대붕이 의미심장한 미소를 지으며 물었다.

"잘 아는군. 아마도 그렇게 되면 황제의 안위까지 위태로워지지 않을까 걱정이 되는군."

"낄낄~ 그런 걱정이라면 안 해도 괜찮아."

"……?"

무대붕이 히죽거리자 공손창은 눈을 휘둥그렇게 떴다.

"그, 그게 무슨 뜻이냐?"

"영감의 지시를 받고 상소문을 올렸던 성주들은 그동안 자신들이 저지른 죄에 대한 참회와 함께 충성 서약서를 폐하게 올렸거든. 그것도 혈서로."

"뭣이라?!"

"그 혈서 중에는 영감의 사위인 곽궐의 것도 있지. 그러니 그런 걱정 때려치우고 편하게 가자구. 알겠어?"

'설마……?'

무대붕이 빈정거리자 공손창은 그럴 리는 없다고 생각하면서도 문득 불안감이 밀려들기 시작했다. 그러면서 매년 춘절마다 신년 인사를 오던 곽궐 부부가 아직까지 오질 않았다는 생각이 뇌리를 스치자 그로 하여금 뒤로 주춤거리게 만들었다.

"자~ 어서 오랏줄로 묶고 돌아가자!"

무대붕이 부하들을 향해 소리치자 부하 두 명이 다가왔다. 그러자 얼마든지 끌려갈 수 있다며 여유를 부리던 공손창은 대신들의 뒤로 숨으며 벼락같이 소리쳤다.

"뭐, 뭣들 하느냐! 어서 이, 이놈들을 해치워라!"

"……?"

너무도 갑작스런 태도 변화에 무대붕은 물론 공손창을 추종하는 대신들과 경호 무사들까지도 황당한 표정을 지었다.

"승상… 어르신……?"

너무도 황당한 나머지 그의 심복인 서문철 상서시랑(尙書侍郎)이 의아한 표정으로 그를 쳐다보았다.

"나를 쳐다보고 있으면 뭘 어쩌자는 건가? 자네들도 저놈들이 날 체포할 수 없도록 날 보호하라구, 어서!"

공손창이 인상을 긁으며 버럭 노성을 지르자, 서문철을 비롯한 그의 추종자들이 앞을 가로막으며 그를 보호하기 위해 나서기 시작했다.

"이놈들! 승상님을 체포하려면 우리 모두를 죽여라!"

"우린 죽음으로써 승상님을 지키고야 말 것이다!"

대신들은 정말 죽음을 각오라도 한 듯 모두 비장한 표정으로 앞을 가로막았다.

그러자 그때까지 어정쩡한 태도를 보이던 경호 무사들 역시 공손창을 체포할 수 없도록 자세를 갖추기 시작했다.

"얼씨구? 이것들이 내 머리 뚜껑 열리게 만드네?"

무대붕은 험악하게 인상을 긁었다.

그러면서 동시에 환약처럼 작고 둥근 검은 물체를 하나를 품속에서 꺼내더니만 손톱 끝에 공력을 올려 불꽃을 피운 후 검은 물체의 심지에 불을 붙이고는 지체없이 정원 한편에 있는 나무들을 향해 집어 던졌다.

콰콰콰쾅!

지축이 흔들리는 듯한 굉음과 함께 여섯 그루의 거대한 나무들이 형체도 없이 사라지고 말았다.

"허걱!"

"으허억!"

중인들은 환약과도 같았던 작은 물체가 엄청난 위력을 지닌 폭약이었다는 사실에 자지러지듯 놀랐다.

"똑똑히 봤겠지?"

무대붕은 말과 함께 조금 전의 폭약보다도 족히 스무 배 이상은 될 것 같은 주먹 크기의 폭약을 품속에서 꺼냈다.

"방금 너희들이 본 것은 뇌광자(雷狂者)의 벽력탄이다. 뇌광자가 누구란 것은 굳이 말 안 해도 잘들 알고 있겠지?"

뇌광자.

폭약 제조에 미친 인간이라 불릴 만큼 대륙 최고의 폭약 기술자였던 인물이다. 폭약 제조 기술에 그가 독보적인 것은 다른 기술자들과는 달리 그는 손톱만한 폭약으로도 성곽을 박살 낼 수 있을 만큼 위력 면에서 엄청났기 때문이다.

일반 기술자들이 만든 폭약의 백분의 일 정도밖에 안 되는 크기로도 더 가공할 위력을 내도록 만들었던 뇌광자. 그가 죽은 지 어언 오십 년이 지났건만 아직도 그의 이름은 대륙 최고의 폭약 기술자로 세인들의 뇌리에 각인되어 있었다.

무대붕은 주먹 크기의 폭약을 손위에 올려놓고 소리를 쳤다.

"방금 그만한 크기의 폭약으로도 정원의 일부가 형체없이 박살 났다! 한데 그보다 스무 배 이상 더 큰 폭약이 이 자리에서 터지면 어찌 될까?"

그것은 굳이 말 안 해도 모두 알고 있었다.

몽땅 다 죽을 것이라고.

"어쩔 테냐? 그래도 함께 죽겠다고 영감을 계속 보호할 거냐?"

"그, 그렇다! 우, 우린 승상 어르신과 살아도 함께 살고 죽어도 함께 죽을 것이다."

서문철이 식은땀을 뻘뻘 흘리며 대답했다.

"좋다. 그럼 같이 죽어라."

팟!

무대붕은 마치 그런 대답을 기다리기라도 한 듯, 조금 전과 똑같은 방식으로 폭약의 심지에 불을 붙였다.

치이익―

심지 끝이 타 들어가기 시작했다.

"열을 세겠다. 그때까지 이 심지에 붙은 불을 끄지 않으면 모두 죽는다. 하나… 둘… 셋……."

무대붕은 비장한 표정으로 숫자를 세기 시작했다.

'으으. 저, 저런 미친 새끼. 죽으려면 자기 혼자나 죽지 왜 다 같이 죽자는 거야?'

'이런 씨, 저… 저 자식 정말 다 함께 죽자는 심보 같은데…….'

'끄응~ 어쩌지? 이렇게 개죽음을 당할 수는 없는데… 아직 우리 애들이 어린데…….'

가로막고 서 있는 대신들은 누구랄 것 없이 모두 사색된 얼굴로 땀을 뻘뻘 흘리고 있었다.

"여섯… 일곱……."

치이익, 치익.

심지는 더욱 깊이 타 들어갔다.

"여덟… 아홉……."

이제 마지막 숫자를 세는 것과 동시에 단 한 명도 살아남기 힘든 경천동지의 대폭발이 이루어지려는 순간.

"으아아악! 그마아아안!"

"그만! 어서 불을 꺼주십시오, 어서—!"

당당했던 기세들은 어디로 증발했는지 대신들을 비롯한- 경호 무사와 심지어는 특사부 요원들까지, 장내에 있는 모든 인물들이 아우성을 치며 바닥에 납작 엎드렸다. 심지어 당사자인 공손창까지도.

"여……? 진작 그럴 것이지."

열을 세려 했던 무대붕은 모두가 얼굴을 땅에 처박고 엎드린 모습을 보며 심지를 손가락으로 눌러 불꽃을 껐다.

"다시 묻겠다. 영감을 체포하려고 하는데 또다시 오지랖을 떨 테냐? 참고로 말하는데, 내 손의 폭약은 이제 불을 붙이는 순간 세고 말고 할 것도 없이 그대로 폭발할 것이다."

무대붕은 엎드려 있는 대신들을 향해 소리쳤다.

"무, 물론입죠. 우린 그냥 가만히 있을 테니 영반님 하고 싶은 대로 하십쇼."

"절대 오지랖 같은 거 떨지 않겠습니다. 그러니 제발 폭약 터뜨리겠다는 얘기만 하지 마십쇼."

"영반님이 아직 젊고 혈기가 왕성해서 그러신 것 같은데 열받는다고 다 같이 죽자고 하시면 안 됩니다. 우린 처자식도 있고 부양해야 할 부모도 있거든요."

"어서 승상님을 체포해 가십쇼."

엎드린 대신들은 고개만 빠끔히 위로 올리며 비굴한 표정으로 사정을 했다.

"이, 이 사람들이?!"

공손창은 자신이 붙잡혀 가거나 말거나 이제 더 이상 신경 쓰지 않겠다는 대신들의 태도에 기가 막히다 못해 분노가 치밀어 올랐다.

"자네들 대체 지금 무슨 소리를 지껄이고 있는 건가? 그러니까 내가 잡혀가든 말든 자네들만 살겠다는 것인가?"

"크흑… 죄송합니다. 목숨이란 게 여분으로 한 개만 더 있어도 죽음을 각오하고 승상님을 지켜 드렸을 텐데……."

이마에 주먹만한 혹이 솟아오른 주마복이 안타까운 표정으로 눈물을 짓자 나머지 대신들도 거의 비슷한 표정으로 그의 말에 동조를 했다.

"어차피 일이 이렇게 된 거 순순히 응해 버리십쇼. 대신 승상님이 조속히 풀려 나올 수 있도록 저희가 밖에서 최선을 다하겠습니다."

"그렇습니다. 저희라도 살아 있어야 승상님의 명예를 회복시켜 드릴 게 아니겠습니까? 불명예를 뒤집어쓰고 다 함께 죽는다는 것은 지식인들이 취할 행동이 아니라 사료됩니다."

"승상님, 뒤는 저희들이 책임질 테니 당당하게 응하십쇼!"

"이, 이런 비열한……."

너무도 쓰라린 배신감 때문이었을까?

공손창의 입에선 더 이상 그 어떤 말도 나오질 못했다. 그토록 믿었던 대신들이 입만 나불거리며 모두 꽁무니를 빼자 그저 한없는 배신감에 치를 떨 뿐이었다.

"뭣들 하느냐! 어서 오랏줄을 채워라!"

무대붕은 다시 부하들을 향해 소리를 질렀다.

그것으로 끝이었다.

대륙 최고의 거목인 공손창은 더 이상 어떤 소란도 없이 그렇게 오랏줄에 묶이고 말았다.

　"크흐흑~ 승상님, 조금만 기다리십쇼. 반드시 저희가 승상님의 누명을 벗겨 드리겠습니다."

　"승상님, 저희만 믿으십쇼. 꼭 구해 드리겠습니다. 크흐흐윽~"

　대신들은 옥거(獄車)에 실려가는 공손창을 향해 모두 뜨거운 눈물을 흘리며 오열했다.

　그러나 안타깝게도 공손창은 더 이상 그들의 눈물을 믿지 않았다.

□ 제42장 □
널 황제로 만들어주겠다

널 황제로 만들어주겠다

—자네도 알잖은가? 내가 맘만 먹으면 언제든지
황제를 갈아치울 수가 있다는 것을

"뭐? 공손 승상이 옥거에 실려 특사부로 끌려왔다고?"

"그래, 지금 막 내 눈으로 확인했어."

"에이~ 말 같잖은 소리. 뭐 잘못 본 거 아냐? 특사부에
서 감히 공손 승상을 어떻게 함부로 잡아들여? 공손 승상은
폐하도 함부로 대할 수 없는 그런 분이라고."

"젠장! 내가 내 눈으로 똑똑히 확인했다니까. 그리고 나만
봤으면 얘기도 안 해. 송 환관과 맹 환관도 함께 봤다구."

"정말이야?"

"그래, 정말이야. 무대붕 신임 영반이 옥거에서 나오는 공
손 승상을 직접 특사부로 끌고 가는 모습까지 이 눈으로 똑똑
히 보고 오는 길이라니까."

"마, 맙소사! 무 영반이 모든 비리 공직자들을 가차없이 잡
아들이고 있다는 소문을 듣긴 했지만, 그렇다고 공손 승상까
지 체포하다니?!"

공손창이 옥거에 실린 상태로 특사부에 끌려왔다는 소식이 전해지자 황궁은 온통 뜨겁게 끓고 있는 주전자 속처럼 소란스러워지기 시작했다.

동시에 황실인들의 모든 눈과 귀는 일제히 특사부로 향하게 되었다. 그만큼 공손창의 체포는 이들에게 마른하늘의 날벼락처럼 도저히 믿을 수 없는 일이었다.

백향전.

벽하의 거처인 이곳에도 그 소식은 예외없이 찾아들었다.

"그래서? 무 영반님이 직접 공손 승상을 취조하고 있다는 얘기냐?"

벽하는 놀란 토끼처럼 눈을 휘둥그렇게 뜨고 애향을 쳐다보았다. 그녀에게도 공손창의 체포는 충격이 아닐 수 없었다.

공손창이 누군가?

그의 말 한마디에 국정의 모든 것들이 움직이고, 그의 말 한마디에 따라 아무리 능력이 출중한 신하라 할지라도 역적으로 몰릴 수 있을 만큼 실질적인 최고 실권자가 아닌가!

그런 그를 무대붕이 당당히 체포해 오고 취조까지 하고 있다고 하니 그녀의 놀람은 지극히 당연한 일이었다.

"예. 방금 특사부 요원 중의 한 사람으로부터 전해 들었어요."

"대체 어쩌려고 이런 엄청난 일을……?"

벽하는 걱정되었다.

그녀 역시 공손창이란 존재에 대해 결코 좋은 감정일 수는 없었다. 북궁가를 멸문지화시키고, 자신과 광한과의 사랑을 그토록 힘들게 만든 장본인이 바로 공손창이었다.

그러나 감정은 그렇다 할지라도 두려운 것만은 어쩔 수가 없었다.

"자칫 잘못하면 오히려 역공격을 받을 텐데… 그분은 지방 성주와 호족들과의 관계도 두텁고 궐내 많은 대신들도 모두 그분의 수족 같은 입장들이거늘……."

"얘기를 들으니 그래서 사전에 그분의 수족들을 자르고 지방 성주들에게까지 항복 문서를 받아냈다고 하더라구요."

무대붕의 부관인 전칠과 요즘 한창 가깝게 지내는 애향이다. 그 덕에 특사부 소식을 비교적 빠르게 접할 수가 있었다.

"그게 사실이냐?"

"호호, 그렇다니까요. 무 영반님이 보기에는 얼렁뚱땅한 것 같아도 알고 보면 빈틈이 없을 정도로 야무지시다니까요. 온갖 비리를 서슴없이 저지르고 국정까지도 제멋대로 쥐고 흔드는 공손 승상을 체포하기 위해 그토록 치밀하게 준비를 하셨으니 말예요."

애향은 그런 무대붕에게 칭찬을 듣고, 보석까지 선물을 받은 자신이 한없이 자랑스러웠다.

"공주님, 공손 승상은 이제 끝났어요. 더 이상 그가 국정을 농락하는 일은 없을 거예요."

문득 애향의 눈가에 이슬이 그렁거렸다.

"진작에 이렇게 됐어야 했는데… 그랬더라면 북궁 대부님께서 누명도 안 쓰시고, 공주님과 북궁 공자님과의 사랑도 그렇게 힘이 들지 않았을 텐데……."

"……."

"흑흑… 공주님, 북궁 공자님께서 이 소식을 들으면 무척 기뻐하시겠죠?"

애향의 눈에선 하염없이 눈물이 흘러내렸다.

공손창으로 인해 사랑하는 정인과 생이별을 했던 공주의 가슴앓이가 어떠했는지 곁에서 생생하게 지켜본 애향이었다. 그녀의 눈물은 너무도 자연스럽고 당연했다.

"⋯⋯."

애향은 이제 모든 힘든 시절은 끝이 났다고 생각하며 기쁨의 눈물을 흘리고 있는 반면, 정작 누구보다도 감격스러워야 할 벽하의 표정은 전혀 그렇질 못했다.

'과연 그렇게 될 수 있다면⋯ 그렇게만 될 수 있다면 얼마나 좋을까.'

지난 이십 년 가까운 세월 동안 거침없이 휘두른 공손창의 막강한 힘을 누구보다도 가까이서 지켜보았기 때문일까?

이제 제아무리 천하의 공손창일지언정 더 이상 어찌해 볼 수 없다는 얘기에도 불구하고 벽하의 얼굴은 계속 어둡기만 했다.

*　　　　　*　　　　　*

"폐, 폐하, 정말 무 영반이 엄청난 일을 해냈습니다."

영중제의 앞에서 부복하고 있는 담일기는 눈물까지 글썽이고 있었다.

"공손 승상을 체포하다니⋯ 그는 아무도 할 수 없었던 일을 기어코 해내고 말았습니다."

"그래. 대붕이가 너무도 대단한 일을 했어. 체포하는 일만 해도 대단한 일이거늘, 병사 한 명 다치지 않게 하면서 그 일을 해내다니 난 그저 감탄스러울 뿐이네."

영중제는 흐뭇한 표정으로 고개를 끄덕이며 말을 이었다.

"체포를 하려다가 만약 승상의 추종자들과 대규모의 전쟁이라도 벌어졌다면 어찌 되었겠는가? 그렇지 않아도 적도들이 연경까지 침략한 이 시기에 대륙 안의 사람들이 두 패로 나뉘어 이전투구(泥田鬪狗)나 벌였다면… 그건 차라리 안 하느니만 못한 일이 됐을 텐데, 다행스럽게도 대붕이는 그 일을 너무도 쉽게 처리한 거야. 우리가 전혀 생각할 수 없었던 그만의 방식으로."

"소신이 처음에 무척 걱정스럽게 생각한 것도 바로 그런 이유 때문이었습니다만, 무 영반은 소신의 기우를 깨고 너무도 멋지게 공손 승상을 체포하는 데 성공했습니다."

"녀석이 정말 모두가 엄두도 못내는 엄청난 일을 해냈어. 너무도 대단한 일을……."

영중제의 가슴은 격동으로 한없이 일렁거렸다.

"그렇습니다, 폐하. 무 영반으로 인해 이제 우리도 국력을 한곳으로 모아 얼마든지 금마국과 상대할 수 있을 겁니다."

"그럼, 물론이지."

"그동안 오죽했으면 백성들의 입에서 오랑캐들에게 이 땅이 넘어가는 게 차라리 더 나을 거라는 얘기가 나올 정도로 공손 승상 일당의 관직 독식과 엄청난 부정 축재로 인해 조종에 대한 백성들의 원성은 극에 달한 상태였습니다."

"……."

"하나 이제 승상 일당이 국법에 따라 엄중히 처벌되고, 탐관오리들을 일제히 처단한다면 백성들의 마음을 한곳으로 모을 수 있을 것이며,

우리 역시 단결된 힘으로 그들과 얼마든지 싸울 수 있을 겁니다."

"동감일세. 짐 역시 대붕이로 인해 불가능하게만 느껴졌던 국력의 결집이 가능하다고 확신하네."

"그런 의미에서 무 영반은 불만에 찬 백성들의 한을 풀어주고 흩어진 국력을 모을 수 있도록 만든 영웅입니다."

"암! 영웅이지. 이번 일로 대륙 위에 무대붕이라는 새로운 영웅이 탄생한 셈이지. 그럼, 그렇고말고."

영웅 무대붕!

광한의 한 서린 복수를 대신하겠다고 나선 일이었다.

그러나 무대붕은 자신의 의지와는 상관없이 어느새 이 땅의 새로운 영웅으로 등장하고 있었다.

                    *   *   *

"크크큭! 그러니까 결론이 뭔가? 내 죄라는 게 그깟 상납하는 돈 몇 푼 받아먹고 요직마다 나의 심복들을 임명했다는 것 같은데… 그동안 이 황실을 위해 헌신한 나의 충정이 어떠했는지를 먼저 생각해야지."

공손창은 취조를 받으면서도 여전히 당당하고 여유가 있었다.

"영감이 뭘 헌신했는데?"

무대붕은 떨떠름한 표정으로 반문했다.

"십칠 년 전 폐하가 스무 살 나이에 황위를 물려받았을 때 지방 성주들과 호족들이 민란을 일으키며 반발하는 것을 저지시킨 게 누군지를 알아야지. 그때 만약 민란이 일어났으면 어떻게 됐는 줄 알아? 폐하는 황위에서 물러나는 것은 물론 지금쯤 아마 저 세상 사람이 되어 있을 게야."

"호오~ 그러셔?"

"그렇게 지방 세력들을 자중시키며 황실에 충성하도록 만든 은인인 나를, 그리고 전혀 국정 수행 능력조차 안 돼 있던 무능한 황제를 하나하나씩 가르치며 황제로서의 능력을 갖추도록 만들어준 나를 그깟 뇌물 몇 푼과 심복 몇 명의 인사권 때문에 이런 수모를 준다는 것은 은혜를 원수로 갚은 것이며, 모든 백성들이 절대 용납 못하는 일이 될 것이다."

공손창은 단호하면서도 자신에 찬 표정으로 입을 열었다.

"영감, 백성들이 뭘 용납하지 않는다는 거지? 영감과 영감 식구들이 그렇게 엄청난 부정 축재와 비리를 저질렀는데?"

"그, 그건……."

"영감, 내가 한마디 충고하는데 백성을 너무 만만하게 보지 마. 세상에 온갖 비리에 부정 축재나 해대는 인간을 누가 좋아하겠어? 영감네 식구들 좋으라고 세금 내는 거 아니잖아? 안 그래?"

무대붕이 빈정거리자 공손창은 인상을 붉히며 버럭 노성을 질렀다.

"내가 황실을 위해 몸 바친 공헌도를 생각하라고 했다! 내가 아니었다면 이 황실은 지금 존재하질 못해!"

"공헌도? 우헤헤헷! 염소 하품하는 소리 하고 있네."

무대붕은 배꼽을 잡고 자지러질 듯 웃어댔다.

"이, 이 녀석이!"

"영감, 똑바로 들어. 말이 삐뚤어져도 입은 바로 하랬다고……."

"이놈아, 지껄이려면 제대로 지껄여라. '입은 삐뚤어져도 말은 바로 하랬다'고다!"

"젠장! 좌우지간 대충 알아듣기만 하면 되는 거지 따지긴. 그리고 내가 영감더러 똑똑히 들으라고 했지 언제 따지라고 했어? 아직도 분위기 파악을 못하고 있는 모양인데, 영감은 죄인이야. 그리고 난 영감의 죄를 추궁하는 특사영반이고. 알겠어?"

무대붕은 자신의 실언을 가지고 공손창이 꼬투리를 잡자 콧구멍을 벌렁이며 인상을 썼다.

"그리고 공헌도는 무슨 얼어죽을 공헌도라는 거야? 폐하가 황위를 물려받았을 당시 영감이 지방 성주와 호족들을 자중시켜 난을 막았다고 하는데, 그깟 놈들이 난을 일으킨다고 황제가 자리에서 물러나야 할 만큼 이 나라 황실이 그렇게 호락호락하단 말야? 그럼 영감 같은 신하들이 그동안 제대로 한 게 전혀 없는 거잖아?"

"그, 그건……."

무대붕이 눈을 크게 뜨며 따지고 들자 공손창은 크게 당황했다. 그는 지난 이십 년 동안 그 어디에서도 이와 같은 추궁은 받아본 적이 없었다. 모든 사람들은 그가 지방 성주와 호족들을 자중시켰다는 사실만 침을 튀겨가며 칭송했을 뿐이었다. 심지어 영중제까지도.

그렇기에 그는 마치 무방비 상태에서 기습당한 사람처럼 자신을 위해 그 어떤 변론도 하지 못하고 더듬거리기만 할 뿐이었다.

"그, 그러니까… 그, 그건……."

"됐어, 됐어. 뻔한 걸 갖고 굳이 변명하려고 애쓸 것 없어."

무대붕은 듣고 싶지도 않다는 표정으로 손을 저으며 계속 말을 이어나갔다.

"그리고 영감 말대로 민란이 일어나서 나라가 뒤집혔다고 치자. 그러면 영감은 멀쩡했을 것 같아?"

"그, 그건 또 무슨 뚱딴지냐?"

"생각해 보라구. 영감은 이십 년 전에도 승상이었어. 그러면 난을 일으켜 정권까지 잡은 무리들이 패망한 황실에서 이 인자인 승상이란 감투를 쓰고 있는 영감을 그냥 내버려 두겠냐구? 황제가 처형되면 아마 그 다음 순서는 영감이었을걸?"

"이, 이놈! 대체 지, 지금 무슨 헛소리를 지껄이는 게냐!"

"그러니까 당시 영감이 지방 세력들을 자중시킨 것은 황실을 위한 것이라기보다는 영감을 위해서였어. 그런 걸 갖고 영감은 지난 이십 년 동안 열심히 공치사를 했던 것이고."

쾅!

"마, 말 같지 않은 소리 집어치우지 못하겠느냐!"

공손창을 얼굴을 붉히며 주먹으로 탁자를 내려쳤다. 늙은 그에게 어디서 그만한 힘이 있는지 그 충격으로 탁자가 흔들거렸다.

"그런 억지로 나의 충정을 왜곡할 수 있다고 생각하느냐! 난 오로지 폐하와 백성들만을 생각하며 내 모든 것을 헌신했을 뿐이다! 그것은 이미 조정의 모든 대신들과 만백성들이 모두 알고 있다. 모두가!"

"조정대신들이 알고 있다고?"

"이놈아! 못 믿겠으면 그들에게 물어보면 될 것 아냐!"

"그래, 말 잘했어. 이 모든 게 바로 그들에게 물어본 거라구."

"뭣이라?"

"좌릉 대장군과 태사기 소부 등 먼저 끌려온 영감의 수족들이 나한테 얘기해 준 거라구. 모두 영감의 실속 차리려고 한 짓이지 충정은 무슨 얼어죽을 충정이냐구, 그리고 자신들이 저지른 비리는 영감이 워낙 뇌물을 좋아하기 때문에 영감에게 바칠 뇌물을 마련하기 위해 저지를 수밖에 없었고, 부정과 불법 또한 영감이 시키는 바람에 어쩔 수 없이 그랬던 거라고."

"저, 정말 그자들이 그런 말을 했단 말이냐?"

"그렇다니까. 그리고 영감의 사위인 정주성주 곽귈은 또 뭐라고 했는지 알아?"

"……?"

"영감이 제 식구들 잇속 챙기느라고 감투 쓰고 있었던 거지 솔직히 황실과 백성을 위해서 한 게 뭐가 있냐고 하더라구."

"뭐가 어째?"

"이 말도 덧붙이던데? 그렇게 백성을 위한다는 인간이 어떻게 백성들이 굶어 죽든 말든 허구한 날 공신들을 자기 집에 불러들여 술판을 벌일 수가 있냐고. 쯧쯧. 영감, 사위까지 그렇게 얘기할 정도라면 영감이 인심을 잃어도 너무 잃었어."

무대붕은 안타깝다는 표정으로 혀를 찼다.

"영감은 아직도 그들이 영감을 위해서라면 기꺼이 목숨을 던질 것이라고 생각하겠지만, 불행하게도 현실은 그렇질 못해. 그들은 그동안 영감 때문에 폐하께 제대로 충정을 바치질 못했다며 오히려 영감을 원망하더라구. 그러면서 영감에 비하면 자신들의 죄는 손톱 정도밖에 안 된다며 어떻게 잘 좀 선처해 달라고 닭똥 같은 눈물을 흘리더라구. 그것도 무릎까지 꿇으면서."

"……!"

무대붕의 얘기가 진행되는 동안 분노와 모멸감으로 타오르던 공손창의 얼굴이 차갑게 식어갔다.

아무리 간사한 게 인간의 마음이라지만 그의 종이 되길 자처했던 인물들이 오히려 자신의 죄를 가볍게 하기 위하여 그를 팔았다는 얘기는 비수처럼 공손창의 심장을 후벼 팠다.

그는 차가운 얼굴로 무대붕을 응시했다.

"한 가지 제안을 하마."

"뭔데?"

"비록 내가 지금 이런 모습으로 네 앞에 있지만, 난 아직도 이 땅의 많은 인재들을 내 앞에 불러 모으게 할 수 있는 힘이 있다."

"영감, 허풍 치지 마라. 영감의 수족들은 이미 내가 다 박살 냈다."

무대붕이 냉소를 치자 공손창은 고개를 저었다.

"그건 자네가 모르는 소리다. 이 공손창의 힘은 대륙 전역에 뻗쳐 있을 뿐만 아니라 내가 그 어떠한 대역죄를 짓더라도 이 땅 위에는 무능한 황제보다는 경륜이 풍부한 나를 추종하는 사람들이 훨씬 많아. 더욱이 능력이 출중한 인재들일수록."

대역죄를 지어도 사람들이 자신을 추종한다니? 아무리 착각은 자유라지만 저 정도의 자아 도취라면 도저히 치유가 불가능한 중증이 아닐는지……?

"젠장! 그래서? 그래서 하고 싶은 얘기가 뭔데?"

말 같지도 않은 괴변에 무대붕은 짜증스런 표정을 지었다.

"나를 풀어다오. 그렇게만 해준다면……."

공손창은 의미심장한 미소를 지었다.

"그러면 뭘 어쩔 건데?"

"그 대가로 자네를 황제로 만들어주겠네."

쾅!

무대붕은 자신의 머리통 위로 날벼락이 떨어진 것 같은 황당하면서도 엄청난 충격을 느꼈다.

"자네를 황제로 만들어주겠네!"

세상에 이 소리를 듣고 멀쩡할 사람이 과연 몇이나 있겠는가?

더욱이 그 말을 지껄인 대상은 승상 공손창이다.

"화, 황제로 만들어주겠다고?"

무림맹주가 되겠다고 선거인단들에게 술 사주고 돈까지 쥐어줄 정도로 감투 욕심이 누구보다 많은 무대붕의 눈빛이 반짝거렸다.

"영감, 그, 그게 진짜야?"

"물론이다. 내가 이곳을 나가기만 한다면 병사들을 지휘할 수 있는 수많은 장군들과 조정신료들이 모두 내 앞에 모일 것이다. 그들을 앞세워 황궁을 전복하면 이 허약한 황실은 그대로 무너지게 되어 있어. 자네도 알잖은가? 내가 맘만 먹으면 언제든지 황제를 갈아치울 수가 있다는 것을."

"그, 그거야 물론 그렇기는 하지만……."

무대붕이 머리를 긁적이며 망설이자 공손창은 씨익 미소를 지었다.

'흐흐… 암! 밥상까지 차려주겠다는데 거절할 놈은 없지.'

"그런데 영감, 그 의리없는 놈들이 과연 영감의 생각대로 움직여 줄까?"

"의리없는 놈들이라니?"

"아까 영감이 끌려올 때 봤잖아? 자기들 죽기 싫다고 영감더러 어서 조용히 끌려가라고 했던 그놈들의 싸가지를."

"흐흐, 그거야 내가 다시 못 나올 거라 생각해서 그런 거고, 만약 내가 나가게 되면 그들은 또다시 나의 충견 노릇을 하게 될 테니 전혀 걱정하지 않아도 된다."

"음… 정말 그럴까? 내가 보기엔 그 자식들 의리라곤 주걱으로 긁어도 밥알 한 톨 안 나올 인간들 같던데."

"흐흐, 그런 염려는 하지 않아도 되니 어서 나를 조용히 풀어주기만 하라구. 그러면 내가 다 알아서 해줄 테니까."

"근데 영감."

황제를 만들어주겠다는데도 자꾸 토를 달자 공손창은 짜증스러워지기 시작했다.

"또 뭐냐? 어서 날 풀기나 하라니까!"

"있잖아, 될 리도 없는 그 일이 만약 영감의 생각대로 됐다고 해봤자 그게 나한테 무슨 득이 있지?"

"……?"

무대붕의 뚱딴지 같은 질문에 공손창은 눈을 휘둥그렇게 떴다.

"뭔 소리냐? 황제가 되는데 득이 없다니?"

"황제가 돼봐야 영감의 꼭두각시밖에 더 돼? 실권은 영감이 모두 행사할 텐데. 안 그래?"

"그, 그건……."

"에이~ 생각해 보니 별로 재미없겠어. 실속도 없고. 나 황제 안 할래."

"이, 이봐. 자네가 몰라서 그러는데… 내가 살아봐야 앞으로 얼마나 더 살겠나? 그리고 난 자네를 보필만 할 거야. 그 이상은……."

"이런 쓰벌! 안 한다고 했으면 그냥 그렇게 알아먹을 것이지 무슨 잔소리가 그렇게 많아!"

무대붕은 인상을 쓰며 버럭 성질을 부렸다.

우직!

그와 동시에 그의 주먹이 공손창의 면상에 꽂혔다.

"끄아악!"

우당탕탕!

공손창은 비명을 지르며 뒤로 곤두박질을 쳤다.

무대붕은 나가떨어진 공손창을 향해 다가가더니 그의 멱살을 움켜잡았다.

"영감, 미안하지만 내 목표는 황제가 아니라 무림맹주야. 왜냐하면 우리 아버지도 구 년 전에 아깝게 맹주 선거에서 떨어졌고, 나 역시 작년 선거 때 너무도 애석하게 떨어졌거든. 그래서 내 머리 속의 감투는 오로지 그것뿐, 그 외에는 거저 줘도 싫어."

"끄으으……."

"영감이 만약 무림맹주를 시켜준다고 했으면 혹했을지도 모르는데 안타깝게도 영감은 미끼를 잘못 선택했어."

"으으… 그럼 무림맹주를 시켜줄게. 난 무림에도 영향력이 있는 많은 사람을 알고 있다……."

빠각!

"으악!"

이번에는 무대붕이 이마로 공손창의 얼굴을 들이박았다. 그의 흰 수염이 코피로 물들어가기 시작했다.

"일없어. 내가 이곳까지 끌고 오려고 그동안 얼마나 노력을 했는데 그런 헛소리에 넘어가겠어?"

"으으… 헛소리가 아니라 진짜 무림맹주를… 시켜줄게. 내겐… 그만한 능력과 힘이 있다……."

빠빠빡!

"으악! 으아악!"

또다시 때린 자리 골라서 패는 무대붕의 현란한 개인기가 펼쳐지자 공손창은 숨넘어가는 비명을 연속적으로 질러댔다.

"영감, 내가 왜 영감을 용서할 수 없는지 알아?"

"으으… 뭐, 뭐냐……?"

"나한테 친구가 한 명이 있어. 정말 괜찮은 놈이지. 모든 공(功)은 나에게 양보하고 과(過)는 자신의 몫으로 돌렸던 놈… 게다가 자신의 목숨보다도 더 소중한 여인을 철딱서니없게도 내가 혼자 좋다고 날뛰자 조용히 그 여인에 대한 자신의 사랑을 잡으려 할 정도로… 언제나 자신의 감정보다는 내 감정을 먼저 배려했던 그런 놈이었지."

"으으… 무슨 얘기를 하려는 거냐?"

빠빠빡!

"으악! 으악! 우와와악!"

"더 터지기 싫으면 잠자코 듣기만 하라구."

"으… 으……."

"그런데 알고 보니 그 녀석에겐 잊을 수 없는 원수가 하나 있지 뭐겠어? 그 원수가 얼마나 못된 인간이냐 하면, 정말 이 땅에 둘도 없는 충신이라는 녀석의 부친에겐 누명을 씌우고 그 집안은 삼족까지 처형하고, 그 녀석으로 하여금 복수조차 할 수 없도록 무공까지 폐지시킬 정도로 아주 최고 악질 늙은이더라구."

"……!"

순간 고통으로 흐릿해지던 공손창의 눈이 부릅떠졌다.

"그 녀석은 이 년이란 세월을 벼르고 별러 그 영감의 칠순 잔칫날에 맞춰 복수를 감행했는데 안타깝게도 그 뜻을 이루지 못했어."

"그, 그럼……?"

"근데 그 자식은 복수도 제대로 못한 주제에 오랑캐들의 침략으로 나라가 위기에 빠지자 오랑캐들과 싸우기 위해 전장으로 떠나더라구. 역시 멋진 놈이더라구. 복수보다도 조국과 백성들의 안전을 먼저 생각하는 그런 놈이었으니까. 하지만 내 입장에서 그놈의 행동을 멋지다고 생각만 할 수는 없잖아? 그 녀석이 하다 만 일이 있는데? 그래서 황궁으로 들어왔어. 내 친구가 미처 끝내지 못한 복수를 위해서."

"부, 북궁월!"

마침내 공손창의 입에선 비명과도 같은 음성이 터져 나왔다.

"크큭… 그래, 그 녀석이다. 내가 어째서 영감을 용서할 수 없는지 이젠 확실히 알 수 있겠지?"

무대붕은 싸늘히 식은 눈빛으로 공손창을 바라보았다.

"비, 빌어먹을… 그랬군……. 모든 화근은 바로 그놈이었어."

공손창은 허탈한 표정을 지었다.

"그때 무슨 일이 있어도 그놈까지 처형했어야 했는데……. 이런 식으로 후환을 남겨두는 게 아니었어……."

무대붕이 어째서 황궁에 들어왔고 무엇 때문에 그를 절대 용서할 수 없는지 이유를 밝히자 공손창의 얼굴엔 짙은 아쉬움이 서렸다.

"후환? 이 영감탱이, 정말 뒈지기 전엔 도저히 인간이 될 수 없는 악질 중의 악질이구만."

무대붕의 눈꼬리가 위로 치말려 오르며 또다시 넓어진 콧구멍 사이로 뜨거운 김이 뿜어져 나오기 시작했다.

"쥐꼬리만큼이라도 양심이 있는 인간이라면 이 순간 영감으로 인해 억울하게 처형당한 북궁 대부와 북궁월을 향해 닭똥 같은 눈물을 흘리며 참회를 해야 돼. 근데, 뭐? 후환을 남긴 게 억울하다고?"

"참회라니? 뭘 참회하라는 것이냐? 북궁장천은 역모를 꾀했던 대역죄인이다. 난 국법에 따라 삼족을 모두 처형하라고 했을 뿐이다. 아무리 북궁장천이 어사대부라는 고위 관직에 있던 자라 할지라도 법은 누구에게나 똑같이 적용되어야 한다는 게 나의 소신이다!"

"얼씨구?"

"따라서 난 하늘을 우러러 한 점 부끄러울 게 없다. 황제가 우유부단하게 국법 대로 삼족을 멸하지 못하고 북궁월을 그런 식으로 살려놓은 게 그저 한스러울 따름이다!"

공손창은 너무도 당당했다.

표정과 언행으로만 본다면 그가 과연 그와 같은 음모를 꾸민 장본인일까 하는 의구심이 들 정도로 그는 단호하면서도 소신으로 가득 차 있었다.

"영감, 아무리 얼굴 가죽이 두꺼워도 그렇지 누명을 뒤집어씌워 놓고도 삼족을 멸해야 한다는 얘기를 어떻게 할 수가 있지?"

"누명이라니? 누가 그런 말 같지 않은 소리를 한단 말이냐? 난, 애꿎은 사람에게 누명이나 씌울 만큼 비양심적인 짓은 단 한 번도 해본 적이 없다!"

북궁장천에게 꾸민 음모를 증명할 수 있는 당사자인 조무 정위(廷尉)가 광한에 의해 살해된 만큼 공손창은 전혀 거리낄 게 없다는 얼굴로 당당히 소리쳤다.

그러나 무대붕은 오히려 가소롭다는 표정이었다.

"역모가 그렇게 큰 죄라면 영감은 물론 영감의 삼족을 몰살시켜야겠구만."

"그, 그게 무슨 뚱딴지냐?"

"영감이 얘기했잖아? 지금 황제를 내쫓고 날 황제로 만들어주겠다고? 그 정도면 확실한 역모 아닌가?"

"그, 그건……."

공손창은 크게 당황했다. 무대붕의 입에서 이와 같은 말이 나오리라곤 꿈에도 생각지 못했다.

"허허… 그거야… 우리끼리 그냥 웃자고……."

"그러니까 아까 그 얘긴 농담이었다는 건가?"

"마, 맞아. 그렇지, 농담이지. 오십 년 동안 국록을 먹은 내가 어찌 감히 그런 생각을 할 수가 있겠나? 허허……."

공손창이 어색한 표정으로 억지 웃음을 흘렸다. 그러나 안타깝게도 그 웃음은 오래가질 못했다.

"이런, 씨앙~ 죄인으로 잡혀온 주제에 감히 나한테 농담을 지껄였단 말야?"

폭발할 것 같은 노성과 함께 때린 곳만 골라서 패는 무대붕의 주먹질이 또다시 시작됐다.

퍼퍼퍼퍽!

"으악! 으와아악!!"

"이 영감탱이야! 내가 분명히 얘기했지! 물어보는 말만 정확히 답변하라고! 그런데도 농담을 지껄여?"

빠빠빠빠빡!

"우악……! 끄아… 악……."

"영감탱이! 뭔가 대단히 착각하고 있는 모양인데, 난 결코 만만한 사람이 아냐! 난 무대붕이야! 육만 개방인들의 총수인 무대붕이라구! 알겠어!"

뻐뻐뻐뻐뻐뻑!

"......."

더 이상 비명은 없었다.

공손창은 무대붕의 화려한 주먹질을 더 이상 버티지 못한 채 의식을 잃고 젖은 빨래처럼 축 늘어졌다.

털퍽.

"들어와라!"

무대붕이 문을 향해 소리치자 두 명의 인물이 급히 들어왔다.

부관인 전칠과 특사 이단 소속 요원인 나팔수였다.

그들은 들어오자마자 걸레 같은 꼴로 뻗어 있는 공손창의 모습을 보며 경악했다.

'아니? 완전 피 범벅이 된 상태로 뻗어 있는 이 사람이 정말 공손 승상인가?'

'맙소사! 천하의 모든 권세를 쥐고 있는 공손 승상을 이 꼴로 만들어놓다니……!'

전칠이란 조심스럽게 물었다.

"영반님, 취조 끝나셨습니까?"

"취조하고말고 할 게 어딨냐? 이미 모든 게 다 까발려졌는데."

"아, 그렇죠. 참! 근데 생각보다 시간이 많이 걸리셨습니다."

"영감이 매를 벌잖아. 짜증나게."

'아무리 짜증이 난다고 늙은 승상을 이 꼴로 만들어놓다니. 정말 성

질머리 더러운 건 어쩔 수가 없다니까.'

전칠은 뻗어 있는 공손창의 모습을 다시 한 번 쳐다보며 떨떠름한 표정을 지었다.

"쓰러져 있는 꼴도 보기 싫다. 어서 영감을 지하 뇌옥으로 끌고 가라."

"알겠습니다!"

무대붕이 지시하자 전칠과 나팔수는 자신의 어깨 위에 한 팔씩 걸치며 공손창을 끌고 나가기 시작했다.

무대붕은 젖은 빨래처럼 늘어진 상태로 두 다리를 질질 끌며 사라지고 있는 공손창의 뒷모습을 씁쓸히 쳐다보았다.

그러면서도 무대붕은 한 사내의 얼굴을 떠올렸다.

광한이었다.

임마, 봤지? 복수는 이런 식으로 하는 거야. 그냥 무작정 칼만 들고 설친다고 되는 게 아니라고. 알겠냐?

모든 일을 끝낸 무대붕의 얼굴엔 뿌듯한 만족감 대신 왠지 모를 허전함이 스치고 있었다.

"망할 새끼… 너무 보고 싶다."

제43장

눈물의 이임식(離任式)

눈물의 이임식(離任式)

—만나면 헤어지고, 헤어졌다가 다시 만나는 게 인생이다.
너무 그렇게 섭섭해할 것 없어

"하하하하—!"

천붕전 밖으로 모처럼 웃음소리가 터져 나왔다.

"하하하! 대붕이, 정말 장하다. 자네 혼자 힘으로 그와 같은 엄청난 일을 해내다니… 자넨 정말이지 대륙의 영웅야, 영웅!"

영중제는 무대붕이 너무도 고맙고 사랑스러웠다.

"자~ 한 잔 받으라구."

"예, 형님."

무대붕은 영중제가 직접 따라주는 술을 받고는 쭈욱 들이켰다. 그러자 그의 곁에서 흐뭇한 표정으로 앉아 있던 담일기가 입을 열었다.

"무 영반, 얘기를 듣자 하니 공손 승상을 체포할 때 뇌광자의 폭약을 들고 모두 다 같이 죽자고 엄포를 놓았다면서요?"

"그랬죠."

"허허, 무 영반이 본시 겁이 없고 혈기가 넘치는 사람이라는 건 알고 있었지만 그렇게까지 배짱이 대단할 줄은 정말 상상도 못했소. 아무리 검거하는 것도 좋지만 자신의 목숨까지 던지며 그 일을 강행하다니… 하마터면 무 영반까지 위험할 뻔했소이다."

"목숨을 던진 것 없습니다. 내가 미쳤습니까? 그런 영감탱이 하나 잡자고 멀쩡한 내 생명을 던지게?"

무대붕이 떨떠름한 표정으로 대답하자 담일기는 눈을 휘둥그렇게 떴다.

"그때 만약 뇌광자의 폭약이 터졌으면 무 영반도 결코 무사하지 못했을 텐데?"

"이거 말입니까?"

무대붕은 품속에서 주먹 크기만한 물체를 꺼냈다. 지난번 공손창 검거 때 사용했던 바로 그 폭약이었다.

"허걱!"

무대붕이 그것을 꺼내 들자 담일기와 영중제는 동시에 기겁을 했다.

"이, 이봐. 대붕이… 치우게, 어서……."

영중제가 목소리까지 떨며 엉덩이를 뒤로 빼자 무대붕은 미소를 지었다.

"형님, 놀라실 것 없습니다. 이거 폭발하고 싶어도 할 수 없는 겁니다."

"무, 뭔 소린가? 뇌광자의 폭약이라며?"

"하하, 이건 사실 사과입니다. 보여 드릴까요?"

말과 함께 무대붕은 폭약(?)을 반으로 쪼갰다. 그러자 그의 말처럼 사과의 모습이 드러났다.

"아, 아니? 뭐야? 진짜 사과가 아닌가?"

영중제는 너무나 황당하다는 듯 입을 쩍 벌렸다.

"공손창을 체포하기에 앞서 그쪽에서 다 같이 죽자는 식으로 나오면 곤란할 것 같기에 사과를 검게 칠하고, 그 위에 심지 하나를 박아 마치 진짜 폭약인 것처럼 위장을 했죠. 그리고 마침 제게 뇌광자의 것은 아니지만 성능이 좋은 폭약이 하나 있기에 그걸로 일단 엄포를 줬죠. 그랬더니만 그 인간들 모두 기겁할 수밖에 없었던 거죠. 낄낄."

"호오, 이런! 그러니까 그 모든 사람들이 자네의 허풍에 꼼짝 못하고 당했구만."

"얼마나 겁을 먹었던지 오줌까지 싼 놈들도 있었습니다."

"하하하! 역시 대단해. 만약 자네가 아닌 다른 사람이 그런 허풍을 쳤다면 그 약은 친구들이 절대 그처럼 쉽게 당하진 않았을 텐데."

영중제는 크게 웃음을 터뜨렸다.

십 년 묵은 체증이 내려간 듯 그가 이처럼 기분이 좋았던 날은 황위에 오른 이후 처음이었다.

"대붕이."

"말씀하십쇼."

"자네와 난 형제지, 분명히."

영중제는 무대붕의 눈을 빤히 응시하며 물었다.

"예, 형님."

무대붕은 고개를 끄덕였다.

"하여 난 이번 기회에 자네를 왕(王)으로 임명하고 싶네."

쿵!

무대붕은 놀란 토끼마냥 눈을 부릅뜨고 입을 쩍 벌렸다.

"혀, 형님."

"하하, 뭘 그렇게 놀라나? 자넨 나의 동생이니 왕족이 되는 건 극히 당연한 일이야. 게다가 자넨 온갖 비리와 부정을 일삼고 있는 승상 일당을 처리한 구국의 공신이 아닌가. 그러니 사양하는 일단큼은 없길 바라겠네."

왕(王)이라 불리우며 황족으로서의 막강한 권한을 누릴 수 있는 것이 황제의 형제들이다. 영중제와 배다른 형제이긴 해도 금릉과 항주에 있는 남릉왕(南崙王)과 태릉왕(太崙王)은 황제의 동생이라는 이유만으로 부귀영화를 맘껏 누리고 있는 입장이었다.

거지에서 황족으로 엄청난 신분 상승을 할 수 있는 기회 앞에서 무대붕은 뜻밖에도 고개를 저었다.

"형님, 죄송합니다. 못 들은 걸로 하겠습니다."

"대, 대붕이? 못 들은 걸로 하다니? 그럼 나의 제안을 거절하겠단 말인가?"

영중제는 크게 당황했다.

"이제 모든 일이 다 끝난 만큼 저는 이제 무림으로 돌아가겠습니다."

"내 제안을 거절한 것만으로도 부족해 아예 황궁을 떠나겠다고?"

"언젠가 말씀드렸지만 제 목표는 황궁에서 감투 쓰는 게 아니라 무림맹주입니다. 울 아버지가 아깝게 낙선을 했고 저 역시 지난 선거에서 너무도 억울하게 석패를 하는 바람에 아직도 가슴에 한이 맺혀 있는 상태입니다."

"무림맹주가 그렇게 중요한가? 황족이 되고 왕이 될 수 있는 기회까지 차버릴 만큼?"

영중제는 도저히 이해할 수 없다는 표정으로 무대붕을 바라보았다.

"그럼요. 제 자존심이 걸린 일인데요."

무대붕은 쓸쓸한 미소를 지었다.

"전 반드시 다음 선거에선 당선되어야만 합니다. 또 떨어지면 자존심 하나로 세상을 사는 이 아우의 체면이 어찌 되겠습니까? 꼭 당선되어 무대붕의 인생에 한순간의 시련은 있어도 실패는 없다는 진리를 우리 개방 식구들은 물론 모든 무림인들에게 보여줄 생각입니다!"

"……."

워낙 무대붕이 단호하게 말하자 영중제의 얼굴은 암울하게 변했다.

"자네가 없으면 이 형은 어찌 사나? 자넨 내가 믿고 의지할 수 있는 가장 확실한 사람인데……."

"광한… 아니, 북궁월이 있잖습니까?"

무대붕은 다시 한 번 미소를 지었다.

"세상에 그 녀석만큼 믿음직스럽고 멋진 놈이 또 어딨겠습니까? 전쟁이 끝나면 북궁월을 가까이에 두고 중용하십쇼."

"자, 자네, 그를 아는가?"

영중제는 의아한 표정으로 무대붕을 응시했다.

"하하, 이 땅에 두 발을 딛고 살아가는 사람들 중에서 그 이름을 모르는 자가 어딨겠습니까? 지난 서융과의 칠년전쟁을 종식시킨 대륙의 영웅을, 그리고 그는 충신 북궁 대부의 단 하나뿐인 혈육이 아닙니까? 머리에서 발끝까지 믿음직스러운 인간입니다."

무대붕은 자신이 그와 각별한 사이라는 것을 굳이 밝히고 싶지 않았다.

"대붕이, 정말 생각을 돌리면 안 되겠나?"

영중제는 그를 이렇게 보내기가 너무도 아쉬운 얼굴이었다.

"형님."

무대붕은 미소를 지으며 영중제의 손을 잡았다.

"전쟁이 끝나고 대륙이 평온해지면 가끔 제가 있는 개봉으로 민정 시찰을 나와주십쇼. 그러면 제가 우리 개방인들의 별미인 돼지 껍데기와 지렁이 무침으로 정성껏 대접하겠습니다."

"대붕이……."

"형님, 비록 이 아우는 이렇게 떠나지만 그래도 계속 황실을 지켜볼 겁니다. 공손 승상 패거리들이 사라졌는데도 만약 형님이 국정을 잘못 운영하여 백성들이 살기 힘든 세상이 된다면, 그땐 제가 제일 먼저 들고일어날 테니 꼭 모두가 살기 좋은 세상을 만들도록 하십쇼. 아시겠죠?"

"그래, 꼭 명심하겠네……."

결국 영중제는 미소 짓는 무대붕의 손을 굳게 움켜쥐며 뜨거운 눈물을 떨구고 말았다.

*   *   *

특사부에선 떠나는 무대붕을 아쉬워하는 이임식(離任式)이 벌어지고 있었다.

특사부는 그동안 취임식은 있었어도 이임식은 단 한 번도 없었다. 더욱이 오늘의 이임식은 요원들이 자발적으로 마련한 자리였다.

비록 짧은 시간이었지만 거대한 부패 세력에 맞서 그 어느 누구보다도 용감하게 몸을 던졌던 무대붕의 뜨거운 정열은 아마도 모든 요원들의 마음속에 영원히 잊혀지지 않을 깊은 감동으로 남게 될 것이다.

"마창악, 우문행, 각 단주들 모두 그동안 수고했다."

무대붕은 각 단의 단주들과 악수를 나눴다.

"영반님, 정말 이렇게 떠나시는 겁니까? 이제 비로소 영반님과 호흡을 맞춰 제대로 일할 수 있을 것 같다고 생각했는데… 이렇게 갑자기 떠나시는 게 어딨습니까?"

제이단주 마창악의 눈에는 이슬이 그렁거렸다.

한때 계급이 높다는 이유 하나로 나이든 단주들에게 '임마, 짐마' 해대는 무대붕의 말투에 때려치울 생각까지도 먹었던 그였다.

그러나 이번에 무대붕의 가장 가까이에서 공손창 일당을 검거하는 동안 그가 보여준 놀라운 용기와 배짱에 마창악은 깊은 존경심을 느끼게 되었다.

때문에 마창악으로선 그가 떠난다는 사실이 그저 너무도 안타깝고 허탈하기만 했다.

"만나면 헤어지고, 헤어졌다가 다시 만나는 게 인생이다. 너무 그렇게 섭섭해할 것 없어."

"하지만 그동안 공손 승상을 비롯한 거악(巨惡)들을 응징하느라 고생만 하셔놓고, 이제 좀 편히 쉬어도 될 만한 시기에 홀연히 떠나신다는 게 너무 아쉽습니다."

"고생한 것 없어. 그리고 난 매일 그런 식으로 시끄럽게 살았어. 오히려 조용하면 병이 나는 특이 체질이라서 떠나는 거라구."

무대붕은 너무도 아쉬워하는 마창악을 뒤로하며 대기하고 있는 다른 요원들과 일일이 이별의 악수를 나눴다.

"크흑… 영반님."

부관인 전칠은 계속 하염없이 눈물을 흘렸다.

"그동안 영반님을 제대로 보필하지도 못했는데 이렇게 훌쩍 떠나시면 어떡합니까? 적어도 저에게만큼은 충성할 수 있는 기회를 주셨어야죠. 너무도 야속합니다. 흑흑."

"곰팽이, 그만 뚝 해라. 사내 녀석이 아무 데서나 눈물 짜는 게 아니다."

"흑흑… 영반님같이 용기있고 능력이 출중한 그런 분을 언제 또 모시겠습니까. 너무 아쉽고 속이 상해 도저히 눈물이 멈추질 않습니다."

"하긴… 나같이 완벽한 인물을 두 번 다시 만날 수는 없겠지. 충분히 네 심정이 이해된다."

무대봉은 어찌나 기분이 뿌듯한지 하마터면 입이 찢어질 뻔했다. 기분대로라면 이 상황에서 특유의 웃음을 한번 크게 웃어 젖혔겠지만 아쉽게도 지금의 분위기는 그럴 수 없는 상황이었다.

그는 찢어질 것 같은 입을 억지로 오므리며 전칠의 어깨를 다독여 주었다.

"곰팽아, 나중에 애향이와 혼례를 치르거든 함께 개방에 한번 놀러와라. 결혼한 너희들의 모습을 보면 내가 무척 반가울 것 같다."

"크흑… 꼭 그녀와 함께 영반님을 다시 뵙도록 하겠습니다."

전칠은 팔뚝으로 눈물을 훔치며 고개를 끄덕였다.

그때였다. 밖에서 경비를 서고 있던 나팔수가 이임식이 벌어지고 있는 대청 안으로 들어왔다.

"저… 영반님."

"왜?"

"밖에 손님이 찾아오셨습니다."

"손님이라니? 누구?"

나팔수는 주변의 이목 때문인지 무대붕의 귀에 작게 속닥거리며 보고를 했다.

"……!"

그러자 무대붕의 얼굴이 딱딱하게 굳어졌다.

휘이이잉…….

밖은 밤이었다.

춘절은 지났어도 여전히 그지없이 춥기만 했다.

이와 같이 추운 겨울밤, 특사부 정문 앞에 있는 도화나무 아래에 한 여인이 매서운 바람을 맞으며 누군가를 기다리고 서 있었다.

일견하기에도 고귀한 기품이 절로 흐르는 여인.

어두운 밤에도 영롱한 보석처럼 빛나는 여인.

바로 벽하였다.

"……."

벽하의 시야에 천천히 나타나는 무대붕의 모습이 들어왔다.

무대붕 역시 매서운 겨울바람 속에 가녀린 몸을 미미하게 떨며 서 있는 그녀의 모습을 바라보았다.

"무슨 일이죠?"

무대붕의 음성은 언젠가 그녀가 자신을 찾아온 그날처럼 대단히 건조했고 사무적이었다.

"얘기 들었어요, 떠나신다는……."

추위 때문인가?

벽하의 앵두처럼 붉은 입술은 파랗게 얼어 있었고 음성 또한 많이 떨렸다.

무대붕은 문득 추위에 떨고 있는 그녀를 위해 겉옷을 벗어주고 싶었다. 그리고 자신의 가슴으로 뜨겁게 안아주고 싶은 충동을 느꼈다.

하지만 그건 마음뿐이었다. 그래서 안타깝고, 그래서 고통스러웠다.

아직도 변함없이 그의 뇌리 속을 온통 지배하고 있는 여인이지만, 그는 그녀를 위해서 그 어떤 배려도 해선 안 된다는 사실이 가혹할 따름이었다.

"그렇소. 날이 밝는 대로… 떠날 예정이오."

아무리 감정을 숨기려 해도 그의 음성은 자신도 모르게 흔들리고 있었다.

"폐하께서 많이 상심하고 계세요."

"……."

"지금처럼 곁에서 폐하를 보필하며 부강한 국가를 건설하는 데 앞장서시면 안 되나요?"

"……."

"폐하도 그렇지만 소녀 역시 영반님께서 다시 무림으로 돌아가지 않았으면 하는데… 너무 무리한 부탁일까요?"

"…그렇소."

오랜 침묵 끝에 무대붕의 입술이 열렸다.

"왜죠? 한때 영반님께서는 자청해서 황실에 들어오길 원하셨잖아요? 국가와 백성을 위해 헌신하시겠다면서……."

"그땐 이곳에 있는 게 그저 한없이 좋고 즐거웠지만, 지금은 결코 그럴 수가 없는 입장이기 때문이오. 지금의 난 이곳이 너무 싫소. 있으면 있을수록 그저 고통스러울 뿐이오."

"그게 무, 무슨 뜻이죠?"

벽하는 의아한 표정을 지었다.

"그에 대한 대답을 할 필요는 없을 것 같군요. 그럼 전 이만."

무대붕은 그녀의 질문에는 상관없이 자기의 말만 하고는 이내 등을 돌렸다.

"……."

벽하는 여전히 우뚝 서서 어둠 속에서 멀어져 가는 무대붕의 뒷모습을 당혹스런 표정으로 바라보았다.

지난여름의 무대붕은 저렇질 않았다.

손금도 봐주고 천기도 봐준다면서 짓궂게 굴던 개구쟁이 같은 사내였다.

하지만 겨울에 돌아온 그는 그녀에게 언제나 사무적이었고 차가운 뒷모습만을 보여주었다.

사라져 가던 무대붕이 문득 그녀를 향해 고개를 돌렸다.

"지금 얼마나 됐죠?"

"예?"

뚱딴지 같은 무대붕의 질문에 벽하는 멀뚱한 표정을 지었다.

"아기 말입니다, 뱃속에 있는……."

"오, 오 개월째예요……."

그가 임신에 대한 것을 묻는다는 것을 알자 벽하는 자신도 모르게 얼굴을 붉히며 고개를 떨구었다.

"늦었지만 축하드립니다, 진심으로……."

처음으로…

이번 겨울에 처음으로 무대붕은 그녀를 향해 미소를 보였다.

"고, 고맙습니다."

벽하는 그의 미소에 역시 홍당무처럼 붉어진 뺨을 만지며 어색한 미소로 대답했다.

어둡고 너무도 거리가 먼 탓이었을까?

벽하는 무대붕이 자신에게 분명히 밝게 미소를 짓는 걸로 보았지만, 그녀가 미처 발견하지 못한 게 있었다.

미소를 지으면서도 눈가에 고여 있는 무대붕의 눈물을…….

무대붕이 개방으로 돌아온 날,

개방 총단에서 전무후무한 대잔치가 벌어졌다.

그들은 무대붕이 황궁에서 얼마나 큰 공헌을 하고 돌아왔는지에 대해선 관심이 없었다.

그들의 관심은 이번 거사에서 자신들이 얼마나 멋진 모습으로 각 성주들을 제압했는지, 어떻게 하면 그 무용담을 극적이면서도 멋지게 설명하느냐 하는 것뿐이었다.

"크흘흘흘… 꼬마야, 이번에 네가 지시한 일이 성공할 수 있었던 것은 바로 노부의 힘이 절대적이었기 때문이다. 노부가 제남성주를 살살 약 올리며 위협했더니 그 자식이 기겁을 하며 울지 뭐냐?"

"원 형님도! 형님도 애를 쓰셨겠지만 돼지 같은 개봉성주 그놈을 손바닥 안에 놓고 데리고 논 저보다야 통쾌할 수는 없었겠죠. 그 자식, 처음엔 당당하게 나오다가 막상 제놈의 남자 애인을 면상에 들이미니까 게거품을 흘리고 오줌까지 지리더라니까요. 푸키키킷~"

"더는 하마터면 둑을 뻔햇뜹니다. 태원덩두 뇌군악 그 인간이 느다덥디 칼 들고 덜티는 바람에… 그리고 가옥이가 겁업디 가티 둑다고 덜터대는 바람에……."

"이놈들아! 무슨 개소리들이야! 어쨌든 아무지고 빈틈없는 제남성주를 제압하는 일이 가장 힘든 일이었어! 고로 노부가 가장 큰 공헌을 했고, 그런 의미에서 앞으로 노부에게 개방에 빌붙어 사는 노인네라고 이죽거리는 놈이 있으면 주둥이를 찢어버릴 테니 알아서들 해! 난 당당히 얻어먹을 자격이 있는 사람이야!"

"형님, 원통구 그놈이 왜 제 앞에서 찍소리도 못하고 혈서를 썼는지 아십니까? 칼날 같은 제 눈빛에 겁을 먹어서 그렇다니까요."

그들은 서로 자신을 치켜세우며 자화자찬을 하느라고 정신이 없었다.

결코 그 잘난 체를 듣고 가만있을 무대붕이 아니었다.

그 역시 자신이 무림으로 돌아가겠다고 하니까 황제를 비롯한 모든 황실 사람들이 눈물을 흘리며 만류하였고, 심지어 황제는 자신을 왕(王)으로 삼겠다는 말까지 했다고 자랑스럽게 얘기했다.

그러자 광마불을 비롯한 모든 사람들이 어이없다는 표정으로 무대붕을 쳐다보았다.

"꼬마야, 황제가 너 같은 싸가지를 왕으로 임명하려 했다고?"

"끅~ 그렇다니까."

"에라! 이 망할 녀석아! 아무리 본 사람 없다고 입에서 나오는 대로 지껄이는 게 아니다."

"젠장! 진짜라니까!"

"조카, 혹시 그때 황제가 낮술 마시진 않았나?"

"술이야 당연히 함께 한잔했지. 그 형과 난 막역한 사이거든. 꺼억~"

"어쩐지, 황제가 낮술했으니 그런 농담을 하셨겠지 맨 정신에 어디 그랬으려고."

"헐헐… 아우 말에 노부도 동감이다. 황제가 술에 취했거나 미치지 않고서야 어디 저런 싸가지를 왕으로 임명하겠냐? 나라를 말아먹겠다고 작정을 했다면 또 몰라도."

"동감입니다, 형님."

"에잇! 저 망할 녀석 때문에 잠시 헷갈렸다! 다시 술이나 마시자."

"어엇! 진짜라니까. 정말 그 형이 나한테 그랬다니까!"

무대붕은 인상까지 긁으며 진실을 외쳤다.

그러나 모두가 아예 이번에는 대꾸조차 하지 않고 자기들끼리 술만 마셨다.

'이런 쓰벌…….'

무대붕은 도무지 자신의 말을 믿어주지 않는 개방 식구들의 모습이 섭섭하다 못해 괘씸했다.

'내가 미쳤지, 이런 인간들이 뭐가 보고 싶다고 눈물로 붙잡는 황실 사람들을 모두 뿌리치고 이곳으로 돌아온 건지…….'

생각하면 할수록 원통하고 핏대가 치솟았다.

"으아아아아! 나 돌아갈래!"

마침내 발악과도 같은 외침이 그의 입에서 터져 나왔다.

그러나 개방 식구들은 여전히 관심이 없었다.

"형님, 조카의 증상이 상당히 심각한 것 같은데요?"

"냅둬. 저 자식 발악하는 거 어디 하루 이틀 보냐? 저러다가 말겠지. 망할 놈, 헛소리도 어느 정도야 믿어주지. 뭐? 왕이라고? 내참, 어이가 없어서……."

"하긴… 그 소린 아마 뒤뜰에 있는 우리 개새끼들도 안 믿을 겁니다."

그랬다.

모처럼 진실한 표정으로 진실을 얘기했건만 그의 얘기는 개방의 멍멍이들조차 안 믿을 얘기로 전락해 버렸다.

하긴…

평소 그렇게 허풍을 쳐댔으니 누가 그 얘기를 믿을 수 있을 텐가?

아무튼 나라를 구한 구국의 영웅은 자신의 집으로 돌아오자마자 한없이 초라한 허풍꾼으로 전락하고 있었다.

*   *   *

월랑(月郞)…

당신이 떠난 지 어언 석 달이 지났군요.

식사는 잘하고 계시는지, 아픈 곳은 없는지, 병사들 훈련은 예정대로 잘 진행되고 있는지 정말 모든 게 궁금하네요.

벌써부터 숨이 막힐 것처럼 그리운 당신,

지금이라도 당신이 계신 곳까지 달려가고 싶지만 그래선 안 되겠죠? 당신의 생사조차 모르는 지난 이 년 동안 과연 소녀가 어떻게 참고 기다렸는지 이해가 되지 않을 정도로 너무 힘이 드는군요.

참, 놀라운 소식 하나 전해 드릴까요?

공손 승상과 그의 최측근들이 비리와 부정 축재로 모두 뇌옥에 갇혀 있어요. 오라버니인 폐하께서도 어찌할 수 없었던 승상 일당을 누가 체포하고 뇌옥으로 집어넣었는지 아세요?

바로 무대붕 특사영반님이었어요.

더욱이 그분은 지난날 북궁 대부님의 역모는 모두 공손 승상에 의해 조작된 음모라는 것까지 밝혀내셨어요.

　그 어떤 사람도 할 수 없었던 일을 그분이 해냈다고 황궁 안의 모든 이들은 지금 누구랄 것 없이 침이 마르도록 그분을 칭송하고 있어요.

　무대붕 영반님은 반드시 정의는 승리한다는 것을 보여준 진정한 영웅이라며 말예요.

　이제 월랑의 어깨 위에 놓여진 모든 억울한 누명은 사라졌어요.

　기쁘죠? 제가 이렇게 좋은데 당신은 얼마나 기쁘시겠어요?

　…(중략)…….

　월랑!

　요즘은 뱃속의 우리 아기가 자꾸만 발길질을 해요.

　그런 걸로 봐서 아들 같은데, 우리 아기가 태어나기 전에 당신은 돌아오실 수 있겠죠?

　너무 보고 싶어요.

　정말 견딜 수 없을 정도로…….

　사랑스런 아내의 서찰을 읽어 내려가던 사내의 얼굴 표정이 몹시도 무거워 보였다.

　"이번에도 또 신세를 지게 될 줄이야…….”

　씁쓸한 뇌까림과 함께 사내의 뇌리엔 한 인물이 떠올랐다.

　온갖 보석 장신구로 머리에서 발끝까지 치장을 하고, 엄지손가락으로 콧구멍을 후비며 씨익 미소를 짓고 있는 어떤 인물이…….

　　　　*　　　　*　　　　*

"와아아아!"

"우와아아아―!"

연경성 내 어느 광활한 백사장에서 천지를 진동시킬 듯한 함성 소리가 터져 나오고 있었다.

철패대제 야율노극은 백마를 타고 드넓은 백사장 안을 가득 메운 상태로 도열해 있는 장졸들을 열병하며 지나쳐 갔다.

그가 지나칠 때마다 오록호리, 낭리하문, 타미루, 율마추 등의 대장군들이 군례를 올렸다.

또한 비무기, 마인귀, 갈포악, 독두귀마, 미륵색귀 등 금마국의 충복으로 변신한 흑도의 무림인들과 단 한 번의 패배도 용납치 않았던 철갑 기마대와 토벌군 역시 야율노극이 그들의 앞을 지나칠 때마다 긴장된 표정으로 군례를 올렸다.

"와아아아!"

드디어 야율노극이 단상 위로 올라서자 다시 한 번 천지를 진동시킬 듯한 함성이 울려 퍼졌다.

"장졸들은 들어라! 오늘 본좌는 하늘의 뜻을 받들어 우리의 염원인 대륙 통일을 위해 검을 들었다!"

야율노극의 입에서 포효하는 듯한 사자후가 터져 나오기 시작했다.

"우리가 중원의 황실을 치고자 하는 것은 그동안 차가운 북해의 최북단까지 쫓겨난 그 한을 풀기 위함이 아니다. 온갖 비리와 부정으로 백성들을 헐벗게 하고 고통스럽게 만든 그 썩은 무리들을 응징하고 도탄에 빠져 신음하는 본좌의 백성들을 구하기 위함이다!"

야율노극은 중원의 백성들 역시 자신의 백성이라고 말했다.

연경을 점령한 이후 그의 수하로 많은 중원의 인재들과 장졸들이 채

워진 만큼 그는 굳이 이번 전쟁의 성격을 오환족과 중원인들과 대결로 표현하지 않았다.

백성을 힘들게 만든 썩은 세력과 백성을 구제하기 위해 일어난 자신들과의 대결이라고 강조했고, 그 얘기는 탐관오리들의 착취에 넌덜머리가 난 많은 중원인들이 그의 그늘 밑으로 들어오는 데 꺼림칙한 마음의 장벽을 없애주었다.

"와아아아!"

병사들은 검과 창을 높이 쳐들며 또다시 우레와 같은 함성을 토했다.

"이미 중원 황실은 이름뿐이다. 이제 그 허명마저 우리가 접수할 것이다. 가라! 출병하라! 모두 금마국의 영광을 위하여 혼신을 불태워라! 출병하라! 출병하라! 금마국의 용사들아!!"

"와아아아!"

"우와아아아!"

절정의 함성 속에 각 장군들의 외침에 따라 군사들이 움직여 나갔다.

때는 이월 이일.

드디어 석 달 동안의 긴 휴식기를 보낸 금마국의 군사들은 대륙 통일의 최후 목적지이자 가장 강력한 저항이 예상되는 황도 낙양을 함락시키기 위한 진군을 시작했다.

*   *   *

"뭐라? 드디어 그들이 움직이기 시작했단 말인가?"

영중제는 딱딱하게 굳은 표정으로 음성을 발했다.

"그렇습니다, 폐하. 병력을 셋으로 나누어 동시에 이곳 낙양성을 목표로 남하하고 있다고 합니다."

담일기 역시 이마에 땀이 송골송골 맺힐 정도로 몹시 긴장된 표정으로 보고를 하였다.

"병력을 셋으로 나누다니? 그럼 세 방향으로?"

"예. 하나는 신안(新安) 쪽으로 빠지는 것으로 보건대 산서성을 거쳐 이곳으로 진입할 계산인 듯하고, 다른 하나는 천진(天津) 방향을 택한 것으로 봐서 아마도 산동성을 거쳐 진입할 생각인 것 같습니다. 그리고 가장 병력을 집중시킨 마지막 무리들은 조현(趙縣) 쪽으로 남하하는 것으로 보아 다른 무리들과는 달리 우회하지 않고 직접 최단거리로 달려오겠다는 계산인 듯합니다."

"으음……"

영중제는 자신도 모르게 무거운 침음성을 흘렸다.

연경과 낙양을 최단거리로 질주한다면 열흘 이내면 능히 도착할 수 있는 짧은 거리다. 열흘 안에 적도들이 황도를 점령할 수도 있다고 생각하니 등골에 서늘한 전율이 일었다.

"하나 너무 염려하실 것 없습니다, 폐하."

담일기는 영중제의 불편한 심기를 헤아리며 조심스럽게 말을 이었다.

"이미 날이 풀리는 것과 동시에 그들이 전쟁을 감행하리라는 것은 예측하고 있던 바입니다. 그들이 절대 하북성에서부터 한 발자국도 넘어올 수 없도록 이미 각 성의 경계선 부분에서 저희 병력들이 만반의 태세를 갖추고 있는 상태입니다."

"……."

"그들이 신안을 통해 우회할 것으로 생각하여 산서 전선엔 이미 삼만 병력과 하북팽가와 곤륜, 화산파 등 무림명파들이 대비를 하고 있는 상태이옵고, 산동 전선 역시 이만의 병력과 점창파와 아미파, 제남파 등의 무림 거대 문파들이 힘을 모아 그들의 침공을 분쇄하기 위해 대기하고 있는 상태입니다."

"가장 최단거리인 하남 경계선은 누가 지키고 있지? 그곳을 가장 철통같이 지켜야 할 텐데?"

영중제는 여전히 불안하기 그지없었다.

아무리 무림인들이 힘을 합세하고 있다고는 하지만, 적은 아직까지 단 한 번의 패배도 용납치 않았던 무적의 무리들이다.

여전히 한기가 가시지 않은 이월 초의 차가운 기온 속에서도 식은땀을 흘리는 것은 너무도 당연했다.

"하남 전선에선 서문탁 대장군이 이끄는 오만 장졸과 철무상 대장군의 팔천 기마군, 그리고 소림사와 무당파, 남궁세가 등 무림 최대의 명파들이 눈을 부릅뜨고 그들이 나타날 순간만을 기다리고 있는 상황입니다. 아울러 특전총사 북궁월과 그가 훈련시킨 삼천 명의 특전군 역시 하남 전선에서 최단거리를 노리고 남하할 적도들을 괴멸시키기 위해 기다리고 있습니다."

"북궁월? 북궁월이 하남 전선을 지키고 있단 말인가?"

영중제의 눈이 처음으로 밝게 반짝였다.

"그렇습니다."

"음… 그렇다면 해볼 만하겠군, 충분히."

북궁월.

절망으로 가득했던 영중제에게 처음으로 희망을 느끼게 할 정도로 그 이름은 절대적이었다.

그가 없었다면 서융과의 전쟁은 어떻게 되었을지 지금도 장담 못한다. 말할 수 있는 건 그가 있었기에 전쟁은 끝났고, 그가 있었기에 승리를 했다는 것뿐이다.

그렇기에 영중제는 그를 다시 불러들이지 않으면 실력 행사를 하겠다는 공손창 일당의 위협에 버티며 북궁월을 믿고 지지했던 것이다.

이번 전쟁에서 북궁월의 존재는 너무도 절실했기에.

"북궁월이 다시 한 번 더 그때와 같은 능력을 보여준다면……."

어느덧 영중제는 자신도 모르게 기도하듯 두 손을 모아 쥐고 있었다.

□제44장□

형제는 뻔뻔했다

형제는 뻔뻔했다

—혈혈, 아가씨도 넣어줘야 돼.
지난번 걔네들로

이른 아침부터 무대붕을 찾아온 손님이 있었다.

손님은 마치 금칠을 한 듯 번쩍이는 화의(華衣)를 입고 임산
부처럼 툭 튀어나온 배에 이중 턱을 하고 있는 사십대 초반의
사내였다.

"아니, 맹 루주가 아침 일찍부터 어인 일이신가?"

무대붕은 손님을 자신의 처소인 풍류각에서 반갑게 맞이했
다.

손님은 다름 아닌 개봉 최대의 기루인 대화루의 주인 맹금
복(孟金復)이었다.

"각하, 요즘 도통 저희 집에 오질 않으시네요?"

맹금복은 상당히 언짢은 표정으로 음성을 발했다.

"내가 요즘 바빴어. 한동안 황도인 낙양에서 국가와 민족을
위해 헌신했거든."

무대붕은 국가와 민족이라는 부분을 강조하듯 힘주어 얘기

했다. 그러나 맹금복의 표정은 여전히 편치가 않았다.

"하하, 그러느라고 자리를 좀 비웠더니 총단이 너무 엉망이지 뭔가? 하여 무너진 기강도 다시 잡고, 그동안의 시원치 않은 사업 현황도 재정비를 하느라고 오줌 싸고 뭐 볼 시간도 없이 바빴었지."

"……."

"그렇지 않아도 이제 대충 정리가 된 것 같아 오늘쯤 대화루에 들를까 생각했는데, 마침 맹 루주가 찾아왔구먼. 왜? 그동안 내가 대화루 대신 다른 기루로 출근하는 줄 알고 섭섭했나?"

무대붕은 맹금복이 볼멘 표정으로 앉아 있는 이유가 그 때문이라고 생각했다. 그런데 곧 그게 대단한 착각이라는 것을 깨우치게 되었다.

"각하, 이것 좀 봐주시겠습니까?"

맹금복은 무대붕의 앞에 간이 장부를 내밀었다.

"이게 뭔데?"

아무리 눈 똑바로 떠봐야 내용을 알 리가 없는 무대붕이었기에 짜증스런 표정으로 맹금복을 쳐다보았다.

"외상값입니다."

"외상? 뭔 뚱딴지야? 난 먹을 때마다 모두 즉시 계산해 줬잖아?"

무대붕은 인상을 쓰며 버럭 소리쳤다.

"물론 각하께서야 언제나 깔끔하고 신속히 결제해 주셨죠. 근데… 다른 사람들은 그렇질 않지 뭡니까?"

"다른 사람?"

무대붕은 문득 무천표의 얼굴과 함께 각하 대행 노릇을 해주는 대신 그에 상응하는 품위 유지비는 지불해 줘야 한다는 그의 요구가 떠올랐다.

'젠장! 외상값 독촉이라니……. 광한이에게 맡겼을 땐 나도 모르는 선행으로 내 입지를 한층 높여줬거늘, 도저히 비교를 안 하려고 해도 안 할 수가 없다니까.'

그렇지 않아도 자신이 자리를 비운 한 달 사이에 정말 엉망이 되어 버린 총단의 모습에 짜증이 나던 판이었는데, 외상 얘기까지 들으니 울화가 치밀기 시작했다.

"저도 아침부터 이런 얘기하고 싶지는 않았지만, 전쟁 소식 때문에 요즘 장사도 너무 안 되고, 그렇다고 자주 오시는 것도 아니고… 해서 어쩔 수 없이……."

"사설 집어치우고 본론만 얘기해. 얼마야, 외상값이?"

무대붕은 당장에라도 갚아줄 듯 금고 서랍을 열었다.

"은자로 계산해서… 모두 팔백이십오 냥입니다."

"뭐? 어, 얼마?"

서랍을 열던 무대붕이 동작을 멈추고 벼락처럼 고개를 돌렸다.

"팔백이십오 냥이지만… 우수리는 떼고 그냥 팔백 냥만 주십쇼. 다른 사람도 아니고 최고의 단골이신데 어찌 그것까지 매정하게 다 받을 수 있겠습니까."

"이, 이봐, 맹 루주. 설마 나한테 바가지를 씌우려는 건 아니겠지?"

무대붕은 두꺼운 입술을 잘근잘근 씹으며 싸늘히 노려보았다.

"그럴 리가요. 제가 감히 각하님께 어찌 그런 짓을 하겠습니까."

"그게 아니라면 무슨 외상값이 팔백 냥이 넘을 수가 있지? 은자 두 냥이면 쌀이 한 가마야. 열 냥이면 다섯 가마고. 그런데 팔백 냥이라니? 도대체 술을 어떻게 마셨기에 팔백 냥이 넘는다는 거야?"

무대붕이 험악하게 인상을 구기며 소리를 쳤다.

"매일 마셨습니다, 무려 한 달 동안을."

"……?"

"정확하게 말씀드리자면 딱 사흘만 빼고는 매일같이 각하 대행님과 고문님이 출근하셨습니다."

"고문님? 그게 누군데?"

무대붕은 방주인 자신도 모르는 직위가 나오자 의아한 표정을 지었다.

"각하 대행님이 형님이라고 부르는 연세가 많고 눈알이 빨간 분이셨습니다. 근데 왜 그러시죠? 그분이 개방 고문이 아닌가요? 분명히 본인의 입으로 그러셨는데?"

굳이 더 이상 설명하지 않아도 무대붕은 그가 누군지 짐작할 수 있었다.

'끄응~ 이 망할 영감탱이가 제 맘대로 직위까지 사칭하며 신나게 퍼마셔 댔군.'

무대붕은 한없이 구겨진 표정으로 씩씩거렸다.

"그 두 분이 점심때쯤에 출근하셔서 어떤 때는 기녀를 무려 열 명씩 한꺼번에 들어오게 하실 정도로 호탕하게 술을 드셨습니다. 물론 술은 한 병에 은자 다섯 냥씩 하는 최고급인 대왕주(大旺酒)여 안주 역시 한 상에 스무 냥씩 되는 팔대진미(八大珍味)로만 드셨죠."

맹금복은 무대붕의 심기가 어떻든 간에 관계없이 외상값의 내역에 관해 충실하게 설명하였다.

"게다가 기녀들의 봉사료도 보통은 다섯 냥씩 외상으로 달아놓으라고 하셨는데 간혹 기분이 좋을 때는 스무 냥씩 달아놓으라고 하셨습니다."

"끄응~ 스무 냥이면 쌀이 몇 가마니지?"

"열 가마니죠."

"쌀 열 가마니를 봉사료로 달아놓으라고 했단 말이지? 그 인간 둘이서?"

"아니죠. 정확히 말씀드린다면 열 가마니가 넘죠. 언제나 기녀는 두 명 이상이 들어갔으니까요."

"끙~ 신났군. 나 없는 동안 둘이서 아주 기분 팡팡 내며 술 퍼마시고 놀았군."

맹금복이 외상 내역을 상세히 설명하는 동안 무대붕의 표정은 푸르뎅뎅하게 변해갔고 코에선 뜨거운 김이 뿜어져 나왔다.

"물론 속상하시겠지만 그래도 웬만하면 지금 좀 결제를 해주셨으면 합니다. 아시다시피 전쟁, 혹한, 그리고 다시 또 전쟁… 이런 여러 가지 문제로 경기가 너무도 침체된 상황이거든요. 지난달엔 처음으로 주방장을 비롯한 기루 식구들의 급여도 못 줬습니다."

"끄응~ 알았다. 우리 식구들이 처먹은 거니 어쩔 수 없지."

무대붕은 앓는 듯한 신음 소리를 흘리며 금고에서 돈을 꺼내주었다.

"가, 감사합니다. 역시 각하님은 믿을 수 있는 최우량 고객이십니다."

맹금복은 돈을 받자 눈물이 앞을 가렸다.

물론 그동안 무대붕과의 깊은 유대 관계상 그가 외상값을 떼먹으리라곤 생각지 않았다.

그러나 이번 경우는 좀 달랐다. 외상값이 많아도 너무 많았다.

게다가 그가 없을 때 마신 외상값이었다.

그렇기에 무대붕이 순순히 갚아주진 않을 것 같았고, 갚는다 해도 왕창 깎은 후에 줄 거라고 생각했는데, 뜻밖에도 너무나 깨끗하게 계산해 준 것이었다.

그때였다.

"어… 이게 누구야? 맹 루주가 아닌가?"

"푸헐헐~ 아침부터 자네가 어인 일이야? 혹시 대화루에 신입 기녀라도 새로 받았다고 그걸 알려주러 온 건가? 사실 거기 애들 물갈이 좀 해야겠더라고. 이젠 신선한 맛이 없어."

무천표와 광마불이 때마침 들어왔다.

"그럼 전 이만……."

무대붕의 불편한 심기를 누구보다도 잘 헤아리고 있는 맹금복은 어색한 표정으로 인사하고는 급히 자리에서 물러났다.

"어? 이봐! 맹 루주, 사람을 보자마자 그냥 가는 게 어딨냐? 이거 갑자기 기분이 더러워지네."

"푸헐헐! 저 배불뚝이 녀석. 고객 관리가 영 엉망이구만. 아우야, 우리 다음부터는 기루를 바꾸자. 저런 자식은 우리가 술을 팔아줄 가치가 없어."

"그럽시다, 형님. 이제부턴 그 옆에 있는 남양루(南陽樓)로 갑시다. 알고 보니 남양루의 기녀들이 훨씬 예쁘고 빵빵하더라구요."

형과 동생은 한 달 동안 엄청나게 술을 팔아준 자신들에게 인사조차 제대로 하지 않고 내빼 버린 맹금복이 너무도 괘씸한지 그의 외모에서부터 인간성, 심지어는 그런 배불뚝이와 함께 살고 있는 마누라가 더욱 한심하다는 얘기까지 꺼내며 열심히 씹어댔다.

"무슨 돈으로 남양루에 가서 술을 마실 건데?"

무대붕은 치솟는 분노를 간신히 억제하며 입을 열었다.

"조카도 참, 우리가 언제 제 돈 주고 술 마시는 사람인가? 일단 긋고 마시는 거지."

"푸헐헐~ 암! 우리 같은 사람들을 위해 외상이란 제도가 있는 게 아닌가."

형제는 전혀 거리낌없이 대답했다.

"외상을 하면 갚는 건 누가 하지? 당숙? 아니면 영감?"

"조카, 뭔 소릴 하는 거야? 그거야 당연히 최고 총수인 각하가 갚아야지."

"암~ 총수가 있는데 우리가 갚으면 그것도 경우가 아니지. 물론 갚을 돈도 없지만."

형제는 분위기 파악을 전혀 못한 듯 계속 염장 지르는 소리를 내뱉고 있었다.

쾅!

"왜 당신들이 처먹은 외상 술값을 나더러 내라는 거야? 내가 그렇게 만만하게 보여?"

무대봉은 더 이상 참지 못하겠다는 듯 탁자를 내려치며 벌떡 일어났다.

"당숙, 그러니까 뭐야? 잘난 조카를 상대로 등쳐먹겠다는 거야? 그런 거야?"

"조, 조카, 그 무슨 섭섭한 소리를! 내가 어찌 조카 등을 쳐먹겠나? 난 단지 품위 유지를 위해서……."

"젠장! 그건 각하 대행을 하는 동안까지만 인정해 주기로 한 거잖아? 지금도 각하 대행인 줄 알아?"

"조카, 사람 입이란 게 있잖아, 한번 고급스러워지기 시작하니까 밑

으로 낮출 수가 없지 뭐야? 이젠 정말이지 밀주에 지렁이 무침을 놓고
는 도저히 술을 마실 수가 없더라구."

"푸헐헐~ 난 이제 젊은 여자 없이는 못 마셔."

무대붕이 성질을 내며 소리 치는데도 무천표와 광마불은 오히려
한 달 동안 너무도 변해 버린 자신들을 이해하라는 식으로 말을 했
다.

"뭐야, 그러니까 앞으로도 계속 기루에 가서 기녀들을 끼고 술을 마
시겠다는 거야? 그것도 최고급 술과 안주로?"

무대붕은 기가 막혔다.

"웅. 대신 기녀들 봉사료는 최하로 계산할게. 그러니 그 정도는 허
락해 줘라. 조카 돈 많잖아?"

"봉사료를 깎는 건 안 돼. 차라리 술과 안주를 낮추면 낮췄지. 젊은
아가씨들이 그거 벌려고 노력하는 게 불쌍하지도 않냐? 무조건 봉사료
는 최고로 많이 계산해 줘야 돼."

전혀 반성할 줄 모르고 오히려 무대붕을 설득하려 드는 두 사람에게
무대붕은 뜨거운 콧김을 내뿜으며 씩씩거렸다.

"두 사람 나가! 모두 꺼지라구!"

그와 동시에,

우당탕! 꽝! 와지작— 꽝! 꽝!

흥분한 무대붕은 탁자와 의자 등 닥치는 대로 집어 던지며 발광을
하기 시작했다.

"조, 조카! 왜 이래? 진정하라구."

"젠장! 내가 뚜껑이 열렸는데 진정하게 생겼어!"

와장창창!

"근데 씨앙! 꺼지라는 데 왜 안 꺼지고 뭐 하는 거야? 잠시 내가 자리 좀 비웠다고 내 말이 말 같지 않다는 거야!"

눈에 보이는 것마다 집어 던질 정도로 흥분 상태인 무대붕에 비해 두 형제는 놀랍도록 침착했다.

"꺼지라니?"

"대체 어디로?"

무대붕이 왜 소리를 내지르며 흥분하고 있는지 이해할 수 없다는 차분한 표정들이었다.

"얼어죽을! 그것까지 일일이 가르쳐 줘야 돼? 당숙은 낙양 지부로 돌아가고……."

"그럼 나는?"

"영감은 알아서 아무 데로나 꺼져!"

"이, 이런 나쁜 자식! 은혜를 원수로 갚아도 유분수지, 기껏 제놈이 해달라고 부탁한 일을 누구보다도 열심히 몸 바쳐서 일한 노부더러 이 엄동설한에 꺼지라고?"

광마불은 너무도 섭섭한 듯 얼굴까지 붉히며 씩씩거렸다.

"엄동설한 다 지났어. 괜찮아, 이젠 나가도."

"이놈아! 그래도 길에서 노숙하면 아직은 얼어 죽는다."

"그거야 영감 사정이고!"

무대붕이 생각보다 완강하게 나오자 무천표는 문득 불안했다.

자신이야 광마불과 달리 낙양 지부로 돌아가면 되지만, 그곳에 가면 지금과 같은 즐거움이 없기에 웬만하면 이곳에 눌러 있고 싶었다.

뭔가 자신들이 쫓겨나지 않으려면 이 위기를 극복할 수 있는 묘안을 찾아야만 했다.

다행히 그건 어렵지 않았다. 무대붕이에게 보고할 게 있었기 때문이다.

"아참참! 조카, 아직 그 소식 못 들었지?"

"뭔 소식인지 듣고 싶지 않으니까 지금 즉시 보따리 챙겨서 낙양 지부로 돌아가기나 하라구!"

무대붕은 더 이상 말을 섞고 싶지 않은 듯 단호한 표정으로 소리쳤다. 하지만 그렇다고 고분고분하게 말을 들을 무천표가 아니었다.

"아냐. 갈 때 가더라도 이 얘기는 조카가 꼭 알아야만 해."

"젠장! 관심없다니까!"

"가옥이가 출가했어, 조금 전에."

"……?"

순간, 무슨 얘길 해도 전혀 관심조차 갖지 않을 것 같았던 무대붕의 눈이 놀란 토끼처럼 크게 확대되었다.

"출가라니?"

"이곳을 떠났다고."

"왜? 무슨 이유로?"

"쯧쯧. 조카야, 그걸 나한테 물으면 어떡하냐? 조카 때문에 벌어진 일을 갖고."

무천표는 안타까운 표정으로 혀를 찼다.

"그게 무슨 뚱딴지야? 내가 뭘 어쨌다고?"

"조카가 책임져야 할 일을 해놓고서 비겁하게 계속 피하기만 했다면서?"

"책임? 비겁?"

무대붕은 입을 쩍 벌리며 황당한 표정을 지었다.

"내가 걔한테 무슨 책임질 일을 했단 말야? 그리고 피하긴 뭘 피해? 이 인간 무대붕이 사고 치고 비겁하게 피하는 거 봤어? 봤냐구?"

무대붕은 온갖 인상을 찌푸리며 버럭 성질을 부렸다.

"얼래? 이 녀석이 잘못은 자기가 저질러 놓고 왜 죄없는 우리한테 신경질이야!"

곁에서 듣고 있던 광마불이 끼어들며 노성을 질렀다.

"말 같지 않은 소리를 하는데 그럼 가만히 있으란 말야? 내가 무슨 날개 안 달린 천사인 줄 알아?"

"이놈아! 내가 구십 평생을 살면서 엄지손가락으로 콧구멍 후비는 천사는 못 봤다. 게다가 무좀 걸린 천사가 있다는 소리도 못 들어봤고!"

"영감, 나잇값 좀 해. 유치하게 말꼬리 잡고 따지지 말고."

"뭐, 뭐가 어째? 이… 망할 놈이 은혜를 원수로 갚아도 유분수지, 기껏 제놈을 위해서 시키는 일을 깔끔하게 완수해 줬더니만 뭐? 뭘 어떻게 하라구?"

광마불은 머리끝까지 분노가 치밀어 올랐다. 당장에라도 무대붕의 멱살을 잡아 흔들 기세였다. 그러나 무대붕은 관심도 없었다.

"당숙, 대체 그 계집애가 뭐라고 지껄였기에 책임이니 뭐니 하는 얘기가 나오는 거야?

"조카가 지난번에 술도 못 먹는 가옥이에게 강제로 술을 먹여놓은 후 옷을 다 벗겨놓고 수작 부리려고 했었다면서?"

'허걱!'

무천표의 입에서 지난 비사(秘事)가 흘러나오자 무대붕은 숨이 막히며 하늘이 노래졌다.

"조카야, 아무리 사생활이 문란해도 그렇지 처녀에게 그런 짓을 했으면 당연히 책임을 져야지, 그걸 안 지려고 요리조리 피하는 건 정말이지 우리 무씨 가문 사내로서 할 짓이 아냐."

"으아아~ 당숙! 그건 오해야. 내 눈이 얼마나 고급인지는 당숙도 잘 알잖아? 기루에 가면 가옥이와는 비교도 안 될 기막힌 계집애들이 널려 있는데 내가 미쳤다고 그 계집애에게 강제로 술을 먹이고 그 짓을 하려 했겠어? 더욱이 육만 개방의 총수이자 무림의 젊은 지도자라는 사회적인 체면까지 무시하면서!"

무대붕은 너무도 억울하다는 듯 자신의 머리칼을 쥐어뜯으며 소리를 질러댔다.

하지만 그가 아무리 소리치고 발광을 해도, 그리고 그날의 상황에 대해서 더 이상 자세할 수 없을 만치 상세히 설명을 해도 구천표와 광마불의 표정은 냉정하기만 했다.

"꼬마야, 노부는 말이다. 그래도 네가 싸가지는 없지만 사나이답다고 생각했다. 그런데 이건 정말 너무 실망이다. 사나이가 처녀의 알몸을 봤으면 책임을 져야지 그렇게 터무니없는 핑계로 일관하다니… 쯧쯧."

"조카, 지금이라도 어서 가서 가옥이 다리라도 붙잡고 잘못했다며 용서를 빌어. 조카 때문에 젊고 출중한 무학을 지닌 절정의 처녀 고수를 비구니로 만들어서야 되겠어?"

광마불과 무천표의 합공(?)에 무대붕은 더 이상 말을 섞어봐야 자신의 입만 피곤할 것 같다는 생각을 했다.

"좋아. 그러니까 결론은 가옥이 그 계집애가 두 사람에게 내가 책임도 안 지고 비겁하게 자신을 피해 다닌다는 꼴이 더러워서 출가했다는 얘기지?"

"정말 조카가 너무 심했어. 사실 가옥이가 나타나기만 하면 무슨 일이 있다고 도망치기 바빴잖아? 어제도 가옥이가 얘기 좀 하자고 하니까 느닷없이 설사가 난다고 측간 가는 척하고 내뺐다면서? 그러니 삐치는 게 당연하지."

"알고 보니 한 달 동안 황궁으로 튄 것도 가옥이 때문이라는 소문도 있더군."

광마불도 가만히 있질 않고 한마디를 거들었다.

"꼬마야, 노부가 피 토하는 심정으로 충고를 하는데, 제발 세상 좀 그따위로 살지 마라. 너같이 무책임한 사내자식들만 있다면 이 세상의 어느 부모가 딸을 낳고 싶겠냐."

"그만, 그만! 그마아아아안─!"

무대붕은 귀를 틀어막으며 절규하듯 소리를 질렀다.

"아, 알았으니까 두 사람 모두 그만 하고 나가. 어서─!"

광마불과 무천표는 의기양양한 표정으로 풍류각을 나섰다.

"푸헤헷! 형님, 하마터면 분위기 좋은 총단을 두고 지부로 쫓겨날 뻔했습니다."

"헐헐… 너야 낙양 지부에라도 가면 되지만 난 정말 오갈 데가 전혀 없었는데……. 아무튼 가옥이가 우릴 위해 큰일을 했어. 그것도 아주 때맞춰서."

"그나저나 조카는 가옥이가 어째서 맘에 안 드는 건지 모르겠습니다. 키 크고, 늘씬하고, 피부도 까무잡잡한 게 누가 봐도 매력적인 아이인데."

"꼬마 그 자식이 제 주제를 몰라도 한참 몰라서 그럴 거야. 콧구멍은 기형적으로 크지, 무좀은 예술이지, 게다가 눈부시게 무식하지, 주접은 경천동지할 정도로 환상적이지… 가옥이도 싸가지는 뭐 거의 그 수준이지만 어쨌거나 종합적으로 따진다면 가옥이가 훨씬 아깝지. 암, 아깝고말고."

"형님과 저의 생각이 일치하는데, 그런 의미에서 우리 한잔할까요?"

"한잔?"

광마불의 눈빛이 반짝였다.

"어디서? 대화루에서?"

"그럼요. 당연히 대화루죠."

"어떻게? 이제부턴 꼬마 그 녀석이 외상을 주지 말라고 당부했을 텐데?"

"헤헤, 상관없습니다. 머리만 쓰면 세상에 공짜 술 마실 건수는 널려 있는 법이니까요."

무천표는 나름대로 자신있다는 듯 앞장서서 걷기 시작했다. 그런 무천표의 뒷모습이 광마불의 눈에는 매우 듬직하게 느껴졌다.

'헐헐… 역시 내가 뒤늦게 아우 하나는 매우 괜찮은 녀석으로 골랐다니까.'

"뭐? 책임도 안 지는 비겁한 놈이라고?"

무대붕은 엄지손가락이 자유자재로 들락날락거리는 기형적으로 큰 콧구멍 사이로 뜨거운 김을 내뿜으며 씩씩거렸다.

"젠장~ 신이 왜 콧구멍을 두 개로 만들었는지 이제야 알겠군. 이럴 때 숨 막혀 죽지 말라는 깊은 의미였구만. 만약 콧구멍이 한 개였다면 이미 숨넘어갔지. 아니지, 콧구멍이 작았어도 숨넘어갔을 거야. 그렇게 말 같지 않은 얘기를 듣고 내가 아직도 목숨을 부지할 수 있는 건 바로 남보다 큰 콧구멍 때문이라구."

무대붕은 문득 남보다 큰 콧구멍이 자랑스러웠고 이런 날을 위해 그동안 엄지손가락을 통해 열심히 청소를 해둔 자신의 근면함이 대견스러웠다.

하지만 그런 뿌듯한 감정은 말 그대로 잠시였다. 또다시 그의 뇌리에 가옥의 얼굴이 떠오르자 일순간 차분해진 감정이 격해지기 시작했다.

"동팔아! 동팔아~!"

무대붕이 소리를 지르기가 무섭게 풍류각 전담 청소 요원인 동팔이가 들어섰다.

"부르셨습니까, 각하."

"지금 당장 정통단주 신문팔에게 전해라, 출가한 가옥이를 후딱 잡아오라고. 알겠냐!"

"예!"

짧은 대답과 함께 동팔은 쏜살같이 사라졌다.

"빠드득! 망할 계집애. 네가 나오는 대로 지껄이고 사라졌다고 진실이 밀실 속에 영원히 은폐될 거라고 착각하는 모양인데… 흥! 이거 왜 이래? 웃기지 말라구. 난 무대붕야! 바늘로 찔러도 피 한 방울 안 나올 육만 개방인의 총수인 무대붕이라구! 알겠어?"

자칭 빈틈없는 사내.

남들은 전혀 인정을 안 하지만, 본인 스스로는 바늘로 찔러도 피 한 방울 안 나올 거라고 생각하는 이 사내는 또다시 더운 콧김을 뿜으며 이를 악물고 있었다.

*　　　*　　　*

　끝이 보이지 않는 엄청난 행렬이었다.

　연경을 떠나 가장 가까운 직선 방향을 따라서 남하하고 있는 금마국
의 십만 병력은 산야를 온통 까맣게 물들이며 어느덧 하북성과 하남성
의 경계까지 쉼없이 행군하고 있었다.

　해는 어느덧 서산 노을에 걸렸다.

　"이제 저 언덕만 넘으면 하남성인가?"

　타미루는 하남성 지형에 통달한 미륵색귀(彌勒色鬼) 변광팔(卞光八)
에게 물었다.

　하남성의 소림사 장로 행세를 하며 수많은 불가의 여신도를 겁탈하
고 돈까지 뜯어내다가 무림의 공적이 된 그였던 탓에 하남성 일대의
지리에 대해선 어느 누구보다도 빠삭하게 알고 있었다.

　"아미타불……. 그렇습니다. 하나 언덕 너머로 놈들이 대기하고
있을지 모르오니 여기서 진을 치고 휴식을 취하는 게 어떨까 하옵니
다."

　변광팔은 합장하며 정중히 대답했다.

　하는 모습을 봐서는 영락없이 득도한 고승이다. 아무리 봐도 한때
하남 최고의 색마였다고 느껴질 만한 구석이 전혀 없었다.

　그때였다.

　두두두두!

　그들이 넘으려 하는 언덕 쪽으로부터 변광팔과 같은 회색 승복을 입

은 사내가 말을 타고 신속히 달려왔다.

그는 타미루와 변광팔의 앞에 이르러 말에서 급히 내리며 군례를 올렸다.

"정세를 살피고 왔습니다."

"어떻더냐? 예상대로 놈들이 진을 치고 대기하고 있더냐?"

변광팔이 자신의 제자이자 금마국의 세작(細作)으로 나선 마독대를 향해 물었다.

"예, 사부님. 엄청난 놈들의 병력이 진을 치고 대기하고 있습니다."

"군사의 수가 얼마나 되느냐?"

"족히 오만, 아니, 어쩌면 육칠만은 될 듯… 놈들도 엄청난 병력을 이끌고 방어 태세를 갖추고 있었습니다. 게다가 소림사와 남궁세가를 비롯한 무림문파의 인물들까지 함께 있습니다."

"소림사 땡초들이 왔다고? 허허, 그렇지 않아도 과거의 은원 때문에 아직도 염장이 끓는 판인데, 고맙게도 빈승의 앞에 나타나 주었군."

소림이란 이름을 듣자 변광팔은 공허로운 미소를 지었다. 그러면서도 그의 눈에 번지는 살기는 섬뜩하기 그지없었다.

"상대 측 병력을 지휘하는 장수는 누구냐?"

타미루가 입을 열었다.

"서문탁 대장군이라고 합니다."

"서문탁? 어떤 인물인가?"

타미루는 변광팔을 보았다.

"남만(南蠻)과 신강(新疆) 등지에서 수많은 전쟁으로 잔뼈가 굵은 용장(勇壯)이라고 하는 얘기를 들었습니다."

"흐음… 좋아. 당신 말대로 여기서 진을 치고 우리 또한 전략을 강구하도록 하지."

그와 동시에 타미루는 고개를 돌렸다.

"모두 군장을 풀고 군막을 치도록 하라!"

*　　　　　*　　　　　*

휘이이잉!

차가운 이월의 밤바람이다.

산중의 바람은 여전히 한겨울처럼 뼛골이 시려왔다.

군막(軍幕).

넓은 공지에 군막들이 즐비하게 늘어서 있다. 경계를 서고 있는 군사들은 싱싱한 생선처럼 눈을 또릿하게 뜬 채 사위를 살피고 있었다.

"세작들의 보고에 의하면 이곳을 통과하려 하는 금마국 적도들의 군사의 수가 무려 십만에 가깝다고 합니다."

비교적 넓은 군막 회의장 안에서는 중원의 많은 장수들과 무림의 지도자급 인물들이 모여 회의를 하고 있었다.

"일단 그들이 십 리 밖에 진을 치고 있는 것으로 미루어보건대, 우리의 방어를 의식하고 전략을 도모하고 있는 것으로 사료됩니다."

오 척 단구지만 호랑이처럼 섬뜩한 눈, 그래서 절로 범상치 않은 신위가 뿜어져 나오는 오십대 후반의 팔천 기마병의 수장인 철무상이었다.

"놈들이 죽을 자리를 택해서 찾아왔군. 대장군, 명령만 내리십시오. 지금이라도 즉시 놈들을 부숴 버리고 말겠소이다."

괄괄한 성격에 사각형의 얼굴이 인상적인 남궁세가의 가주인 무적 패검 남궁일도가 격앙된 표정으로 입을 열었다.

"……."

관과 무림의 일부 세력들이 집결한 오만 중원 병력의 총책임자인 대장군 서문탁은 무거운 얼굴을 하고 있었다.

서문탁.

흰머리와 흰 수염, 그리고 눈썹까지도 온통 흰색 일색인 하남 전선의 총사령관. 남만과 신강, 남해 등 주로 대륙의 경계에서 외적들과 무려 사십 년 동안 수많은 전투를 치러왔던 중원 최고의 용장이었다.

하나 아무리 산전수전을 다 겪은 역전의 용장이라 할지라도 그의 마음은 그 어느 때보다도 무겁고 답답할 수밖에 없었다.

십 리 밖에 십만 병력의 적도들이 진을 치고 있다.

만약 그들을 이곳 하남 전선에서 막지 못한다면 중원의 황궁은 일주일 안에 이들의 엄청난 공격을 받게 될 것이다.

물론 후방엔 이진(二陣)이 포진하고 있다. 하나 그들의 위용은 자신들의 일진에 비해 훨씬 떨어진다.

'이곳을 사수하느냐 못하느냐 하는 것이 이번 전쟁의 승부처가 될 것이다.'

승부처라는 것을 누구보다도 깊이 인식하고 있었기에 서문탁의 어깨는 그 어느 때보다도 무거울 수밖에 없었다.

문득 서문탁의 시선이 오른편 구석에 있는 어느 젊은 사내에게로 향했다.

이목구비가 뚜렷하고 준수한 용모에 시리도록 하얀 피부, 그리고 한

성(寒星)과도 같은 눈빛을 발하고 있는 아름다운 사내…….

"북궁 총사, 그대의 생각을 말해 보게."

북궁 총사!

그렇다. 아름다운 그 사내는 바로 특전총사라는 직책으로 이번 하남 전선에 참여한 광한이었다.

"이 산의 지리를 살펴보건대 동쪽은 산으로 둘러싸여 있고 서쪽은 작은 강이 흐르고 있습니다."

광한은 탁자 위에 놓여져 있는 커다란 지형도를 손으로 가리키며 천천히 입을 열기 시작했다.

"적장 타미루는 군사를 나누어 산악 지대에서부터 공격해 올 것으로 판단됩니다. 따라서 좌군은 동쪽을, 우군은 서쪽을 각각 맡아 적의 공격을 대비토록 하는 게 좋을 듯하군요."

"북궁 총사, 그러나 문제는 그대의 생각처럼 과연 적군이 산악으로 오느냐 안 오느냐 하는 것일 터인데… 그대는 그것을 어찌 장담하는 것인가?"

팔천 기마병의 수장인 철무상은 호목 같은 눈으로 광한을 직시하며 물었다.

"적도들이 십 리 밖에 군장을 푼 이상 오늘 공격을 강행하진 않을 것입니다. 문제는 공격 시기가 내일이냐 모레냐 하는 점인데… 내일이 보름이기 때문에 내일과 모레는 달빛이 매우 밝을 겁니다."

"달빛과 산악 공격과 무슨 관계가 있다는 것인가?"

철무상은 여전히 이해할 수 없다는 표정을 지었다.

"달이 밝기 때문에 냇가인 개활지는 훤히 드러나게 됩니다. 때문에 훤히 드러나는 그 길로 기습을 하지는 않을 겁니다."

광한은 무심한 표정으로, 그러면서도 확신에 찬 얼굴로 자신의 생각을 피력했다.

"더욱이 그들은 연경에서 이곳까지 행군을 계속하느라 아직 피곤이 가시지 않은 상태입니다. 때문에라도 당연히 산악 지대에 숨어서 아군을 유인하려고 할 것입니다."

"호오, 그거 듣고 보니 일리가 있는 얘기로군요."

"만약 내가 적장이라도 달빛에 모습을 전부 드러내면서 위험한 기습은 절대 하지 않을 것이오."

"아미타불. 허허헛! 과연 서융과의 칠년전쟁을 종식시킨 전쟁 영웅이시라더니만 정말 대단하외다. 적장의 생각을 한눈에 꿰고 계시다니."

남궁 가주와 소림 장문인 혜천 대사 등 무림에서 온 많은 지도자급 인사들은 물론 실내에 모인 많은 장수들은 광한의 전략에 감탄을 금치 못했다.

그러나 서문탁 대장군의 표정은 여전히 무겁고 어둡기만 했다.

"북궁 총사, 난 이번 하남 전선을 책임지고 있는 총책임자네."

"……."

"이번 전쟁은 세 방향으로 나눠 남하하고 있는 적도의 무리들 중 가장 강하고 위협적인 무리들을 제압하는 일인 동시에 빼앗긴 연경성을 되찾을 수 있도록 하북성 내에 전진 기지를 건설하는 게 바로 우리의 목표네."

"알고 있습니다."

"만에 하나 이번 전투를 패하는 날에는 군령으로서 막중한 책임을 묻게 될 걸세. 그 점을 명심토록 하게."

"물론입니다."

나직이 음성을 발하는 서문탁의 얼굴은 더없이 굳어 있었고, 대답하는 광한의 표정 역시 비장하였다.

그만큼 이번 전쟁은 성패에 따라 대륙의 운명이 바뀔 수 있는 너무도 중요한 한판이라는 것을 그들은 가슴 깊이 느끼고 있었던 것이다.

*   *   *

"꺼억~ 맹 루주, 잘 마셨어."

"헐헐~ 고맙다. 다음에 또 오마. 꺼어억~"

무천표와 광마불은 문 앞에 서 있는 대화루주 맹금복에게 손을 흔들며 사라져 갔다.

그러자 그때까지 소태 씹은 표정을 하고 있던 맹금복이 가래를 뱉었다.

"카악, 퉤!"

그는 가래 한 덩이를 뱉어내고는 뒤에 멀뚱히 서 있는 기녀를 향해 소리를 질렀다.

"뭘 멍하니 서 있는 거야? 어서 소금 뿌려! 어서─!"

맹금복이 이토록 분노하는 이유는 늙은 두 형제(?)의 은은한 협박이 너무도 어이가 없고 뻔뻔스러웠기 때문이다.

"맹 루주! 당신 때문에 우리가 지금 어떻게 된 줄 알아? 각하에게 쫓겨나고 졸지에 오갈 데가 없게 되었다고!"

"그게 어째서 저 때문입니까? 전 단지 외상값을 받으러 갔을 뿐인데……."

"헐헐… 네놈이 왔다간 이후에 꼬마가 우리더러 나가라고 했으니까 네놈 탓이지 그럼 누구 탓이란 말이냐?"

"그러니까 맹 루주 당신이 오갈 데 없는 우릴 책임져 주었으면 해."

"책임을 지라뇨? 어떻게요?"

"우리 둘이 앞으로 기루에서 일할 수 있게 해주면 돼. 다른 것은 못 해도 우리 둘이 기루 밖에서 손님 끌어 모으는 일은 좀 할 수가 있을 것 같거든."

"말도 안 됩니다! 두 분이 그런 일을 했다가는 오히려 손님이 더 안 오고 말 겁니다."

"그럼 어떻게 해? 우리가 할 건 그것밖에 없는데."

"헐헐. 그것도 안 시켜줄 거면 차라리 우리더러 그냥 죽으라고 해라."

"그러지 말고 지금이라도 다시 돌아가서 각하님께 잘못을 빌면 각하 님이 용서해 주실 겁니다."

"젠장! 알아. 우리 조카가 마음이 약해서 용서를 빌면 받아줄 거라 는 걸."

"그럼 됐잖습니까?"

"근데 어떻게 그런 얘기를 맨 정신으로 하냐? 우리도 체면이 있는 데. 술이라도 한잔 걸쳤다면 또 모를까?"

"아, 알겠습니다. 술은 제가 대접해 드리겠습니다."

"헐헐, 아가씨도 넣어줘야 돼. 지난번 걔네들로."

이런 식으로 위협 아닌 위협에 술은 물론 기녀까지 공짜로 붙여줬으니 어찌 맹금복의 염장이 뒤집히지 않을 수 있겠는가.

그는 어깨동무를 한 채 까마득히 사라지는 무천표와 광마불의 뒷모습을 보며 단호한 표정을 지었다.

"젠장, 조금이라도 젊었을 때 욕을 먹더라도 열심히 벌자. 나중에 저런 꼴로 늙지 않으려면."

제45장

하남 전선의 첫 격전(激戰)

하남 전선의 첫 격전(激戰)

—당황하여 어찌할 바를 모르고 있는
이때가 절호의 기회다!

휘이잉!

밤은 깊어가고 밤바람은 더욱 매섭게 휘몰아치고 있었다.

광한은 군막 밖에서 차가운 바람을 온몸으로 맞으며 우뚝
서 있었다.

"……."

한성처럼 투명하고 차가운 눈으로 멀리 달빛 아래 모습을
드러내고 있는 개활지를 바라보고 있었다.

"총사님, 안 주무십니까?"

호랑이 가죽으로 만든 의복에 얼굴에 자상(刺傷)이 깊게 난
이십대 후반의 사내가 다가섰다.

염라귀도(閻羅鬼刀) 군위청(君衛青).

한때 그는 경치가 좋기로 유명한 강소성의 항주(杭州)에서
성문교위(城門校尉)로 근무했던 젊고 전도가 유망한 장교였다.

하나 그의 아내가 항주제일의 파락호인 성주의 아들에게 강

제 추행을 당하고, 그로 인해 뱃속에 있는 아기까지 낙태되자 성주의 아들에게 복수를 하려고 했다.

그러나 자식이 그런 만행을 저질렀음에도 불구하고 성주는 자신의 자식을 보호하기 위해 군위청에게 없는 죄까지 덮어씌우며 오히려 그를 제거하려고 들었다.

흥분한 그는 결국 성주의 아들은 물론 성주와 그의 주변 수하들까지 살해하고 아내와 함께 항주를 떠나 멀리 낙양까지 도망쳤으나 안타깝게도 황군들에 의해 체포가 되고 말았다.

국법대로라면 성주를 죽인 것은 하극상에 해당하는 엄청난 대죄인 만큼 최하 참수형을 받아야 했으나 워낙 항주성주가 민심을 잃고, 충분히 정상 참작될 만한 행위라는 판단에 목숨은 보존하는 대신 지하 뇌옥에 갇혔던 사내였다.

예정대로라면 죽는 날까지 그곳에 있어야 할 이 사내가 이렇듯 바깥 세상에서 광한의 곁에 서 있을 수 있는 이유는 바로 전쟁 때문이었다.

광한은 이번 전쟁을 통해 공을 세운 범죄자들에게 사면을 약속하고 삼천 명에 달하는 범죄자를 그 추운 혹한 속에서 단련시켰고, 이렇게 전장으로 이끌고 온 것이었다.

그중에서도 군위청은 광한이 가장 신뢰하는 심복이었다.

"뭐 하러 나왔나? 더 자지 않고."

"총사님께서도 안 주무시는데 어찌 잠이 오겠습니까? 어서 들어가시지요."

군위청은 차분한 표정으로 취침을 권하였다. 그러나 광한은 아랑곳하지 않고 계속 밤하늘을 응시하고 서 있었다.

"자네… 전쟁이 끝나고 약속대로 사면을 받는다면 가장 먼저 무슨 일을 할 생각인가?"

"그, 그거야……."

"아내를 찾을 건가?"

"그, 그렇습니다."

"아직도 그녀를 사랑하나?"

"물론입니다. 지하 뇌옥에 갇혀 있는 지난 일 년 동안 단 한 번도 잊지 못했던 여인입니다."

"파락호에게 몸을 버리고, 그녀로 인해 자네의 운명이 뒤틀렸는데도 그녀를 여전히 사랑한단 말이지?"

"그 짐승 같은 새끼에게 당한 건 그녀의 의지가 아니었습니다. 그녀의 의지가 아니었기 때문에 우리의 사랑이 변할 이유는 없다고 생각합니다. 그리고 어느 누구든 불쌍한 제 아내에게 화냥년이니 어쩌니 하는 소리를 지껄인다면 그 자식을 결코 용서치 않을 겁니다! 설령 총사님이라 할지라도."

군위청은 단호하고도 싸늘한 표정으로 음성을 발했다.

광한의 고개가 돌려졌다. 그리고 미소를 지었다.

"자네의 사랑을 지키기 위해서라도 우리 이번 전투에서 꼭 승리를 하자구. 알겠나?"

"물론입니다!"

"좋아. 그럼 이만 들어가세."

광한은 군위청의 어깨에 팔을 올리며 군막을 향해 걷기 시작했다.

전쟁.

야율노극이나 영중제와 같은 권력자들에겐 영토를 확장하려거나 지키려는 거창한 명분들이 있겠지만, 전쟁에 참가하는 이편 저편의 병사들에게도 역시 나름대로의 꿈이 있었다.

꼭 승리해야만 하는…

그래서 반드시 살아남아 사랑하는 이들이 있는 곳으로 돌아가야 한다는 이름없는 병사들의 소중한 꿈은…

피아(彼我)에 관계없이 그들 모두의 가슴속에 깊이 자리잡고 있었다.

*　　　　　*　　　　　*

"뭐? 가옥이가 노산(魯山)에 있는 절에 있단 말이냐?"

무대붕은 눈을 휘둥그렇게 뜨며 반문을 했다.

"그렇습니다, 각하. 애미사(哀嵋寺)라는 작은 사찰인데 그곳의 주지 스님이 한때 아미파 유학을 했던 유능한 여승이라고 하더군요."

신문팔은 개방의 정통단주답게 무대붕의 지시를 받자마자 신속하게 정보망을 가동시켜 가출한 가옥이의 행방에 대해 알아냈다.

"아니, 그 계집애는 가출을 하면 했지 왜 꼭 절에 들어가서 비구니가 되겠다는 건지 모르겠네?"

무대붕은 이해할 수 없다는 표정을 지으면서도 자꾸 일이 어렵게 꼬이는 것이 그저 짜증스러웠다.

물론 가옥의 벗은 몸을 본 것은 부정할 수 없는 사실이다.

그리고 그로 인해 그녀가 자꾸 자신에게 책임지라는 얘기를 꺼내자 그녀가 부담스럽게 느껴졌던 것도 사실이고.

하여 되도록 그녀와 마주치지 않으려 했던 것이고, 그녀가 나타나면 어떻게든 건수를 만들어 피했던 것인데, 막상 그녀가 스님이 되려고 절에 들어갔다는 소리를 듣자 가슴이 콱 막히는 것처럼 답답했고 이유없는 짜증이 몰려들었다.

"어떻게? 머리는 잘랐더냐?"

무대붕은 일단 가장 궁금한 것부터 물었다.

"원~ 각하님두 참, 아무리 무… 흡!"

신문팔은 얘기를 하려다 말고 기겁하며 손으로 자신의 입을 막았다.

"너 이 자식, 또 날더러 무식하다고 그럴려고 했지?"

무대붕이 험악하게 인상을 일그러뜨렸다.

"아, 아닙니다. 그럴 리가요? 제가 하려던 얘기는 아무리 무대붕 각하님이라 할지라도 모르시는 게 있구나~ 하고 말하려 했던 거지 제가 감히 어떻게 각하님께 무식하다는 말을 하겠습니까?"

신문팔은 자신의 내심이 탄로날까 봐 진땀까지 흘리며 열심히 변명을 했다.

"흠~ 그러냐? 나도 신이 아닌 만큼 가끔은 모르는 게 있긴 하지."

'휴우~ 하마터면 절단날 뻔했네, 요놈의 입 때문에.'

신문팔은 입술을 잘끈 깨물며 안도의 한숨을 삼켰다.

"아무튼 제대로 읊어봐라. 깎았냐? 안 깎았냐?"

"아무리 독한 마음을 먹고 가도 사찰이란 곳이 나름대로 규칙이란 게 있어서 당장 머리를 밀진 않습니다. 좀 수행을 하게 한 후에 앞으로 여승이 될 만한 자질이 보이면 그때 머리를 깎아준다고 합니다."

"그렇다면 아직은 안 밀었다는 얘기지?"

"그럼요. 아직은 깎을 시기가 아니라 기본적인 수행을 할 시기입니다."

"됐어. 알았다. 당장 가자. 애미사인지 애비사인지 하는 곳으로!"

그 말과 함께 무대붕이 용수철처럼 몸을 일으켰다.

가욱!

무대붕은 자신이 그토록 외면하고 피하려 했던 그녀를 직접 찾으러 나선 것이다.

눈엣가시 같은 그녀가 안 보이면 잘된 일이 분명함에도 불구하고.

＊　　　＊　　　＊

"와아아아!"

"우와아아아!"

광한의 예상처럼 이월의 보름달이 어두운 하늘을 훤히 밝히고 있는 밤, 금마국 군사들이 결국 동편 산등성이를 통해 기습을 감행해 왔다.

콰쩍! 콰콰콱!

경계선으로 만들어진 목책들이 부숴져 나갔고, 밀물처럼 몰려드는 금마국 군사들은 어둠에 잠긴 군막들을 거침없이 헤집고 들어갔다.

"헉!"

"아, 아니?"

각 군막으로 뛰어든 군사들은 누구랄 것 없이 눈을 휘둥그렇게 뜨며 당혹해했다.

"뭐, 뭐야?"

"왜 아무도 없는 거야? 서, 설마?"

순간, 마치 그들을 기다렸다는 듯이 수많은 횃불이 사위를 밝히며 어둠 속에서 이루 헤아릴 수 없을 정도의 병사들이 모습을 드러내기 시작했다.

"으헉!"

"하, 함정이다!"

금마국 병사들은 기겁하며 자신들도 모르게 몸을 움츠렸다.

그러자 산처럼 거대한 구 척의 장한이 천둥 같은 고함을 질렀다.

"긴장할 것 없다! 기습은 실패했지만 우린 지금껏 단 한 번의 패배도 용납치 않았던 금마국의 용사들이다! 공격하라! 두려워 말고 공격하라!"

전위장군(前衛將軍) 호리신타(虎利申陀).

이번 기습 작전을 진두 지휘하고 있는 금마국의 선봉장이었다.

"와아아!"

"우와아아!"

그의 천둥 같은 외침이 터지자 금마국의 군사들은 마치 피에 굶주린 이리 떼처럼 용맹무쌍하게 덤벼들기 시작했다.

보통의 병사들은 기습이 실패로 돌아갔을 때 그 허탈감에 어느 정도 전의를 상실하기 마련인데 금마국 군사들에겐 그런 모습이 전혀 보이지 않았다. 어째서 그들이 연속적인 승전보를 울리며 진군을 계속하였는지 충분히 납득할 수 있는 모습이었다.

"덫에 빠진 적도들을 궤멸하라! 남김없이 궤멸하라!"

오 척 단신인 대장군 철무상의 추상과도 같은 외침이 터지자, 명령을 기다리고 있던 중원의 병사들이 마치 성난 이리 떼처럼 일제히 몰려나갔다.

차차창!

"으악!"

파파팍!

"캐애액!"

칼과 창이 부딪치며 이곳저곳에서 처절한 단말마의 절규가 쉼없이 터져 나왔다.

"으하하하! 쥐새끼 같은 놈들. 우리의 기습을 예상하고 미리 방비하고 있었던 것은 가상하다만, 아무리 용을 써도 쥐새끼가 호랑이를 꺾는 일은 없을 것이다!"

호리신타는 마치 풀을 베듯 중원의 병사들을 베어 나갔다.

"으악!"

"크아악!"

그의 우직한 감산도가 허공을 번뜩일 때마다 폐부를 쥐어짜는 듯한 처절한 비명 소리가 울려 퍼지며 방어벽의 한 축이 급속도로 무너지기 시작했다.

"네놈은 내가 처치하겠다!"

부하들이 너무도 맥없이 죽어가는 모습에 머리끝까지 분노가 치민 비장(裨將) 당철무가 번개처럼 그를 향해 쏘아져 갔다.

쐐애애액!

당철무의 방천화극이 대기를 찢으며 호리신타의 몸을 일도양단할 기세로 날아들었다.

그러나 안타깝게도 그는 호리신타의 상대가 되질 못했다.

번쩍!

그의 방천화극보다도 호리신타의 감산도가 두 배는 더 빠른 속도로 허공을 갈랐다.

텅!

공처럼 머리가 바닥을 굴렀다.

부하들의 주검에 흥분을 감추지 못하고 달려들었던 당철무는 미처 비명조차 지르지 못한 채 분수 같은 피 화살을 토하며 머리를 잃고 말 았던 것이다.

"……!"

기습을 예측하며 대비했건만, 생각 이상으로 상대의 거친 저항에 오 히려 자신들이 수세에 몰리자 광한의 안색이 어두워지기 시작했다.

"남궁 가주, 부탁드리겠습니다."

광한은 굳은 표정으로 남궁일도를 응시했다.

"하하! 고맙소이다, 그렇지 않아도 저 자식이 계속 눈에 거슬렸는데 본좌에게 그 기회를 주셔서."

호리신타를 맡게 된 것을 무척 다행스럽게 생각하는 남궁일도.

이왕이면 되도록 강한 상대와 승부를 겨루고 싶은 게 무인(武人)의 본능이다. 그렇기에 그는 광한의 말이 떨어지기가 무섭게 거침없이 검 을 뽑아 들었다.

"그리고 제가 신호를 보낼 때까지 남궁세가의 비룡금검대(飛龍金劍 隊)로 하여금 적도들 중 선두에서 파상공세를 취하고 있는 철갑대(鐵鉀 隊)를 공격하도록 해주십시오."

"하하, 이거 우리 남궁세가가 이번 전쟁에서 제법 비중있는 역할을 맡게 됐구려. 우리를 인정해 줘서 고맙소. 북궁 총사의 신호가 울리기 전까지 남궁세가의 이름을 걸고 기필코 적장은 물론 철갑대까지 모두 이 땅에서 사라지게 만들 것이오."

남궁일도는 자신감에 찬 얼굴로 광한을 응시하고는 이내 뒤를 향해 소리쳤다.

"비룡금검대는 들어라! 지금 즉시 최우측에서 하늘 높은 줄 모르고 날뛰고 있는 저 철갑대 놈들을 응징토록 하라!"

"존명!"

서른여섯 명으로 구성된 비룡금검대는 남궁일도에게 포권하고는 이내 철갑대를 향해 몸을 날렸다.

차차챙!

까까까깡!

전통의 무림명가인 남궁세가에서도 가장 유능한 제자들로 형성된 비룡금검대가 파죽지세로 중원 병력을 무너뜨리고 있는 철갑대와 일대 격전을 벌이게 되었다.

"타앗!"

남궁일도도 뒤미처 호리신타를 향해 신형을 날렸다.

"오랑캐 놈! 감히 여기가 어디라고 함부로 날뛰는 게냐! 네놈들이 있을 곳은 이곳이 아닌 지옥이라는 것을 깨우쳐 주마! 으하하핫!"

우렁찬 남궁일도의 광소성이 울려 퍼지는 것과 동시에 그의 애검인 백룡신검(白龍神劍)은 허공에 엄청난 빛을 폭사했다.

"푸하하! 그래, 어디 잘난 중원무림인 놈들의 무공이 어느 정돈지 구경이나 해보자!"

호리신타도 쩌렁한 일갈을 토하며 맹렬한 맞공세를 펼쳐 나갔다.

번쩍! 파츠츠츳!

섬광과 섬광이 격돌하는 순간, 많은 양측 병사들이 그들의 혈전을 지켜보았지만 그들은 아무것도 식별할 수 없었고, 그러므로 누가 우세한지도 확인할 수가 없었다.

너무도 불꽃이 튀는, 그리고 예측할 수 없는 대접전.

바야흐로 중원의 무림고수와 절정의 무공을 보유하고 있는 변방의 장군이 명예를 건 건곤일척의 승부를 벌이게 된 것이다.

파파파팍!

카카칵!

기습을 감행한 전위대 중에서도 가장 용맹한 금마국의 철갑대와 비룡금검대의 승부 또한 전혀 앞을 내다볼 수 없을 만큼의 대접전이었다.

비룡금검대의 위명은 강호에서도 열 손가락 안에 드는 정예 검객들의 집단이었음에도 불구하고 수많은 전투로 뼈가 굵어버린 철갑대의 진(陣)을 쉽게 허물지 못하고 있었다.

순간.

삐익―

광한이 분 호각 소리가 울려 퍼졌다.

그러자 중원의 병사들이 일제히 뒷걸음치며 물러서기 시작했다.

비룡금검대와 남궁일도 역시 상대를 제압하지 못한 아쉬움을 뒤로하고 급히 퇴각하였다.

"푸하하하! 이놈들, 어딜 도망가려는 거냐? 공격하라! 한 놈도 남기지 말고 모조리 처치해 버려라!"

호리신타는 득의만면한 광소를 토하며 부하들에게 계속적인 진군을 명령했다.

둥둥― 둥둥―

금마국 군사들이 두들기는 진군의 북소리가 산 전역에 울려 퍼졌다.

우루루루!

중원의 병사들은 계곡 사이로 맹렬하게 후퇴하고 있었다.

"늦다! 좀 더 신속하게! 어서!"

광한은 퇴각하는 병사들을 향해 다급하게 소리쳤다.

중원의 병사들은 뒤도 돌아보지 않고 계속 계곡 사이로 열심히 도망쳤고, 금마국의 군사들은 그런 그들을 맹렬하게 쫓아오고 있었다.

"흠… 좋아. 됐어."

광한은 적들이 계곡 안까지 맹렬하게 쫓아온 것을 보자 미소를 흘렸다. 그리고는 다시 한 번 호각을 불었다.

삐익!

호각이 울리자 많은 병사들과 함께 계곡의 위에서 대기하고 있던 대장군 서문탁이 소리쳤다.

"시작하라!"

그의 명령이 떨어지기가 무섭게,

우루르룽!

슈왕! 슈아앙!

엄청난 크기의 바위들이 계곡 안으로 진입한 금마국 병사들의 머리 위로 떨어지기 시작했다.

쾅!

"으악!"

쾅! 콰앙!

"으아악!"

"크아아악!"

비명… 비명… 그리고 또 비명…….

금마국 군사들은 마치 우박처럼 떨어져 내리는 바위에 몸이 깔리며 갈빗대가 삐쳐 나왔고 머리가 뭉개지며 누런 뇌수가 터져 나왔다.

"헉! 이, 이제 보니 이놈들이 함정을?!"

비로소 자신들이 함정에 빠졌다는 것을 느낀 호리신타의 표정은 하얇게 떠버렸다.

"퇴각하라! 어서!"

그는 엄청나게 쏟아지는 바위틈에서 운 좋게 살아남은 병사들을 향해 다급하게 소리쳤다.

병사들은 허둥대며 계곡에서 빠져나왔다.

그러나 안타깝게도 그것이 끝이 아니었다.

"쏴라!"

또 한 번 서문탁의 추상같은 명령이 떨어지자 이번에는 반대편 계곡 위에서 대기하고 있던 중원의 궁수대가 화살을 날리기 시작했다.

쐐액!

"커억!"

팍! 파팍!

"크아악!"

화살은 비 오듯 쏟아졌고, 계곡에서 힘겹게 빠져나온 금마국 병사들은 투항 한 번 제대로 못하고 쓰러지고 있었다.

"퇴각하라! 퇴각하라!"

단 한 명의 부하라도 더 살려내기 위해 독려하는 호리신타의 피 끓는 외침이 너무도 덧없이 울려 퍼지고 있는 순간이었다.

금마국의 군영.

깨알처럼 무수히 많은 금마국의 병사들이 당장에라도 출전할 기세를 갖추고 우뚝 서 있었다.

하지만 십만 대군의 총책임자인 병참제독 타미루는 뒷짐을 지고 왔다 갔다를 반복하며 마치 똥마려운 강아지처럼 안절부절못하고 있었다.

"이 친구들 도대체 뭘 하고 있는 거야? 아직까지도 향전(響箭:소리를 내는 화살)을 올리지 않다니."

그는 기습 공격을 감행한 전위대가 아직껏 신호를 보내오지 않았다는 것이 너무도 찜찜하기만 했다.

"제독님, 설마 무슨 일이야 있겠습니까?"

타미루의 옆에 서 있는 말처럼 긴 얼굴을 하고 있는 삼십대 후반의 사내가 입을 열었다.

기마부장(騎馬部將) 낭문추(狼們錘).

타미루가 이끄는 십만 대군 가운데 오천 기마대를 이끌고 있는 수장이었다.

"이제까지 단 한 번의 실수도 없었던 호리신타 장군의 전위대입니다. 걱정하실 만한 일은 결코 없을 겁니다."

"하지만 아직까지도 아무 연락이 없지 않은가? 이미 신호가 왔어도 한참 전에 왔어야 함에도 불구하고 말야."

모든 출격 준비를 마치고 오로지 신호가 오기만을 기다리고 있는데도 정작 신호를 들을 수가 없으니 그가 답답해하고 조급해하는 것은 너무도 당연했다.

그 순간,

"앗! 저, 저기……?"

타미루의 부관처럼 늘 지척에 붙어 있는 미륵색귀 변광팔이 눈을 휘둥그렇게 뜨며 어느 한쪽을 향해 손가락질했다.

그의 손끝이 가리키는 곳에 사람들이 넋 빠진 모습으로 천천히 다가오고 있었다.

찢어진 군복에, 산발처럼 흐트러진 머리카락, 그리고 절뚝거리거나 마상에 걸쳐진 모습의 부상병들…

영락없는 패잔병, 그 자체의 모습들이었다.

"호, 호리신타?"

타미루는 당혹스런 표정으로 패잔병 무리들의 중앙에 있는 구 척 거한을 향해 입을 열었다.

쿵!

구 척 거한의 전위장군 호리신타는 침통한 얼굴로 타미루의 앞에 무릎을 꿇었다.

"크흑… 제독, 이 못난 놈을 죽여주십시오."

"호리신타, 대체 이게 무슨 꼴이냐? 그리고 오천 명의 전위대가 어찌 오십 명도 채 되지 않는 것이고!"

"크흑… 놈들의 함정에 빠진 것도 모르고 계속 뒤쫓다가 그만……."

호리신타는 오천 명의 전위대가 참패할 수밖에 없었던 이유를 비통한 표정으로 보고하기 시작했다.

"이, 이런 쥐새끼 같은 놈들! 힘과 용맹으로는 안 될 것 같으니까 잔머리로 나가겠다 이건가?"

타미루는 얼굴에 굵은 힘줄이 투툭! 하고 붉어질 정도로 분노를 했다.

"제독님, 어차피 이젠 전면전입니다. 우리 철갑 기마대가 선봉을 서겠습니다!"

낭문추가 비장한 표정으로 입을 열었다.

"우리의 피해를 최소화시키며 놈들의 황도까지 진군하려고 했건만… 이렇게 되면 어쩔 수 없이 정면 승부뿐이군. 알았다. 철갑 기마대는 지금 즉시 선봉에 나서라!"

타미루의 명령이 떨어지자 오천팔백 명으로 구성된 무적의 철갑 기마대가 낭문추를 앞세우고 진격을 시작했다.

콰두두두—

지축을 울리며 그들은 서서히 움터오는 여명의 하늘 아래로 맹렬하게 달려나갔다.

"흥! 조금만 기다려라. 어떤 망할 놈이 그딴 작전을 썼는지 모르겠지만 꼭 찾아내어 그놈의 머리통을 부숴 버리고 말 테니까! 아드드득!"

병력의 큰 손실 없이 황도인 낙양까지 달려갈 생각으로 가득 찼던 타미루로선 너무도 짧은 순간에 오천 명의 병사를 잃었다는 사실에 미칠 것만 같았다.

늘 그래 왔던 것처럼 하남 전선쯤은 가볍게 통과할 수 있을 거라고 생각했기에 더욱 분했다.

그래서 그는 돌 더미와 화살에 죽어간 자신의 오천 부하들의 영전에 약속했던 것이다.

그들에게 함정을 만든 장본인의 머리통을 부숴 버리겠노라고!

계곡 위.

중원의 병사들은 처음으로 맛본 승리에 흠뻑 도취돼 있었다.

"으하하하! 기세등등하게 날뛰던 적장과 그 무리들이 모두 이 아래에서 돌에 깔리거나 화살에 맞고 죽어버렸소이다. 이런 통쾌한 승리는 본 장군이 군문(軍門)에 들어선 이후 처음이외다."

오 척 단신의 철무상 대장군은 입을 크게 벌리며 찌렁하게 웃어 젖혔다.

"아미타불. 북궁 총사, 정말 대단하오. 과연 전쟁 영웅으로 불릴 만큼 대단한 지략이었소이다."

"허허헛! 정말 놀랍소이다. 적도들의 기습 방향을 예단한 것만 해도 대단한 것이거늘, 그곳에서 승부를 가리지 않고 이곳까지 이끌고 와서 그들을 일거에 몰살시키다니……."

"북궁 총사가 아니었다면 정말 하기 힘든 전략이었소이다."

소림 장문인인 혜천 대사를 비롯한 무림의 총수급 인사들이 감탄하는 표정으로 광한을 극찬하였다.

다만 한 사람, 남궁일도만이 아쉬운 표정이었다.

"쯧, 북궁 총사가 조금만 늦게 신호를 보냈더라면 그쪽 장군 놈을 충분히 베어버릴 수 있었을 텐데……."

그는 무림의 절정고수이자 무림명문인 남궁세가의 가주로서 적의 수장을 처치하지 못하고 후퇴하게 했다는 게 매우 자존심 상했던 것 같았다.

대승을 거두었음에도 불구하고 그의 표정은 씁쓸하기만 했다.

"물론입니다. 계속 승부를 겨루었다면 아마도 십 초(十招) 이내에 적장을 쓰러뜨리셨을 거라는 거 누구보다도 제가 잘 알고 있었습니다. 전 남궁 가주님과 그자의 싸움을 계속 관찰하고 있었으니까요."

광한은 미소를 지으며 말을 이었다.

"그렇기 때문에 제가 그때 후퇴의 신호를 보냈던 겁니다. 남궁 가주께서 그자를 쓰러뜨리기 전에 말입니다."

"왜……?"

남궁일도는 의아한 표정으로 눈을 크게 떴다.

광한은 계속 미소를 지었다.

"만약 남궁 가주께서 적장을 베어버렸다면 우리가 이곳까지 후퇴해야 할 이유가 없었을 테니까요. 후퇴하고 계곡 안에 들어온 적들을 몰살시키기 위해 만반의 준비를 다 갖춰놨는데 막상 적장을 죽여 버리면 굳이 후퇴한다는 게 이상하지 않을까요?"

"……."

"그래 놓고 설령 후퇴를 한다 해도 아마 적도들이 그렇게 흥분한 모습으로 쫓아오지는 않았을 테니, 제가 그쯤에서 호각을 불었던 겁니다."

"하하하! 그랬었구려. 난 그것도 모르고 북궁 총사가 너구 야속하다고만 생각했는데… 이거 본좌가 너무 생각이 짧았소이다. 역시 북궁 총사는 전쟁을 보는 시야부터가 우리 같은 무부(武夫)들과는 확연히 다르구려."

남궁일도는 그제야 얼굴을 펴고 크게 웃었다.

하지만 그는 알고 있었다.

적장 호리신타와 계속 겨뤘을지라도 쉽게 승부를 내지 못했을 거라는 것을.

그래서 남궁세가의 제자를 비롯하여 다른 무림인들과 황군 병사들까지 모두가 보고 있는 앞에서 자신의 체면을 이렇듯 치켜세워 주는 광한이 한없이 고마울 따름이었다.

"북궁 총사, 다음엔 아무래도 놈들이 전면전을 강행할 것 같은데, 자네 생각은 어떤가?"

하남 전선을 책임지고 있는 최고 지휘자인 대장군 서문탁은 다시 무거운 표정으로 광한을 응시했다.

"물론입니다. 거의 몰살당할 정도로 처참한 실패를 거뒀으니 이제 그들은 저 넓은 개활지를 통해 전면전을 벌이려 할 것입니다."

"그들은 특히 기마군들이 무적이라고 하던데?"

기마대장군 철무상은 너무도 용맹한 금마국의 기마군들이 두렵고 부담스러운 얼굴이었다.

그도 그럴 것이 요동의 모용족은 물론 대륙의 관문인 진황도를 순식간에 쓸어버렸다는 금마국의 철갑 기마대다.

그에 비하자면 자신의 팔천 기마병은 너무도 허약하게만 느껴졌다. 실전 경험도 미천했고, 병사 개개인의 수준도 그들에 비해 많이 떨어졌기 때문이다.

"전면전이 벌어지면 그들은 그 용맹한 철갑 기마대를 앞세우고 달려올 텐데 무림의 동지들에게 맡기기도 그렇고⋯⋯."

총장군인 서문탁의 안색도 어두울 수밖에 없었다.

백병전이라면 당연히 지원 온 무림인들이 우세하다는 것을 알지만, 안타깝게도 무림인들은 기마전(騎馬戰)에 대한 경험이 전무한 실정이었다.

"아미타불. 우리 소림의 백팔나한과 칠백 명으로 구성된 탕마대(蕩魔隊)라면 그들을 상대할 수 있을 것도 같소이다만."

소림 장문인인 혜천 대사가 합장하며 입을 열었다.

"혜천 장문인, 소림의 식구들은 예정대로 백병전에 참여해 주십시오. 그들은 저희가 맡겠습니다."

광한은 혜천 대사를 바라보며 음성을 발했다.

"저희? 저희라니?"

서문탁은 의아한 표정을 지었다.

광한은 얼굴에 깊은 칼자국이 새겨져 있는 자신의 부관인 군위청을 돌아보았다.

"이봐, 위청이."

"말씀하십시오."

"지금 즉시 출동 태세를 갖추도록 하라."

"알겠습니다."

군위청은 대답과 함께 마상에 올랐다.

그리고는 군복도 아닌 자유분방한 복장에 모두가 제각각의 무기를 들고 있는 마상에 앉아 있는 삼천 병사를 향해 소리쳤다.

"군사들은 모두 나를 따르라!"

그의 외침이 떨어지기가 무섭게 삼천 명의 병사는 환호를 지르며 달려나가기 시작했다.

"와아아아!"

"까야야야호!"

쾌두두두—

마치 이 순간을 기다렸다는 듯이 환호까지 지르며 미친 듯이 질주해 나가고 있는 삼천 명의 병력을 바라보는 서문탁의 얼굴에 황당함이 서렸다.

"아, 아니, 북궁 총사! 저들은 모두 뇌옥에 있다가 나왔다는 죄수들이잖은가? 저들을 선봉으로 내보내서 뭘 어쩌겠다는 건가? 말했듯이 금마국의 기마대는 무적의 용사들이거늘."

"두고 보면 아실 겁니다. 저들은 결코 호락하게 물러설 친구들이 아닙니다."

의미심장한 미소를 지으며 광한 역시 마상에 올랐다.

"대장군님, 놈들의 선봉 기마대는 저희가 맡을 테니 일반 병력은 적도들의 보병을 상대하게 하고, 무림에서 오신 동지들을 금마국 병사들 중 상당한 무술을 보유하고 있는 인물들로 구성했다는 토벌단과 저들의 편에 붙은 흑도무림인들을 상대토록 해주십시오."

"알겠네."

"그럼."

광한은 서문탁을 향해 목례하고는 이내 말을 몰고 자신의 부하들이 달려나간 곳을 향해 달려나가기 시작했다.

콰두두두─

광한과 죄수들로 이루어진 삼천 명의 특수 병사들.

지난 그 엄청난 추위 속에서 혹독한 훈련을 거친 삼천 명의 죄수가 금마국의 무적 선봉대인 철갑 기마대와 정면 승부를 위해 몸을 던졌다.

철갑 기마대가 아무리 패배를 용납치 않는 무적의 용사들이라 해도 삼천 병사들은 무조건 그들을 꺾어야만 한다.

이겨야만 사면을 받고,

이겨야만 소중한 사람들이 있는 고향으로 돌아갈 수가 있었으므로.

"와아아!"

"우와아아!"

이미 아침 여명이 움터오는 드넓은 개활지를 향하여 서로 반대 방향에서 각각 수천의 기마병들이 몰려들기 시작했다.

두두두두!

콰두두두두.

지축이 울리고 나무들이 흔들렸다.

양측 대군의 선봉에 나선 금마국의 무적 철갑 기마대와 죄수들로 구성된 중원의 기마대가 일 보의 물러섬 없이 맞부딪쳐 나갔다.

차차창!

카카카칵!

창과 검들이 부딪치자 날카로운 금속성과 함께 불꽃이 마구 튀었다.

"……!"

철갑 기마대를 진두지휘하고 있는 낭문추의 표정이 딱딱하게 굳어 갔다.

'아니, 우리의 기마대가 전혀 놈들의 진을 깨뜨리지 못하고 오히려 밀리고 있다니!'

일견하기엔 일진일퇴의 팽팽한 형세 같았다.

하나 자세히 지켜보면 언제나 기동력에서 우위를 점하며 속전속결로 상대의 진을 허물어갔던 철갑 기마대가 오히려 상대의 파상공세에 조금씩 밀리고 있었다.

금마국의 철갑 기마대를 상대하기 위해 광한과 삼천여 명의 대원이 지난겨울 그 지독한 혹한 속에서 얼마나 지독한 수련을 하였던가?

무공은 별게없지만 일단 말에만 오르면 인마일체(人馬一體)의 움직임을 보이는 금마국의 기마대. 마상에서의 움직임이 자유롭고 공격 범위가 넓어 상대하기가 극히 까다로운 탓에 아무리 엄청난 대군으로 그들과 맞상대를 해도 밀릴 수밖에 없었고, 상승의 무공도 그들 앞에선 무용지물이 될 수밖에 없었다.

하여 광한은 그동안 기병전에 관한 많은 병서들을 탐독하였고, 때로는 자체 내의 모의 전투를 치르면서 말의 걸음걸이, 호흡, 그리고 근육의 움직임을 상세하게 기록하며 그들을 상대로 이길 수 있는 해법을 강구했다.

두두두!

선두에서 자신의 수하들을 진두지휘하고 있는 광한은 방향을 틀었다.

말[馬]은 동물이다.

그러나 금마국의 기마는 물러나고 돌진하며 피하는 것이 마치 무림 고수가 구사하는 신법처럼 절묘한 움직임을 보였다.

광한은 조직적이며 일사불란한 그 움직임을 깨기 위해 일단 뒤흔들며 철저한 난전을 유도해 나갔다. 아울러 전투의 흐름을 자신의 쪽으로 끌어들이고자 했다.

먹이를 찾는 독수리와 같은 그의 눈에 적도들이 꽂혔다.

"일곱!"

모두 일곱 명으로 비학진(飛鶴陣)의 우측 날개 부분에서 긴 창(槍)으로 아군의 숨통을 노리는 무리들이었다.

"타앗!"

광한은 그의 시야에 꽂힌 적도들을 향해 폭풍처럼 질주해 갔다.

예상치 못한 광한의 기습에 일곱 명 중 한 명이 더 이상의 접근을 허락치 않으려는 듯 긴 창을 앞으로 쭉 내밀었다.

카카칵!

광한의 검은 주저없이 상대의 창대를 갈랐다. 그리고 그는 계속 짓쳐들었다.

쐐애액!

"으아악!"

광한의 검이 허공에 빛을 폭사하자 상대의 처절한 단말마가 하늘에 울려 퍼졌다.

그러나 그것은 시작이었다.

"타아앗!"

낭랑한 기합성이 터지는 것과 동시에 광한은 마상에서 도약하며 남은 여섯 명을 향해 빛살처럼 검을 뻗어 나갔다.

피이이잇!

찰나지간에 날카로운 파공음과 함께 허공에 섬광이 일었다. 뼛골이 시릴 정도로 차디찬 검광(劍光)이었고, 그것은 이루 형용할 수조차 없을 정도의 쾌속한 속도로 미처 피하고 자시고 할 틈도 없이 광한이 목표로 한 상대들의 목을 연속하여 꿰뚫고 있었다.

"크아악!"

쨍! 파파파팟!

"캐애액!"

상대들은 막으려 했다. 그러나 그들은 태양처럼 눈부신 섬광이 자신들의 동공을 쏘는 것을 느꼈을 때 자신들의 목에서 분수처럼 쏟아지는 피 화살을 보았고, 죽음이란 단어를 미처 생각해 내기도 전에 그들의 머리 속에서는 모든 생각들이 무서운 속도로 사라졌다.

털썩!

꽈당탕!

뼈 없는 척추동물처럼 그들은 그 자리에서 허물어지듯 바닥으로 쓰러지며 머리를 처박았다.

그리고 그것이 본격적인 시작이었다,

단 한 번의 패배도 용납치 않았던 금마국의 기마대의 몰락은.

"우와아아아!"

굉렬한 함성과 함께 중원의 기마대들이 질풍노도처럼 몰려들었다.

챙! 차차창!

"으악!"

"크아악!"

비학진을 펼치며 상대를 덮칠 기세로 공세를 펴던 철갑 기마대의 진식은 학의 우측 날개에 해당되는 부분이 일곱 명의 죽음으로 급격히 허물어지고 말았다.

"헉! 진이 무너진다! 어서 출해진(出海陣)으로 변형하라!"

낭문추가 다급한 외침을 터뜨리자 철갑 기마대의 병사들은 신속하게 위치를 이동하며 진을 변형하려 했다.

"지금이다! 비학진의 머리가 비었다! 머리를 뚫어라!"

적의 진중(陣中)을 휘저으며 지휘하고 있던 광한이 칼을 높이 쳐들며 부하들을 독려하자, 중원의 기마병들은 지체없이 비학진의 머리 부위를 집중 공격하기 시작했다.

슈콰콰콱!

"아악!"

카카칵!

"크아악!"

전투에는 흐름이 있다.

그리고 그 흐름을 잘 파악하고, 적이 흔들릴 때 회복할 수 없을 정도로 철저하게 부숴 버리는 것이 바로 명장이다.

광한은 흔들리고 있는 적의 틈을 결코 놓치지 않았고, 그의 병사들은 그 어떤 병사들보다도 용감하게 싸워 나가고 있었다.

졸지에 성난 노도와 같은 공세를 받게 된 철갑 기마대의 진세는 걷잡을 수 없이 허물어졌고, 중원의 기병대는 마치 구멍 뚫린 둑 사이로 물살이 통과하듯 엄청난 기세로 뚫고 들어가며 적진을 정신없이 흔들어놓았다.

"이, 이럴 수가?!"

낭문추는 금마국의 자부심인 철갑 기마대가 너무도 어이없이 허물어지고 있는 모습을 눈으로 직접 확인하고 있음에도 불구하고 믿을 수 없다는 표정을 지었다.

"쳐라! 놈들은 지금 진식을 제대로 변형하지도 못한 상태다! 당황하여 어찌할 바를 모르고 있는 이때가 절호의 기회다! 두 패로 나누어 지속적인 공세를 강행하라!"

부하들을 독려하는 광한의 목소리는 더욱 높아갔다.

챙! 차차창!

"으아아악!"

콰두두두—

"크악! 크아악!"

광한의 부하들이 일사불란하게 움직이며 금마국의 기마들을 너무도 쉽게 도륙해 나가자 낭문추의 눈은 뒤집혔다.

"이, 이놈! 네놈이 우리의 철갑 기마대를 상대하기 위해 꽤나 많은 연구를 했구나. 하지만 네놈만 제거하면 우린 불리한 이 형세를 충분히 만회할 수 있을 것이다!"

모든 싸움이 그렇듯 적의 수장을 쓰러뜨리면 아군의 기세는 다시 불처럼 일어나고 적의 기세는 한없이 꺾이게 되는 게 대규모 전투의 보편적인 특징이었다. 그렇기에 낭문추는 어떤 일이 있어도 광한을 제거하여 불리한 판세를 뒤집고 싶었다.

"차앗!"

낭문추는 말을 몰아 광한에게로 돌진했다. 그리고는 방천화극으로 섬뜩한 섬광을 그리며 광한의 정수리를 향해 수직으로 내려쳤다.

광한은 신형을 좌로 움직여 그의 공세를 피했다.

마상에 앉은 광한이 너무도 쉽게 낭문추의 공세를 피할 수 있었던 것은 그가 타고 있는 흑마가 광한이 요구하는 대로 신속하게 따라주었기 때문이다.

콰두두—

다음 순간, 좌측으로 물러난 광한은 흑마와 함께 낭문추를 향해 빛처럼 빠른 속도로 쏘아갔다.

번쩍!

한줄기 검광(劍光)이 엄청난 빛을 폭사하며 대기를 갈랐다.

낭문추는 기겁하며 급히 몸을 움직이려 했으나 안타깝게도 이미 때는 늦어 있었다. 말과 함께 그의 몸이 옆으로 비켜나려는 찰나, 검광이 그의 가슴을 갈라 버렸던 것이다.

"꺼억!"

낭문추는 처절한 비명을 토하며 복부를 움켜잡았다.

그의 안면은 고통으로 참혹하게 일그러져 있었고, 복부를 쥐어 잡고 있는 그의 손가락 사이로는 뜨거운 핏물이 계속 솟아 나왔다.

"끄으으… 주, 중원 놈들에게… 우리의 철갑 기마대가… 무너지리라고는… 단 한 번도 생각지 않았다……. 그런데 어떻게… 이런 일이……."

그는 불신에 가득 찬 시선으로 광한을 쳐다보고는 이내 고개를 꺾으며 마상에서 떨어지고 말았다.

쿵!

광한은 시종 변함없는 시선으로 차가운 바닥에 머리를 처박고 쓰러진 낭문추의 모습을 응시했다.

"기병전은 개인적인 능력보다는 말과 조직적인 진(陣)의 승부다. 그동안 너희들의 철갑 기마대가 무적을 자랑할 수 있었던 것은 남보다 뛰어난 말들을 보유했고, 수천 명이 마상에서 일사불란하게 움직이는 조직력이 우수했기 때문일 뿐이다. 그것뿐이다."

그러므로 그들이 보유하고 있는 말들보다 조금이라도 더 나은 수준의 말들을 구하고, 철갑 기마대가 주로 사용하는 비학진과 출해진의 약점을 파악할 수만 있다면 언제든지 쓰러뜨릴 수 있다는 것이 광한의 생각이었다.

광한은 대규모 전투에서는 기선 제압이 승부의 관건이라고 판단했다.

그래서 그는 자신이 끌어 모은 삼천 명의 죄수에게 지난 삼 개월 동안 기마술에 관한 것만을 집중적으로 훈련시켰다. 아울러 그는 철갑 기마대가 펼치는 비학진과 출해진의 약점을 찾는 일에 전념했고, 그리하여 많은 시간이 지나기 전에 그 약점과 그들을 제압할 수 있는 방법을 동시에 찾을 수 있었다.

결론은 말이었다.

상대방보다 조금이라도 더 굳세고 좀 더 빠른 말들을 보유해야만 철갑 기마대가 펼치는 진식의 허점을 노릴 수 있다는 판단에 그는 명마를 구입하는 데 최선을 다했던 것이다.

대체적으로 많은 세인들이 이렇게 말한다.

삼국 시대 최고의 무장은 여포였노라고.

하긴 수많은 전장에서 단 한 번의 패배를 기록치 않았던 여포였고,

게다가 적수가 없을 정도로 무예가 출중한 관우와 장비의 합공을 받고도 무승부를 이룰 정도였으니 누구라도 그를 당시 최고의 무장으로 꼽는 데 주저하지 않았다. 그러나 광한의 생각은 달랐다.

물론 그의 무공이 뛰어난 것을 부인하는 건 아니었지만, 여포가 기병전에서 그러한 승전을 세울 수 있었던 것은 남보다 수십 배 이상 뛰어난 천리마가 있었기 때문에 가능했다는 게 광한의 생각이었다.

광한은 그만큼 말의 중요성을 인식하고 말을 모아들이는 데 전력을 다했고, 그 결과 지금 그의 부하들이 타고 있는 말들은 철갑 기마대의 말들에 비해 결코 뒤떨어질 게 없을 만큼 매우 우수한 말들이었다.

말들 간의 비교에서 뒤질 게 없고 그들의 약점을 제압하는 방법까지 찾아낼 정도로 확실한 전술까지 보유했다.

그리고 마지막으로 인마일체가 될 수 있도록 병사들 각자가 자신의 말에 온 정성을 쏟았으니 광한의 부하들이 무적의 철갑 기마대를 파괴하고 쓰러뜨리는 일이 지금처럼 가능할 수 있었던 것이다.

"커억!"

"크아악!"

철갑 기마대가 정신없이 무너지자 개미 떼처럼 까맣게 몰려오는 타미루의 본진(本陣)은 모두 경악했다.

"아, 아니, 저럴 수가!"

타미루는 선봉대인 무적 철갑 기마대가 쓰러지는 모습을 보자 당황했다.

웬만한 장수라면 연이은 패배에 불길한 느낌을 먼저 가졌을 것이다. 하지만 타미루는 중원군쯤은 언제라도 항시 부수뜨릴 수 있다고 생각했고 여전히 자신에 차 있었다.

"비록 기습을 맡았던 전위대와 선봉으로 나선 철갑 기마대가 불의의 일격을 당했으나 우리에겐 아직도 구만에 가까운 병력이 있다! 당연히 수적으로도 우세다. 가라! 나가서 금마국의 용사들답게 물러섬없이 놈들을 도륙하도록 하라!"

그의 명령이 떨어지는 순간,

"네놈들의 상대는 여기 있다!"

쩌렁한 외침과 함께 서문탁이 지휘하는 중원의 병사들이 물밀듯이 몰려들었다.

구만 명에 가까운 금마국의 병력과 오만 명에 달하는 중원의 군사가 광활한 개활지에서 백병전을 벌이게 되었다.

□ 제46장 □
전쟁 영웅, 북궁월!

"와아아!"

함성을 지르며 먼저 뛰어나간 것은 타미루의 부하들이었다.

"물러서지 말고 맞대응하라! 이제 놈들의 주력군이었던 철
갑 기마대는 모두 궤멸되었다! 어서 싸워라! 놈들을 두려워할
이유는 그 어디에도 없다!"

서문탁의 쇳소리와도 같은 외침이 터지자 관과 무림의 합동
군이 맹렬한 기세로 달려나가기 시작했다.

차차창!

까강! 깡!

병기와 병기들이 부딪치고,

펑! 퍼펑!

곳곳에서는 작은 폭발음과 함께 화광(火光)이 치솟았다.

"이놈들! 나한테 와라! 몽땅 나한테 오란 말이다!"

그동안 패전에 익숙했던 오 척 단신의 장군 철무상은 모처

럼 연이은 승전이 자신의 눈앞에서 펼쳐지자 감정이 크게 격앙이 된 듯 금마국 병사들을 무섭게 베어 나갔다.

그리고 남궁세가를 비롯한 무림명파에서 온 지원군들도 상대의 병사들을 향해 고강한 중원 무술 솜씨를 뽐내기 시작했다.

또한 소림 장문인인 혜천 대사와 백팔나한, 그리고 칠백 명으로 구성된 탕마대의 스님들까지 나서서 열심히 금마국 병사들을 쓰러뜨리고 있었다.

"으악!"

"크아악!"

백병전이 펼쳐지자 무림인들이 두각을 나타내기 시작했다. 그들은 수준 높고 강맹한 중원 무학으로 금마국 병사들을 거침없이 베어갔다.

그때였다.

"흐흐… 백도무림인 놈들아! 네놈들 상대는 여기 있다!"

돌연 음산하고도 사악한 음성이 장내에 울려 퍼졌다.

회색의 승복에 회색의 수염, 그리고 소림의 승려들처럼 머리에 계인(契印)이 찍혀져 있는 살집 좋은 오십대 후반의 고승이었다.

순간 소림 장문인 혜천 대사를 비롯한 소림의 장로들이 눈을 크게 떴다.

"미, 미륵색귀?!"

그렇다.

그는 다름 아닌 소림사의 장로 행세를 하며 수많은 불가의 여신도를 겁탈하고 돈까지 뜯다가 그로 인해 무림의 공적까지 된 미륵색귀(彌勒色鬼) 변광팔이었다.

"크큭. 오랜만이다, 혜천. 네놈들로 인해 노납의 인생이 참으로 더럽게도 꼬였지. 무림공적이라니? 성불(成佛)을 구도의 최고 가치로 삼는 놈들이 멀쩡한 사람을 오갈 곳 없는 도망자 신세로 만들어도 괜찮은 게냐?"

"닥쳐라! 감히 누구를 원망하느냐! 네놈이 소림의 이름을 팔며 저지른 만행이 어떠했는지 벌써 잊었단 말이냐!"

청동으로 빚은 철제 인간처럼 강인해 보이는 중년의 승려가 험악하게 인상을 부릅뜨며 소리쳤다.

계율원주(戒律院主) 석풍 대사였다.

"만행이라니? 대체 뭐가 만행이라는 게냐? 외롭고 쓸쓸한 여인들을 위해 몸으로 보시(普施)를 한 게 무슨 얼어죽을 만행이란 말이냐? 석풍, 네놈이 아직 제대로 구도(求道)를 하지 못해 그런 소릴 지껄이나 본데, 그건 만행이 아니라 자비다, 자비!"

"흥! 자비? 여인을 강제로 욕보이고 협박하여 돈까지 뜯어내 놓고도 터진 주둥이라고 나오는 대로 잘도 지껄이는구나."

"석가세존께 맹세코 노납은 단 한 번도 강제로 욕보인 적이 없다. 다시 말하지만 노납은 불행한 여인들을 위해 몸으로 보시를 하였고, 그녀들이 챙겨주는 작은 성의(?)를 거절하지 않았을 뿐이다."

변광팔은 너무도 당당하고 뻔뻔했다. 오히려 자신의 입장을 이해하지 못하고 자기들 멋대로 해석하고 무림공적으로 몰았던 소림사의 행실이 여전히 괘씸하기만 했다.

"정말 나오는 대로 잘도 지껄이는군. 하긴 그런 말솜씨니 여신도들이 네놈에게 껌벅 넘어갔겠지만."

석풍은 죄를 뉘우치기는커녕 오히려 뻔뻔스런 논리로 자신을 합리화시키고 있는 변광팔의 언행에 기가 막혔다.

"그렇다면 본 사(本寺)와 아무 연관도 없으면서 본 사의 장로를 사칭한 이유는 뭐냐?"

"사칭 좀 하면 어떠냐? 그게 그렇게 잘못된 거냐?"

"뭣이라?"

"다 같이 석가세존을 모시며 구도의 길을 걷는 입장에서 그 정도쯤은 얼마든지 양해해 줄 수도 있는 것을 네놈들은 옹졸하게도 노납을 공적으로 몰고 죽이려 했다."

시종 개기름이 번들거리는 얼굴로 여유를 보이던 변광팔의 눈에 서서히 분노의 광망이 이글거렸다.

"용서하지 않으리라! 네놈들을 모두 이곳에서 씨몰살을 시켜 버리고 말 것이다! 그래서 그동안 노납이 당한 분노의 한을 모두 여기서 씻어 버리겠다."

"후후, 그동안 무슨 대단한 기연이라도 얻은 모양이지? 여자 후리는 재주 외에는 변변한 게 없던 위인이 그렇게 큰소리치는 걸 보면."

"크크큭. 물론이지. 불쌍한 여인들을 위해 열심히 노력 봉사를 하고도 무림공적으로 몰린 노납의 억울함을 석가세존께서 아셨는지 이와 같은 기연을 주셨지 뭔가?"

득의만면한 미소와 함께 변광팔은 허리춤에 찬 검을 뽑아 들었다.

검신에 세 개의 구멍이 뚫려 있는 두 자가량에 시커먼 묵광(墨光)을 발하는 한 자루의 검.

순간, 혜천 장문인을 비롯한 경험 많은 소림의 노승들이 찢어질 듯 눈을 부릅뜨며 경악했다.

"마, 마현검(魔弦劍)?!"

마현검!

삼십 년 전 귀살마음(鬼煞魔音)이라는 무림 개사 이래 가장 무서운 음공을 펼쳤던 마현신군(魔弦神君)이 사용했던 저주스런 마검이다.

　귀살마음은 일단 시전되면 어느 누구도 벗어날 수 없을 정도로 패도적이었는데, 그러한 귀살마음이 전개되기 위해서는 마현검이 반드시 필요했다.

　"어, 어떻게 마현검을……?"

　"설마 네놈이 귀살마음까지……?"

　혜천 장문인을 비롯한 소림의 장로들은 당황을 금치 못하고 있었다.

　가야금을 켤 때도 음률을 내기 위한 방식이 있듯 귀살마음이라는 악마의 음공이 전개되려면 그 나름대로의 방식이 있는데, 그걸 변광팔이 알고 있다면 그건 너무도 공포스러운 일이었기 때문이다.

　"크큭. 너무 당연한 소리를 어렵게도 묻고 있구만. 귀살마음을 펼칠 수가 없다면 굳이 마현검을 갖고 있을 이유가 없지."

　"미, 믿을 수 없다! 네놈이 어떻게 마현신군의 음공을 연공했단 말이냐?"

　"크큭. 말했을 텐데? 석가세존이 나의 억울함을 알고 기연을 주셨노라고."

　석풍 대사가 여전히 불신의 표정으로 묻자 변광팔은 음침하게 웃으며 좌수를 천천히 검끝에 갖다 대었다.

　"헉! 여러분, 어서 십 장 밖으로 물러나십시오!"

　혜천 장문인이 다급한 얼굴로 소리쳤다.

　"크크큭. 이 순간을 위해 지난 오 년간 기다린 사람의 성의를 봐서라도 그러면 안 되지. 일단 듣기나 하라구, 이 매혹적인 음률을."

　변광팔은 중지와 약지를 현란하게 움직이며 마현검의 끝을 두드렸다.

쩡! 쩌쩌쩌— 쩌엉—!

뾰쪽하고도 날카로운 금속성이 연속적으로 울려 퍼졌다. 그러자 주변 나뭇가지들이 부러지고 땅에선 흙먼지가 들썩거리기 시작했다.

"커헉!"

"끄어억……."

동시에 변광팔과 대치하고 있던 정파무림인들이 귀를 틀어막으며 비틀거렸으니, 어째서 마현검이 악마의 병기인지 그 진가가 여실히 나타나는 순간이었다.

그 순간,

쉬쉬쉿—!

변광팔의 뒤에서 개미 떼들처럼 이백여 명의 흑의인이 빗살 같은 속도로 날아들었다.

그들은 모두 보는 것만으로도 등골에 소름이 돋는 도축용 삭도(削刀)를 쥐고 있었고, 장내로 뛰어들기가 무섭게 음공에 비틀거리고 있는 정파무림인들을 무차별로 베어 나갔다.

"으아악!"

"크악!"

이미 귀살마음에 의해 기혈이 뒤틀려서 비틀거리던 내공이 약한 젊은 정파의 무사들은 그들이 휘두르는 삭도에 제대로 대항조차 못한 채 쓰러지고 말았다.

"헉! 흑… 흑막의 살수들이다!"

그 와중에 누군가가 경악하듯 뾰족한 비명을 터뜨렸다.

흑막(黑幕)!

그곳은 악랄하기로 이름 높은 살수 집단이었다.

한때 그들이 청부 살해한 관(官)과 무림의 수가 무려 천삼백 명이 넘었다.

그중에는 승상부(丞相府)의 황보염 승상사(丞相史)와 황태자를 지도 보필하는 동무윤 태자소부(太子少府) 등의 황실 고위 관료와 절강성 최고의 거부인 삼보대야(三寶大爺) 천금산, 그리고 한때 강소성 최고의 고수였던 태을신검(太乙神劍)과 산동성의 무림명문인 정도문(正道門)의 문주 천양자(天陽子) 등 강호의 이름난 재력가와 덕망 높은 무림인들까지 포함되어 있었다.

하여 영중제는 삼 년 전, 황비의 인척인 계철상을 통해 화산파에 그들의 척결을 의뢰했다. 많은 무림문파 중 화산파에 그 일을 의뢰한 것은 계철상이 화산파의 속가제자 출신이었기 때문이다.

그렇지 않아도 흑막의 잔혹하고도 무차별적인 살행(殺行)에 격노한 화산파의 장문인 구양무였다. 그는 황제의 밀명에 즉시 화산의 삼천 제자를 이끌고 흑막에 대한 총공세를 펼쳤다.

화산파가 그 누구인가?

소림, 무당, 곤륜, 아미 등과 더불어 무림의 태두라 손꼽히는 최고의 백도명문 중의 하나가 아니던가?

그렇기에 제아무리 흑막이 초특급 자객 집단이라 할지라도 화산파의 총공세에 쉽게 무너질 수밖에 없으리라고 생각했는데 뜻밖에도 그들의 무공은 음악(陰惡)스러울 정도로 가공가경(可恐可驚)했다.

생각 밖으로 많은 화산파 제자들이 그들의 삭도에 희생당하게 되자 화산 장문인인 구양문은 어쩔 수 없이 아미파, 무당파, 남궁세가로 지원을 요청했고, 결국 구파일방 중 거대 삼파와 사대세가 중 하나인 남궁가의 합세로 흑막의 거의 모든 살수들을 전멸시킬 수 있었다.

그렇듯 몰살된 줄로만 알았던 흑막의 살수들이 이렇듯 강맹한 모습으로 나타나 귀살마음에 정신을 못 차리고 비틀대는 정파무림인들을 도살하고 있으니…….

"끄흐흐… 그래, 닥치는 대로 무조건 다 베어라! 그래서 구천을 떠돌고 있는 우리 형제들의 원혼을 달래도록 하라!"

그때 그렇지 않아도 노도처럼 몰려들며 정파무림인들을 살해하고 있던 살수들을 독려하는 듯한 사이한 음성이 장내에 울려 퍼졌다.

남궁일도는 음성의 진원지를 향해 고개를 돌리는 순간, 얼굴이 그만 딱딱하게 굳고 말았다.

그의 시선이 멈춰진 곳엔 서리가 내린 것처럼 새하얀 백발과 일자로 솟구친 칼끝 같은 백미(白眉)를 지닌 흑포노인이 우뚝 서 있었다.

독수리처럼 형형히 빛나는 찢어진 눈과 유달리 크고 얇은 입술, 그리고 활처럼 휘어져 있는 매부리코를 지닌 노인.

"흑… 흑혼야괴(黑魂夜怪)?!"

남궁일도의 시선과 음성이 크게 흔들렸다.

"끄흐흐… 오랜만이다, 남궁일도."

흑혼야괴는 음산한 미소를 흘리며 남궁일도를 직시했다.

"그, 그때 네놈의 식솔을 몰살시켰음에도 불구하고 네놈의 시신을 찾지 못한 게 못내 찜찜했었는데… 결국 이렇게 후환을 두게 되었군."

당시 전투에 직접 참여했던 남궁일도가 굳은 표정으로 입을 열었다.

"먼저 죽어간 본 막의 제자들을 위해서라도 난 결코 죽을 수가 없었지. 크흐흐훗."

싸늘한 냉소와 함께 흑혼야괴의 삭도가 허공을 갈랐다.

파츠츠촷!

투박하게 생긴 도축용 삭도에서 뿜어져 나오는 도기(刀氣)가 무지개 같이 현란한 빛을 뿌리며 남궁일도의 몸을 덮쳐들었다.

이 가공스런 현상에 남궁일도의 안색이 급변했다.

까까깡!

그는 다급히 백룡신검으로 자신의 가슴을 향해 짓쳐드는 흑혼야괴의 공세를 막아내며 뒤로 물러났다.

그 순간,

쩡! 쩡쩌쩡! 쩡쩡!

마현검에서 나오는 날카롭고 끔찍한 음공이 더욱 드높게 울려 퍼지자 정파의 젊은 무림인들은 입으로 선혈을 꾸륵꾸륵 흘리며 주저앉는 등 속절없이 무너지고 있었다.

카카각!

"으아악!"

쐐애액!

"크아아악!"

흑막의 살수들은 이미 대처할 능력을 잃은 젊은 무림인들을 상대로 무차별적인 살행(殺行)을 이어 나가고 있었다.

"으으… 왜 네놈들은 귀살마음에도… 흔들림이 없는 것이냐?"

흑혼야괴의 연속적인 공세를 막아내기에 급급한 남궁일도는 그것이 궁금했다.

"크흐흐. 변광팔이 그러더군, 묘오환(苗蜈丸)을 먹으면 반 시진 정도는 귀살마음의 영역에서 벗어날 수 있다고."

"그, 그랬군."

남궁일도는 그제야 어째서 자신들만 귀살마음으로 인해 기혈이 뒤틀리는 고통을 느껴야 하는지 알 수 있었다. 동시에 이렇게 치밀하게 준비한 상대를 너무 과소평가했다는 후회가 밀려들었다.

"남궁일도… 크흐흐흐. 네놈의 공력이 아무리 심후해도 이제 더 이상 버티기 힘들 것이다. 한쪽으론 귀살마음에 의해 뒤틀리는 기혈을 진정시키고, 다른 한쪽으론 나의 공세를 막으려니 이제 너의 공력도 곧 바닥이 날 수밖에 없을 것이다!"

쐐애애액!

흑혼야괴는 승기를 잡았을 때 확실히 상대의 목을 베어버리겠다는 기세로 더욱 강맹하게 공세를 전개해 갔다.

깡! 까앙!

그의 말대로 남궁일도는 공력이 거의 바닥나고 있는 상태여서 그의 공세를 막기에 급급한 상태였다. 이대로 나간다면 아무리 열심히 버틴다 해도 십 초 이내엔 자신의 목을 내놓을 수밖에 없는 그런 절망적인 상황이었다.

"……!"

광한은 자신의 부하들을 독려하며 금마국의 병사들과 백병전을 벌이다가 문득 금마국의 충견으로 변신한 사파인들에게 정파인들이 대책 없이 무너지고 있는 모습을 보며 당혹스러워했다.

쩡! 쩡쩌쩡! 쩡쩡!

"끄억!"

"으아악!"

광한은 정파인들이 압도적인 수적 우세에도 불구하고 오히려 귀를 틀어막고 괴로워하다가 적의 삭도에 쓰러지는 것을 보며, 그 이유가 마현검에서 울려 퍼지고 있는 음공 때문이란 것을 알게 되었다.

더욱이 내력이 약한 무사들은 굳이 삭도에 베일 것도 없이 음공을 견디지 못하고 칠공에서 피를 토하며 쓰러졌다.

광한이 이와 같은 저주스런 음공에서 큰 영향을 받지 않을 수 있었던 것은 일단 만년지극혈보와 공청석유라는 희대의 영약을 복용했던 탓에 남들보다 월등한 내공을 지니고 있었고, 귀살마음의 영역권에서 멀찌감치 벗어나 있었기에 가능했던 것이다.

광한은 신속히 자신의 오른쪽 손목에 감겨 있는 투명한 실선을 풀었다.

백류삭(白流索).

극히 투명하고 가느다란 이 실선은 황궁 무고의 오대병기 중 하나인 백류삭이었다. 상대의 몸에 격중되면 실선의 특성상 상대의 몸을 휘감게 되고 다시 그를 잡아당기면 실선에 감긴 상대의 살점이 덩어리째 뭉텅 떨어져 나간다는 기병(奇兵) 중의 기병이었다.

광한은 백류삭의 그 끝을 잡고는 마치 돌팔매질을 하듯 뿌렸다.

피잉.

백류삭은 마치 화살처럼 날아가 변광팔이 열심히 튕기고 있는 마현검의 검신을 휘감아 버렸다.

아무리 백류삭이 무엇이든 끊어놓을 수 있는 기병이라고는 하지만 마현검은 천하에서 가장 강한 만년한철로 만들어진 검이다.

마현검이 백류삭을 끊을 수 없듯 백류삭 역시 마현검을 동강 낼 수 없었다. 때문에 마현검은 백류삭에 휘감긴 상태로 광한이 이끄는 힘에 의해 변광팔의 손을 떠나 광한에게로 날아왔다.

그리고 이 모든 건 순식간에 벌어진 일이었다.

"헉!"

그때까지 의기양양한 얼굴로 마현검을 퉁기던 변광팔의 눈이 찢어 질 것처럼 크게 확대되었다.

"아, 안 돼!"

변광팔은 창졸간에 자신의 손에서 이탈하여 허공을 날아가고 있는 마현검을 되찾으려고 몸을 솟구쳤으나 그의 동작은 늦어도 한참 늦었 다.

마현검은 백류삭이 광한의 손을 떠날 때보다도 훨씬 빠르게 그의 손 으로 들어갔던 것이다.

그제야 마현검에서 터져 나오는 가공할 귀살마음에 의해 몸부림치 던 정파인들이 제정신을 차리기 시작했다.

그들은 무방비 상태로 자신의 동지들을 무차별 도륙하던 흑막의 살 수들을 상대로 맞대응을 펼쳐 나갔고, 살수들은 소림과 남궁세가 정예 무사들의 합공에 여지없이 허물어지고 말았다.

챙! 차차창!

"으악!"

"크아악!"

자신의 부하가 추풍낙엽처럼 쓰러져 나가자 흑혼야괴의 눈에선 분 노의 광망이 이글거렸다.

"이, 이놈들! 으아아아! 모두 죽여 버리겠다!"

그는 상처받은 짐승과도 같은 절규를 토하며 흑막의 살수들을 응징 하고 있는 백팔나한들을 향해 미친 듯이 돌진했다.

쐐애애액!

흑혼야괴의 삭도에서 검은 묵광이 수십 개의 방위로 뻗어 나갔다.

실로 잔독무비한 도법이었으나 안타깝게도 상대는 소림의 자부심인 백팔나한이었다.

백팔나한 중 일진을 형성하고 있는 아홉 나한의 봉(棒)이 일제히 웅후하면서도 현란한 선을 그리며 흑혼야괴가 뿌리는 검은 묵광을 부숴나갔다.

그러자 그의 삭도가 순식간에 산산조각나며 허공으로 흩어져 버리고 그의 입에서는 처절한 비명이 터져 나왔다.

"끄아아악!"

흑혼야괴의 몸에서는 피보라가 뿜어졌다. 창졸간에 혈인(血人)이 된 그의 몸은 그대로 땅바닥에 곤두박질치고 말았다.

욱일승천의 기세로 떠오르는 금마국을 등에 업고 지난날 정파인들에게 당한 피의 대가를 돌려주고자 했던 흑혼야괴의 꿈은 이렇게 막을 내리고 말았다.

"으……."

흑막의 살수들이 모두 눈앞에서 참혹한 응징을 당하자 변광팔은 뒤로 슬금슬금 물러서더니 이내 쏜살같이 도망치기 시작했다.

그 순간 광한의 손에서 마현검이 격출되었다.

쐐애액! 콰악!

마현검은 무서운 속도로 날아가더니 도주하는 변광팔의 등판을 꿰뚫었다.

"으아아아아악─!"

변광팔은 열심히 도주한 보람도 없이 처절한 비명과 함께 차가운 바닥에 머리를 처박고 말았다. 그것도 자신이 자비로운 석가세존의 배려로 얻게 되었다는 마현검에 의해서 최후를 맞게 되었던 것이다.

정파인과 사파인들 사이에 벌어졌던 대결이 정파인들의 승리로 확정지어지는 것과 동시에 금마국 병사들의 저항도 급속히 무너지고 있었다.

"으악!"

"크아악!"

광한이 이끄는 기병대가 금마국의 자부심인 철갑 기마대를 무너뜨린 것과 동시에 그들의 기는 이미 꺾여 있었다. 잠시 변광팔의 귀살마음으로 인해 사파무림인들이 승기를 잡을 뻔했으나 아쉽게도 거기까지가 금마국 병력의 한계였다.

철갑 기마대에 이은 금마국의 이진(二陣) 역시 너무도 허망하게 무너지고 말았다.

"이, 이놈들!"

타미루는 눈앞에서 일진과 이진이 모두 무너지자 눈알이 뒤집혔다.

"이젠 어쩔 수 없다. 모두 총공세를……!"

그가 부하들을 향해 소리치려는 순간, 얼굴의 주름살이 마치 거미줄처럼 그어져 있는 육십대의 늙은 장수가 그를 만류하였다.

위지당철이라는 후장군(後將軍)이었다.

"제독, 아니 됩니다. 이미 기운 승부입니다. 차라리 다음 기회를 보심이……."

"그게 무슨 가당치 않은 소리냐! 그럼 나더러 패배를 인정하고 이대로 물러서란 말이냐?"

타미루는 버럭 노성을 질렀다.

"제독, 이미 세 번에 걸친 크고 작은 격전에서 모두 승리한 탓에 놈들은 하늘을 찌를 듯한 기세인 반면 우리의 병사들은 자신감을 잃은 상태입니다."

"……."

"더욱이 눈앞에서 우리의 무적 철갑 기마대까지도 너무도 허망하게 몰살당하는 모습을 지켜본 병사들입니다. 이런 두려움으론 욱일승천한 저들의 기세를 당해낼 수가 없다는 걸 제독께서도 잘 아시지 않습니까?"

타미루 역시 나이는 비록 삼십대 후반이었으나 전쟁으로 잔뼈가 굵은 위인이다. 대규모 전투에서 기가 꺾이면 그걸로 승부는 끝이라는 것을 그가 어찌 모르겠는가?

상대는 불같은 기세로 일어서고 있는 반면 자신의 병사들은 얼음처럼 차갑게 식어 있었다. 이런 상태로 맞부딪쳐 봐야 백전백패라는 건 군이 안 봐도 뻔히 알 수 있는 일이다.

"그럴 수는 없다. 도망치느니 차라리 이곳에서 뼈를 묻는 게 폐하의 명예를 지키는 일이다!"

하지만 타미루는 단호한 표정을 지었다.

"제독, 승산없는 전투에서 병사들을 모두 잃는 것이 어찌 폐하에 대한 충성이라고 생각하십니까? 대륙 제패를 염원하시는 폐하를 생각해서라도 다음을 도모할 수 있도록 지금 남은 병력이라도 지키는 것이 진정으로 폐하를 위한 충정이 될 것입니다."

"그, 그러나 후퇴란 이 타미루의 사전엔 없는 일이다!"

불같은 성격의 타미루로선 죽는 것보다 후퇴가 더 치욕스럽게 느껴졌다.

"제독, 후사를 도모하십시오. 지금은 상대할 때가 아니라 피해야 할 때입니다."

"······!"

"제독."

위지당철이 눈물까지 글썽이며 안타까워하자 타미루의 입에선 상처 받은 짐승과도 같은 신음이 흘러나왔다.

"끄으으··· 차마 내··· 입으로 그런 명령은······."

"제독."

"그냥··· 그대가 내리도록 하라······."

타미루가 고개를 떨구며 체념한 표정으로 입을 열자, 아무리 그와 같은 주장을 하였다해도 위지당철의 표정 또한 착잡할 수밖에 없었다.

"알겠습니다, 제독. 명에 따르겠습니다."

그는 짧은 대답과 함께 뒤로 몸을 돌렸다.

"퇴각하라!"

"놈들이 도망친다! 모두 추격하라!"

철갑 기마대와 토벌대로서 중원군의 기세를 꺾고 전면전을 펼치려 했던 금마국의 삼진(三振)이 급히 퇴각하는 모습을 보이자 기병대장군 인 철무상이 검을 높이 쳐들며 소리쳤다.

"아니오. 추격할 것 없소."

총지휘를 맡고 있는 대장군 서문탁이 제동을 걸며 나섰다.

"대, 대장군님?"

"북궁 총사의 생각이오. 이미 북궁 총사는 저들의 삼진이 퇴각할 경 우 쫓지 말아달라고 내게 부탁을 하였소."

그러자 철무상이 고개를 돌려 광한을 응시했다.

"북궁 총사, 왜 쫓지 말라는 건가? 이 기세로 밀어붙이면 놈들을 모두 몰살시킬 수가 있거늘?"

"군영으로 돌아가서 말씀드리겠습니다."

광한은 의미심장한 미소를 지으며 대답했다.

"……?'

그러나 철무상은 여전히 의아한 듯 고개를 갸웃거렸다.

'허참, 무슨 생각으로 그러는 건지는 모르지만, 그래도 이건 너무 아까운 기회 같은데…….'

승기를 잡았을 때 완벽하게 적도들의 숨통을 끊어놓지 않고 그냥 내버려 두는 것이 너무도 아쉬운 듯 철무상은 씁쓸히 입맛을 다셨다.

"으하하하!"

"하하하!"

하남 전선 중원군 진영은 웃음소리로 가득했다.

질풍노도처럼 거침없이 중원을 농락하고 영토를 삼켜오던 금마국을 상대로 처음으로 맛보는 승리였다. 그렇기에 작전 회의에 참석한 장군들의 표정은 너무도 밝았고 웃음 또한 그치질 않았다.

"흐하하핫! 너무도 기분 좋습니다. 본인이 그동안 수많은 전투에 참여했지만 오늘처럼 통쾌한 승리는 처음입니다."

"하하, 이를 말입니까? 그동안 그놈들이 하룻강아지 범 무서운 줄 모른다고 얼마나 찧고 까불어댔습니까? 정말 너무도 기쁘고 통쾌한 전투였습니다."

"놈들이 내빼는 거 보셨습니까? 동료들이 죽든 말든 제놈들만이라도 살겠다고 죽어라고 내빼는 모습이 어찌나 가관이던지 웃지 않을래야 않을 수가 없었다니까요. 푸하하하!"

뇌무달 거기장군을 비롯한 여러 장수들이 침을 튀겨가며 크게 웃어젖혔다.

"북궁 총사, 정말 대단하오. 그동안 무적을 자랑했던 놈들의 철갑 기마대를 박살 내다니……."

"허허, 내가 보기엔 북궁 총사의 부하들은 정말이지 말과 한 몸 같았소. 도대체 부하들을 어떤 식으로 훈련시켰기에 인마일체를 이룰 수 있었는지 너무도 궁금하외다."

그러면서 그들은 이와 같은 대승을 이끌어낸 광한을 향한 칭찬도 잊지 않았다.

"허허, 북궁 총사가 아니었다면 미륵색귀의 마현검에서 울려 퍼지는 저주스런 음공에 우리 또한 큰 변을 당할 뻔하였소."

"정말 대단하오. 북궁 총사와 같은 젊고 유능한 장군이 있다는 게 너무도 든든하고 자랑스럽소."

무림인들 또한 광한을 극찬하는 데 인색치 않았다.

특히 흑혼야괴와 흑막의 살수들로부터 제자들과 함께 큰 희생을 당할 뻔했던 남궁세가의 가주 남궁일도의 눈에는 광한에 대한 존경심이 가득했다.

"북궁 총사는 대륙의 진정한 영웅이오. 북궁 총사로 인해 지난날 서융국과의 칠년전쟁이 종식되었듯 이번 금마국과의 전쟁 역시 반드시 우리가 승리할 수 있을 것이오."

남궁일도는 흐뭇한 표정을 지으며 서문탁을 향해 고개를 돌렸다.

"허허. 안 그렇습니까, 대장군님."

"……."

그러나 뜻밖에도 서문탁의 표정은 그리 밝지만은 않았다. 남궁일도는 의아한 얼굴을 했다.

"대장군님?"

"물론 더없이 통쾌한 승리였소. 하나 우리 또한 주기찬, 설묘 장군을 비롯하여 대략 삼사천의 군사를 잃었소. 뿐만 아니라 무림에서 온 백여 명의 무사까지……."

대장군 서문탁은 완벽한 대승에도 불구하고 함께 승리를 축하하지 못한 채 생을 마감한 부하들이 안타까운 듯 다소 씁쓸한 표정이었다.

승리의 기쁨보다는 부하들의 고귀한 희생을 먼저 생각하는 그의 깊은 심중이 충분히 느껴졌다.

"대장군님, 놈들은 우리보다 족히 열 배 이상의 희생을 치르고 도주하였습니다. 너무 안타까워하지 마십시오. 그리고 그들의 희생이 있었기에 이와 같은 승리가 있는 게 아니겠습니까?"

"그렇습니다. 평소 부하들에 대한 애정이 누구보다도 깊은 대장군님의 마음을 모르는 바는 아니오나, 오늘 우린 대승을 거두었고 지금은 무엇보다도 승리를 자축할 때라고 생각합니다."

장군들은 서문탁을 위로하면서도 여전히 들뜬 표정들이었다. 그만큼 오늘의 승리는 그 자체만으로도 감격이었고, 그들은 그 감격의 여운을 잃고 싶지 않았던 것이다.

"북궁 총사."

문득 기병대장군인 철무상이 광한을 응시하며 입을 열었다. 그의 눈에는 여전히 퇴각하는 적도들을 따라가서 철저하게 부수지 못한 아쉬움이 배어 있었다.

"어째서 퇴각하는 그들을 쫓지 못하게 한 것인가? 그들은 전의를 상실했고 우리 병사는 하늘을 찌를 듯한 기세였네. 그러한 절호의 기회를 멍하니 눈 뜨고 바라만 보도록 했을 땐 분명 그만한 이유가 있을 거라고 생각하네. 뭔가, 대체 그 이유가?"

"생쥐도 더 이상 도망칠 곳이 없을 땐 고양이를 문다는 말이 있습니다."

광한은 미소를 지으며 대답했다. 철무상은 여전히 이해할 수 없다는 표정이었다.

"그래서? 이미 전의를 상실한 놈들이 편안히 도망칠 수 있도록 그냥 내버려 뒀단 말인가, 물리는 게 겁이 나서?"

"비교적 쉬운 승리였음에도 불구하고 우리는 전투에서 사천에 가까운 희생자를 냈습니다. 만약 우리가 그들의 뒤를 추격하고, 그래서 계속 백병전을 벌였다면 보다 많은 적도들을 괴멸할 수는 있었겠지요. 하나 우리 측 희생자 또한 만만치 않았을 겁니다."

"희생이 두려워 적도들을 그냥 보내주었다는 건 장수로서 할 얘기가 아니네. 세상 어느 전투에서든 희생없는 승리는 없네."

"전 결코 그들을 그냥 보내주지 않았습니다."

"그게 무슨 뚱딴지 같은 말인가? 놈들을 도망치는 걸 멀뚱히 바라보게 해놓고서 그냥 보내주질 않았다니?"

철무상이 눈을 휘둥그렇게 뜨자 광한은 의미심장한 미소를 지으며 대답했다.

"단지 우리 측 희생을 최소화시키기 위해서 막았을 뿐입니다."

뚜걱. 뚜걱.

타미루를 비롯한 금마국의 패잔병들은 모두 지치고 힘겨운 모습으로 산길을 걸어가고 있었다.

기세등등했던 십만의 병사를 무려 절반 가까이 잃고 쓸쓸히 퇴각하는 타미루의 가슴은 마치 칼로 심장을 도려내는 것처럼 고통스럽기 그지없었다.

"끄으윽… 참패를 당했다, 그것도 너무도 완벽하게……."

타미루의 입에서 상처받은 짐승의 울음과 같은 신음이 새어 나왔다.

"제독, 너무 낙심 마십시오. 모든 것은 마음먹기 나름입니다."

위지당철이 곁에서 타미루를 위로했다.

"십만 병사의 반이나 잃었다. 이토록 완벽한 참패를 당하고 내 어찌 폐하를 뵐 수 있단 말이냐."

"패하긴 했지만 아직도 우리에겐 오만의 병력이 남았다고 생각하면 그리 비관적인 것만은 아닐 겁니다."

'벌써 물을 반잔이나 마셨다'라고 마음먹기보다는 '아직도 반잔이나 남았다'라고 생각하자는 위지당철의 말은 끝없는 절망감에 사로잡힌 타미루에게 더없는 위안이었다.

'그래, 아직도 우리의 병사는 오만이나 남았다. 일단 재정비만 한다면 얼마든지 복수를 할 수 있다. 얼마든지!'

타미루는 무너지는 억장을 참고 인내하며 지금 남은 병사만이라도 무사히 연경까지 귀환시키기로 마음을 고쳐 먹었다.

"여기가 어디쯤인가?"

"이제 산을 막 벗어나는 것 같습니다."

"그럼 호구(虎口)는 일단 벗어난 셈인가?"

타미루가 안도의 한숨을 돌리려는 바로 그 순간,

"와아아아!"

양 옆의 숲 속에서 중원의 군사들이 함성을 지르며 일어나기 시작하는 것이 아닌가!

"헉!"

"아, 아니?!"

타미루를 비롯한 금마국의 패잔병들은 일제히 눈을 부릅뜨며 다급한 신음을 토했다.

"쏴라!"

패앵! 팽!

쐐액— 쐐액—

이곳저곳에서 우박처럼 화살이 날아들기 시작했다.

"크악!"

"으아악!"

난데없는 중원 매복군들이 퍼붓는 엄청난 화살 세례에 패잔병들은 미처 피할 생각조차 하지 못한 채 무참히 쓰러져 갔다.

위지당철의 얼굴은 사색이 되었다.

"놈들이… 이곳에 매복군을 대기시켜 둔 모양입니다!"

"비, 빌어먹을……. 어서 피하라! 대항하지 말고 신속히 이곳을 빠져나가라, 어서!"

타미루는 부하들을 향해 다급히 소리쳤다.

그 순간,

콱!

화살 하나가 타미루의 어깻죽지에 꽂혔다.

"끄윽!"

"제, 제독님!"

"괘, 괜찮다……. 어서……."

타미루의 입에서 고통스런 음성이 새어 나오자 위지당철은 부하들을 향해 소리쳤다.

"모두 제독님을 엄호하면서 신속히 빠져나가라!"

콰두두두—

금마국의 패잔병들은 무수히 쏟아지는 화살 속에서 빠르게 도망치기 시작했다.

화살을 맞아가면서도 타미루를 엄호하는 그들의 모습은 처절할 정도였다.

"퇴로를 봉쇄하라! 한 놈도 빠져나가지 못하게 하라!"

궁수대를 이끌고 있는 좌춘성 장군은 우렁찬 음성으로 부하들을 더욱 독려했다.

피이잇! 피이이잇!

하늘을 뒤덮는 엄청난 화살들,

금마국의 패잔병들은 고슴도치의 모습으로 죽어갔고…

콰두두두!

타미루는 자신을 엄호하다가 죽어가는 부하들을 뒤로하고 죽기 살기로 달리고 또 달렸다. 그 결과 그는 힘겹게 궁수대의 사정권으로부터 벗어나게 되었다.

"젠장! 다 잡은 범을 놓쳤군."

좌춘성이 아쉬운 표정으로 자신의 가슴을 쳤다.

그러자 곁에 있던 철우 부장이 미소를 지었다.

"이만하면 됐소이다. 더는 쫓지 말라는 명이 있었소. 쥐도 궁지에 몰리면 고양이를 무는 법. 쫓아봐야 이득이 없다고 하였소이다."

철우!

광한의 친구로 지난날 그와 함께 공손창의 저택을 습격했던 바로 그 인물이었다.

"그것도 북궁 총사의 지시였소?"

좌춘성은 놀라는 표정이었다.

"그렇소이다."

"허어, 실로 믿기지 않는 일이로구먼. 북궁 총사는 이번 전투를 마치 손바닥 보듯이 꿰뚫고 있었다니……."

좌춘성은 감탄을 금치 못하겠다는 듯 입을 쩍 벌렸다.

금마국 패잔병들의 모습이 더 이상 보이지 않을 때까지 한번 열린 그의 입은 다물어질 줄을 몰랐다.

□ 제47장 □

이건 아닌데…

이건 아닌데…

―시, 싫다기보다는… 난 이상하게…
그런 말이 잘 안 나와서…….

　"뭐? 하남 전선에서 우리 군사들이 적도들을 크게 궤멸시켰
다는 게 정말이냐?"

　벽하는 황궁으로 전해져 온 승전보에 도저히 기쁨을 감출
수 없다는 듯 표정은 물론 음성까지 크게 격앙되어 있었다.

　"호호. 예, 공주님. 십만에 육박하던 적도들이 삼분의 일도
채 목숨을 못 건지고 처절한 몰골로 도망쳤다 하지 뭐예요!"

　소식을 전하는 애향 역시 흥분을 감추지 못하고 있었다.

　"월랑은? 그분 소식은?"

　벽하는 무엇보다도 그 사실이 궁금했다.

　"호호, 북궁 공자님께서 훈련시킨 기마병들이 적도들이 자
랑하는 철갑 기마대를 초전에 박살시킴으로써 승기를 잡았대
요. 그리고 퇴각하는 그들의 길목에 궁수대를 매복시켜 놓는
바람에 적도들의 희생이 더욱 컸다고 하더라구요."

　"어디 다치거나 하진 않으셨다더냐?"

"그럼요. 험난한 전투를 거쳤지만 털끝 하나 다친 곳 없이 너무도 건강하게 잘 계신대요."

"그, 그래?"

벽하는 승전의 소식도 반가웠지만 광한이 다친 곳이 전혀 없다는 사실이 더욱 기뻤다.

"호호. 역시 북궁 공자님이에요. 전 공자님께서 해내실 줄 알았어요. 지금 폐하께서도 기대를 버리지 않았다고 대단히 기뻐하고 계시대요."

"자세히 좀 얘기해 줄 수 있겠니? 그분이 어떤 식으로 적들을 물리치셨는지, 네가 들은 대로."

광한의 안전부터 확인한 벽하는 그의 전공(戰功)이 듣고 싶어졌다. 아니, 들려주게 하고 싶었다, 뱃속에 있는 아이에게.

"호호. 공자님께서는 전략을 짜면서 적도들이 도망친다는 계산까지 치밀하게 하셨다고 하더라구요. 그래서 사전에 전투가 벌어질 그 산을 수차례나 답사를 하셨고⋯⋯."

애향은 자신이 사람들에게서 주워들은 얘기를 하나도 빼놓지 않고 늘어놓기 시작했다. 특히 광한이 적도들을 계곡으로 유인하여 몰살시키고, 도망치는 길목을 궁수대로 하여금 매복하게 한 다음에 화살을 퍼부었다는 부분에선 마치 자신이 직접 목격이라도 한 것처럼 실감나게 설명을 하였다.

"⋯⋯."

벽하는 흐뭇한 표정으로 애향의 얘기를 들었다. 이제 완연하게 부른 자신의 배를 만지며.

'아가야, 듣고 있니? 아빠가 적도들을 물리치셨다는구나. 엄마는 아

빠가 한없이 자랑스러운데 너도 엄마와 생각이 같지? 아가야.'

＊   ＊   ＊

노산(魯山).

하남성 서편에 위치한 명산이었다.

무대붕이 정통단주 신문팔을 대동하고 개봉에서 무려 사흘씩이나 걸리는 이 산을 찾은 것은 가출한 가옥이 때문이었다.

애미사(哀嵋寺).

산 깊은 곳에 위치한 작은 사찰이었다.

빡빡 깎은 머리 때문에 나이를 짐작할 수 없는 여승이 사찰 마당을 쓸던 중 내방한 무대붕과 신문팔을 맞았다.

"가옥이라고 하셨습니까?"

"그렇소. 그녀를 찾으러 왔소."

"글쎄요, 가옥이란 이름은 들어보질 못했는데……."

여승이 고개를 갸웃거리자 신문팔이 그럴 리가 없다는 표정으로 소리를 쳤다.

"이봐요, 스님! 가옥이 여기에 있다는 걸 다 알고 왔는데 그 무슨 뚱딴지 같은 말씀입니까? 어서 각하님과 정통단주님이 왔으니 나오라고 나 전하세요."

"혹시 다른 사찰을 잘못 알고 오신 건 아닌지요? 이곳엔 그런 이름을 갖고 계신 분이 없습니다."

"어허, 이 스님이 우리 개방의 정보망을 너무 우습게 아시네? 스님,

귀신은 속여도 우리의 정보망은 속일 수가 없습니다. 치밀하고 빈틈이 없는 우리 정보망에 의하면 그녀가 이곳에 있어요. 그러니까……."

"글쎄, 있으면 있다고 하지 제가 왜 없다고 하겠습니까?"

여승이 오히려 답답하다는 표정으로 대답하자 무대붕은 인상을 쓰며 신문팔을 쏘아보았다.

"임마! 어떻게 된 거야? 없다잖아!"

"그럴 리가 없는데?"

신문팔은 식은땀을 흘리기 시작했다. 사흘씩 걸려 찾아온 곳이다. 이 먼 길을 달려왔는데 그게 헛걸음이 된다면 무대붕의 불같은 성격에 자신이 어찌 될지는 안 봐도 뻔했기 때문이었다.

"스, 스님, 가… 가옥이라고 스무 살짜리 여잔데… 저, 정말 여기 없습니까?"

얼마나 긴장했는지 말까지 더듬거리기 시작했다.

지난번 합동 결혼식 때 '벽에 똥 칠할 때까지 잘 먹고 잘살라' 는 명주관사를 남겼는데도 불구하고 장례단주 주부래가 허구한 날 여자 문제로 부부 싸움을 일으키자, 자신을 모욕하고 우습게 취급했다며 복날 개 패듯이 두들겨 팬 무대붕이었다.

그로 인해 주부래가 한 달 동안 반송장 신세가 되었는데, 만약 이곳에 온 게 헛걸음이 된다면 자신은 족히 두 달 이상짜리의 반송장이 된다는 걸 신문팔은 충분히 예상할 수 있었기 때문이다.

"자, 잘 생각해… 보십쇼, 스님……. 키, 키가 크고… 얼굴이… 새까만 여잔데……."

"아, 청명 행자스님을 말씀하시는가 보군요."

"처, 청명? 행자스님?"

무대붕이 의아한 표정을 지었다.

"한데 세상이 싫어 산으로 들어온 분을 왜 찾으시는 거죠?"

"일단 내가 먼저 물어봅시다. 가옥이가 행자스님이라니? 그럼 벌써 머리를 깎았다는 얘기요?"

무대붕은 무식했고 불가(佛家)에 대한 관심도 전혀 없었지만 가옥을 찾아 이곳으로 오는 동안 신문팔에게 주워들은 풍월이 있었다.

"각하님, 잘 들으십쇼. 출가를 하면 일단 절에서 열흘 이상 속복(俗服)을 그대로 입고 지냅니다. 그런 후 잘 견디고 평생 수행자의 길을 가고자 하는 열망이 보이면 비로소 머리를 깎고, 행자복을 입히고, 절의 허드렛일을 시키지요. 행자스님이라고 불리는 것은 바로 이때죠. 그리고 허드렛일도 순서가 있어서 보통 처음엔 설거지를 하고, 공양주(밥 하는 것을 말함)를 할 때면 대체로 행자 생활 말년이 됩니다."

그런데 가옥이 행자스님이라면 이미 머리를 깎았다는 얘기가 되니, 무대붕이 당황하는 것은 극히 당연한 일이었다.

"아미타불. 아마도 지금쯤 삭발식이 치러지고 있을 겁니다."

여승이 합장을 하며 대답하는 순간,

콰악!

무대붕이 벼락처럼 그녀의 멱살을 잡고 소리를 질렀다.

"어디서? 빨리 말해! 어디야, 그곳이—!"

*   *   *

그에게 각별한 감정을 느끼게 된 것은 아마도 뒷산에 있는 찌그러진 불상을 본 이후부터였을 거다.

도검불침의 만년한철로 된 그 불상을 맨손으로 찌그러드릴 만큼 그는 나 같은 건 아무리 몸부림쳐도 발끝조차 따라갈 수 없는 초절정의 무공을 갖고 있었다.

그런 그가 어째서 나와의 비무 때 많은 사람들에게 빈정거림을 당하면서까지 그런 치졸한 방법을 썼는지, 그리고 그 뒤로도 끈질기게 요구하는 나의 비무를 요리조리 피하기만 했는지…

그 이유를 나는, 그의 불알친구이자 그와 함께 자란 혀 짧은 환규를 통해 듣게 되었다.

그는 어떤 일이 있어도 여자에게 무력을 사용하지 않는다고…

그리고 비무 때 그런 추잡한 방법을 택한 것은 아마도 무공에 대한 나의 자부심이 상하는 것을 원치 않았기 때문에 그랬을 거라고…….

내게 온갖 망신을 다 당하면서도 참아준 그의 깊은 마음이 너무도 고마웠다.

그리고 그의 모든 것이 좋아지기 시작했다.

실없는 허풍도 좋아졌고, 아무 데서나 콧구멍을 후비고 발가락을 긁적거리는 그의 가식없는 행동까지 마음이 끌렸다.

그렇게 그에게 자꾸 마음이 끌리는 것이 두려워 개방을 떠나려 했던 것인데…….

나쁜 자식.

사랑이 두려워 떠나려는 내가 술에 취하자 강제로 욕을 보이려 하다니…….

그래 놓고도 전혀 책임질 생각 없이 생쥐처럼 요리조리 피해 다니기만 하다니…….

무대붕! 넌 나쁜 자식이야!

그리고 그런 너에게 빠져 헤어 나오질 못하는 난 정신 나간 계집애일 테고.

무대붕, 이 치사한 놈아!

이제 모든 더러운 꼴 보기 싫어 머리를 깎으려 하니, 부디 잘 먹고 네놈 취향이라는 백옥처럼 피부색이 하얀 계집애를 만나 천년만년 행복하게 잘살아라!

물론 이게 본심은 아니지만, 어차피 부처님을 모시기로 한 만큼 억지로라도 네놈의 행복을 빌어주마.

법당 안.

그곳의 중앙에는 승복을 입은 가옥이 앉아 있었다.

그녀는 머리칼을 길게 늘어뜨려 놓은 채 조용히 눈을 감고 두 손을 합장하고 있었다.

그리고 그녀의 주위로는 많은 여승들이 참석하여 경건한 자세로 앉아 있었다.

삭발은 출가자가 최초로 불가의 일원이 됨을 상징하는 뜻 깊은 의식이다. 이와 같이 중요하고도 중요한 삭발 의식이기에 그 법도와 절차가 위계에 부합되어야만 했고, 불문에 입문하는 과정이니만큼 '엄숙하고도 장중하게 진행된다.

오늘의 삭발식을 위해 가옥은 밤을 세워 삼천 배를 올렸다. 그리고 불(佛), 법(法), 승(僧)의 삼보(三寶)에 귀의하는 삼귀의(三歸依)의 예식을 올렸고, 반야심경을 독경하였다. 사찰의 주지인 태옥 선사(太鈺禪

師)에게 삼배도 올렸다.

이제 칠흑처럼 긴 머리칼을 자르기만 하면 속세와의 모든 인연이 끊어지게 된다.

이윽고 여승 하나가 그녀의 머리를 깎기 위해 전도(剪刀)를 들었다.

가윗날 사이로 가옥의 머리칼이 끼이는 바로 그 순간.

콰앙!

느닷없이 법당의 문이 부서질 듯 열리며 사내의 고함이 울려 퍼졌다.

"동작 그만!"

머리를 자르려던 여승은 물론 법당 안의 모든 비구니들이 난데없는 사내들의 출현에 크게 놀랐다.

그러나 이 순간, 누구보다도 놀란 사람은 바로 굳게 눈을 감고 있던 가옥이었다.

'이, 이 목소리는… 서, 설마……?!'

가옥은 너무도 귀에 익숙한 사내의 음성에 미미하게 신형을 떨며 천천히, 아주 천천히 눈을 뜨기 시작했다.

쿵!

그녀는 보았다, 자신의 동공 가득 들어온 사내의 모습을!

'가, 각하…….'

가옥은 자신도 모르게 눈시울이 붉어졌다.

무대붕 때문에 머리를 깎고 세속을 잊으려 했는데, 어째서 이 순간 자신의 눈에 눈물이 고이는 것인지 그녀는 알 수 없었다.

"젊은 시주, 성스러운 법당에서 감히 이게 무슨 행패요?"

주지인 태옥 선사는 황당한 표정으로 무대붕을 응시했다. 그러나 무대붕은 대꾸조차 하지 않은 채 가옥을 향해 다가갔다.

"뭐 하는 짓이야? 나와!"

무대붕은 가옥의 팔목을 움켜잡았다.

"놔!"

가옥은 뜨겁게 흔들리는 감정을 억지로 억눌렀다.

"이 바보 같은 것아, 스님은 아무나 되는 줄 알아? 넌 더러운 성질 때문에라도 스님이 될 수 없어. 머리 깎아봐야 머리칼만 아까울 뿐이야. 그러니 어서 돌아가자구."

"참견 말고 꺼져! 너란 인간의 목소리조차 듣고 싶지 않으니까."

"듣기 싫어도 어쩔 수 없어. 난 개방의 각하고 넌 엄연한 개방의 식구니까. 쓸데없는 고집 그만 피우고 어서 일어나."

무대붕이 완력으로 그녀의 손목을 잡아끌자 가옥은 그 손을 뿌리치며 악다구니를 썼다.

"이 나쁜 놈아! 싫어! 난 더 이상 네놈의 얼굴을 보기 싫다구! 그러니까 그냥 가! 제발 그냥 꺼지라구! 으허허엉~!"

인내는 둑처럼 무너졌다.

가옥은 바닥에 머리를 묻으며 법당이 떠나가라 대성통곡을 하였다.

"으앙! 나쁜 자식~ 으허엉~"

"……"

엎드려 통곡하는 가옥의 모습을 바라보는 태옥 선사는 씁쓸한 표정으로 고개를 저었다.

'속세에 연(緣)이 두터워 불가의 제자가 될 수 없는 아이였어. 차라리 잘된 일이야.'

표정은 씁쓸했지만 그녀의 마음은 오히려 편안했다.

모든 인연을 끊고 쉼없이 구도를 해도 성불하기가 힘든 불제자의 길을 이렇게 속세의 남자를 잊지 못하고 있는 상태에서 구도를 한다는 건 불가능했기 때문이었다.

"흑흑… 나쁜 자식… 나쁜 자식……"

무대붕은 오열하면서도 악착같이 자신을 욕하고 있는 가옥의 모습을 그저 아무런 말 없이 바라보았다.

욕을 들을 때마다 가슴이 찢어지는 것을 느끼며…….

노산객점(魯山客店).

노산 입구에 위치한 아담하지만 비교적 깨끗한 객점이었다.

점심과 저녁 사이의 애매한 시간인 탓에 객점 내의 손님은 거의 없었다.

구석진 자리에 일남일녀가 앉아 있었다.

산에서 내려온 무대붕과 가옥이었다.

무대붕은 함께 온 신문팔에게 자신은 가옥과 얘기 좀 나누다 갈 테니 그리 멀지 않은 곳에 있는 개방의 성현(成懸) 분타에 가서 기다리라며 먼저 보냈다.

"……"

언제 법당 안에서 문을 차고 악다구니를 치며 소란을 피웠냐는 듯 그 둘은 산에서 내려오는 동안, 그리고 객점에서 술을 놓고 마주 앉아 있는 동안 단 한 마디의 말도 나누질 않았다.

쪼르륵!

무대붕은 말없이 잔에 술을 따랐다.

그리고 쭈욱 들이켰다.

"왜… 하필 중이 될 생각을 했냐?"

먼저 어색한 침묵을 깬 건 무대붕이었다.

"예전에 말했잖아, 그렇게 하겠다고……."

가옥은 힘없이 대답했다.

"글쎄, 왜 하필이면 중이냐고?"

"나도 몰라. 산에 들어가서 중이 되면 이것저것 보기 싫은 꼴을 안 볼 수 있을 것 같아서 그랬을 뿐이니까."

"도대체 보기 싫은 게 뭔데?"

무대붕이 다시 한 잔을 들이키며 묻자 가옥은 처음으로 차갑게 쏘아보았다.

"나쁜 자식, 그걸 몰라서 묻는 거냐?"

"몰라서 묻는 게 아니라 너무도 억울해서 묻는 거다. 다시 말하지만, 그때 내가 네 알몸을 본 것은 나 때문이 아니라 너 때문이라구. 네가 술 취해서 덥다고 그냥 막 벗어 젖혔기 때문에……."

"그런 비겁한 변명이나 하려고 독하게 마음먹고 스님이 되려는 날 방해한 거냐?"

"가옥아, 스님은 뭐 아무나 되는 줄 아냐? 너나 난 절대 제대로 된 스님이 될 수 없는 인간들이라구."

"어째서?"

"그걸 몰라? 너나 난 까막눈이잖아? 법경(法經)조차 볼 수 없는."

무대붕이 모처럼 히죽거렸으나 가옥의 표정은 여전히 냉담했다.

"그깟 글 배우면 돼. 난 너처럼 머리가 나쁘지 않아."

"물론 네 머리가 영특하다는 거야 내가 인정하지. 그러니까 그 난해한 비탄비류사십팔식을 연마할 수 있었던 거고."

"알면 됐어."

가옥은 차갑게 말을 끊으며 술병을 잡았다.

"허걱!"

무대붕은 기겁하며 가옥의 손목을 움켜잡았다.

"가옥아, 참아! 술도 마실 줄 모르면서 또 왜 이래?"

가옥의 환상적인 술 주정을 너무도 잘 알고 있는 무대붕이었다.

만류하는 건 너무도 당연했다.

"말 돌리지 말고 본론만 얘기해. 뭣 때문에 여기까지 날 찾아왔냐? 내가 까막눈이라는 것을 혹시 잊고 있을까 봐 그걸 가르쳐 주려고?"

가옥은 무대붕이 원하는 대로 술병에서 손을 놓으며 입을 열었다.

"아니."

무대붕은 고개를 저었다.

"그게 아니면?"

"글쎄… 뭐랄까? 가까이 있을 땐 몰랐는데 막상 안 보이니까 보고 싶은 것도 있고… 그리고…….”

무대붕은 어색하게 머리를 긁적이며 더듬거렸다.

"그리고 또 뭐?"

가옥은 다그치듯 그의 다음 말을 재촉했다.

"그리고… 네 말대로… 나의 의지와는 상관없는 일이긴 했지만… 어쨌든 너의 알몸을 본 것도 있고…….”

"그래서?"

"네 말대로… 그게 책임을 져야 할 일이라면 그 책임… 피하지 않으려고 한다."

"뭐? 책임을 지겠다고?"

순간 시종일관 냉랭하던 가옥의 얼굴에 처음으로 환한 미소가 번졌다.

"그게 정말이지?"

"무, 물론이다. 육만 개방인들의 총수인 이 무대붕이 설마 한 입으로 두말하겠냐?"

심정은 여전히 내키지 않았지만, 그의 입에선 신뢰감이 느껴지는 그런 언어들이 흘러나왔다.

"미, 미안해. 이렇게 책임감있는 사람인 줄도 모르고… 아까 많은 사람들 앞에서 나쁜 놈이라고 해서……."

가옥의 눈가에 눈물이 고였다.

그리고 음성도 젖었다.

아무리 한순간에 애정이 증오가 되고 미움이 다시 애정이 되는 게 청춘 남녀의 사랑이라지만 가옥의 감정은 기복이 너무도 빠르고 급격했다.

무대붕의 책임을 지겠다는 그 한마디에 자신에 대한 모든 분노가 눈 녹듯이 녹아내리며 눈물까지 글썽이는 가옥의 모습이 너무도 순박하고 귀엽게 느껴졌다.

그러나 그렇다고 여자 보는 눈이 눈썹 위에 붙은 무대붕이 이렇게 순순히 그녀를 받아들인다는 건 너무도 그답지 않은 행동이었다.

무대붕은 심각하면서도 굳은 표정으로 입을 열었다.

"약속한 이상 네 알몸을 본 것에 대한 책임은 반드시 진다. 그러나 대신 조건이 있다."

"조건? 조건이라니?"

가옥은 젖은 눈을 휘둥그렇게 떴다.

그렇다.

조건!

무대붕은 책임지라는 가옥의 요구를 받아들이는 대신 조건을 걸었다.

누가 보아도 그리 어렵지는 않지만 그렇다고 지키기도 쉽지 않은, 쉬우면서도 만만치 않은 그런 조건을.

*　　　*　　　*

"……!"

야율노극의 얼굴이 딱딱하게 굳어졌다.

가장 **빠른** 속도로 대륙의 황도인 낙양을 향해 진군할 것이라 예상했던 타미루와 그가 이끄는 십만 대군이 무려 오만 명 이상을 희생시킨 처참한 모습으로 연경에 돌아왔기 때문이었다.

쿵!

타미루는 바닥에 머리를 짓찧었다.

"크흐흑… 폐하, 이 못난 놈을 죽여주시옵소서!"

차마 패장의 초라한 몰골을 주군에게 보일 수 없는지 타미루는 시종 고개를 바닥에 묻은 채 피눈물을 흘리고 있었다.

"과(過)를 묻는 건 급한 게 아니다. 무적의 금마국 용사들이 대체 어떡하다가 패배를 했는지 그 이유부터 설명토록 하라."

아마도 웬만한 주군이었다면, 병력의 반 이상이 희생됐다는 소식에 흥분부터 했을 것이고 실패한 장수에게 일단 과오를 추궁했을 것이다.

그러나 야율노극은 여전히 침착했다.

심정이야 누구보다도 참담했겠지만, 적어도 그는 부하들 앞에서 흥분한 자신의 모습만큼은 보이질 않았다.

타미루는 여전히 고개조차 들지 못한 상태로 전선에서의 상황을 보고했다.

처음 기습 공격 때부터 상대의 함정에 빠져 큰 희생을 당하고, 무적의 철갑 기마대가 제대로 힘도 써보지 못한 상태로 무너졌다는 것과 그리고 피눈물을 흘리며 퇴각을 했건만, 상대는 자신들의 퇴각을 미리 예상하고 궁수대로 하여금 매복을 해두었다는 것까지 패인(敗因)을 상세하게 설명하였다.

그리고 상대 병력의 중심에는 북궁월이라는 젊은 장수가 있었고, 그의 활약에 의해 무적의 철갑 기마대와 미륵색귀를 비롯한 사파의 무림인들이 모두 궤멸당했다는 것까지.

타미루는 찢어지는 가슴을 억지로 인내하며 숨김없이 모두 보고하였다.

"북궁월?"

그러자 야율노극의 곁에 서 있던 군사 사공중필이 눈을 크게 뜨며 반문을 했다.

"지금 북궁월이라고 하셨소이까?"

"그렇소이다, 군사. 바로 그놈이 모든 전략을 진두지휘하였소. 총지휘관이 따로 있음에도 불구하고."

"허어. 이, 이런!"

사공중필이 곤혹스런 얼굴을 하자 야율노극은 의아한 표정으로 그를 응시했다.

"군사, 왜 그러는가? 대체 북궁월이란 인물이 누구길래……."

"폐하, 그자는 지난 서융국과의 칠년전쟁 때 수많은 전장에서 혁혁한 무공을 세운 젊은 장수입니다. 당시 그의 나이가 이십대 초반이었음에도 불구하고, 자신이 직접 지휘를 한 열세 번의 크고 작은 전투를 모두 승리로 이끌었던 인물입니다."

"음… 대단한 친구로군. 이십대 초반에 그와 같은 엄청난 무공을 세우다니……."

"뿐만 아니라 길고 긴 칠년전쟁을 종식시킨 것도 바로 그자였습니다."

"……?"

"북궁월은 격장지계(激將之計)와 조호이산지계(調虎離山之計)로써 상대의 군사들을 끌어낸 후, 단신으로 군영에 침투하여 서융 국왕을 인질로 잡고 항복을 받아냈던 전술과 전략의 귀재(鬼才)이자 대륙의 영웅인 자입니다."

"뭐라? 단신으로 상대국의 왕을 인질로?"

처음으로 야율노극의 표정이 크게 흔들렸다.

전략과 전술에 뛰어난 장수는 얼마든지 존재할 수 있다. 그러나 상대 국왕을 인질로 잡기 위해 단신으로 적진에 침투할 정도로 무모하리만치 대담한 배짱과 용기를 갖춘 장수의 얘기는 아직 들어본 적이 없었다.

"탁월한 전략가이면서 만용에 가까운 신념과 용기를 갖춘 장수라는 얘긴데……."

"그렇습니다. 북궁월은 문무(文武)는 물론 지혜와 용기, 그리고 부하들의 능력과 힘을 최대화시킬 수 있는 능력까지 갖춘 대륙 최고의 젊은 영웅입니다."

타인에 대한 칭찬에 인색한 것은 수재들의 습성이다.

사공중필도 비교적 그런 편에 속했다.

야율노극은 가끔 그에게 중원의 대학자들이나 정치인들에 대한 소견을 묻곤 했는데, 그럴 때마다 사공중필의 입에선 단 한 번도 좋은 얘기가 나온 적이 없었다.

결코 그의 품성이 교만해서 그런 것은 아니었다.

사물을 보는 분별력에서 일반인보다 탁월한 눈을 갖고 있는 사공중필이었고, 그런 자신의 눈을 충족시킬 만한 인재를 그는 별로 보질 못했기 때문이었다.

그런데 인물 평가에서 지독히도 인색했던 사공중필의 입에서 극찬이 쏟아지고 있었으니 야율노극이 다소 놀라는 것도 무리는 아니었다.

"하면 그와 같이 대단한 자가 어째서 이제야 전쟁에 참여했단 말인가? 우리가 진황도와 중원의 두 번째 거성인 이곳 연경을 집어삼킬 때까지 나타나질 않은 건 무슨 이유인가?"

사공중필은 북궁월에 대해 자신이 알고 있는 모든 것을 야율노극에게 설명하기 시작했다.

북궁월은 어사대부인 북궁장천의 아들이었고, 공주의 정혼자였다는 것에서부터 부친의 역모죄로 삼족이 몰살당하고, 그는 두 번 다시 무공을 사용할 수 없는 폐인이 되어 황도에서 아주 먼 곳으로 내쫓겼다는 얘기까지……

"그가 어떻게 다시 무공을 회복하고 어떤 경로로 다시 중용되었는지는 알 수 없사오나, 아무튼 그가 나타났다는 것은 결코 좋은 소식이 아닙니다. 앞으로의 전쟁을 다시 생각해야만 합니다."

"무엇을 어떻게 다시 생각하라는 것인가?"

"우리는 황도 낙양으로 가는 세 방향의 길을 놓고 부대를 분산하였습니다. 최단거리인 하남성 직접 통과와 산동성과 산서성으로 우회하는 부대로 말입니다."

"그런데?"

"그중에서도 최단거리인 하남 전선을 통과하는 데 주력하였고, 그로 인해 타미루 제독에게 십만 병력을 이끌고 남하하게 하였습니다만, 북궁월이 하남 전선을 지키고 있는 한 그곳을 통과하기란 결코 여의치가 않을 것입니다."

"그래서 뭔가? 그자가 두려우니 최단거리인 하남성 직통은 두고 현재 산동과 산서로 우회하고 있는 병력에 전력을 하자는 것인가?"

"그건 상대 쪽에서도 생각할 수 있는 예측입니다."

사공중필은 가볍게 미소 지으며 말을 이었다.

"우리가 더 이상 하남 전선을 노리지 않고 우회하고 있는 병력에 좀더 많은 화약과 무기, 그리고 보급 물자를 보내주는 등 온갖 신경을 쓰며 배려하게 된다면 그들은 우리가 하남 전선을 포기했다고 생각하게 될 겁니다."

"……!"

순간, 야율노극의 눈썹이 꿈틀거렸다. 사공중필의 얘기가 무엇을 의미하는지 그는 충분히 알 수 있었다.

"하면 자네가 노리는 것은……?"

"가장 빠른 길인 하남성 직통을 두고 우회한다는 건 전술을 책임지는 군사로서의 자존심이 허락하지 않는 일이죠."

"……"

"폐하! 그동안 우리는 너무도 쉬운 승리만 거두었습니다. 전쟁은 이제부터가 본격적인 시작입니다."

"그리고 자네와 북궁월의 승부이기도 하네."

"물론입니다. 상대가 북궁월이라니 저 역시 전의가 불타는군요. 하나 그가 아무리 뛰어난 전략가라 할지라도 결코 제가 패하는 일은 없을 겁니다. 그는 전략을 세우면서 전투까지 동시에 치러야 하는 반면전 전술과 전략을 세우기만 하면 되는 매우 유리한 입장이니까요."

사공중필은 전의를 불태우며 자신에 찬 미소를 지었다.

북궁월!

그의 잠자고 있는 승부욕을 일깨우기에 충분한 이름이었다.

*   *   *

"적도들이 산서와 산동 쪽으로도 우회하면서 남하하고 있다고 하옵니다."

영중제의 앞에 부복하고 있는 담일기의 보고였다.

"산동에서 넘어 들어오는 길목은 묵사혁 대장군과 오천의 정예군과 일만의 지방군, 그리고 무림에서 지원 나온 무사들이 지키고 있고, 산서의 길목은 황보철명 대장군과 일만 삼천의 지방군, 그리고 역시 무림에서 지원 나온 무사들이 굳게 지키고 있습니다."

"음… 적도의 주력 부대를 상대로 대승을 거뒀듯, 산동과 산서 쪽에서 앞으로 벌어질 전투 역시 승리를 할 수 있겠는가?"

"입수한 정보에 의하면 산동으로 우회하고 있는 적도의 수장은 오록호리라고 하옵니다."

"오록호리?"

"야율노극의 오른팔과 같은 존재로 지금까지 수많은 전쟁을 최일선에서 진두지휘했던 인물이라고 합니다. 아울러 그는 적도의 자랑인 철갑 기마대를 처음으로 조련했던 장수로, 그가 이끄는 기마병의 수준은 하남 전선을 통과하려 했던 타미루의 기마병들보다 한 단계 수준이 높을 거라고 하옵니다."

"뭣이라? 그렇다면 결코 승리를 낙관할 수 없다는 얘기가 아닌가?"

영중제의 얼굴이 불안으로 물들기 시작했다.

하남 전선의 낭보로 모처럼 승리에 취해 있었건만 또다시 들어오고 있는 전선의 상황에 벌써부터 침이 마르며 심장이 두근거렸다.

"오록호리가 워낙 유명한 명장이고 그가 이끄는 기마대 또한 너무도 강맹한 만큼 우리 쪽에서도 그만한 대비를 충분히 하고 있습니다만, 그보다 더 큰 문제는 오히려 산서 전선이 아닌가 합니다."

보고하는 담일기의 표정도 어둡기는 마찬가지였다.

웬만하면 모처럼 편안한 영중제의 심기를 헤치는 보고만큼은 하고 싶지 않았으나, 전선의 상황은 아무리 생각해도 결코 좋은 편이 아니었기 때문이다.

"산서가 더 걱정이라니? 이유가 뭔가?"

"산서 전선은 정예군보다는 거의 급조된 지방군으로 병력을 형성하고 있다는 것이 첫 번째 이유고, 황보 대장군과 그를 보필하는 장군들의 전쟁 경험이 그리 많지 않다는 것과 그리고 그 일천한 경험 속에서도 돋보이는 전략과 전술을 보여주지 못했다는 게 두 번째 이유입니다."

"뭐라? 그런 장수들이 전선을 지킨다면 그거야말로 안 봐도 뻔한 일이 아닌가!"

"달리 방법이 없었습니다. 지난 서융국과의 칠년전쟁 때 경험 풍부하고 유능한 장수들을 많이 잃은 탓에……."

"허어… 자신이 있는 상태에서도 예측을 할 수 없는 게 전쟁이거늘, 허약한 장수를 앞에 세우고 전쟁을 치른다는 게 대체 될 법한 얘긴가!"

"……."

"그렇다면 하남 전선을 지키고 있는 북궁월을 그쪽으로 투입하는 건 어떻겠는가?"

"언제 또 적도들이 몰려들지 모르는 상황입니다."

"대패를 하고 도망갔는데 설마 당분간 무슨 일이야 있으려고……."

"물론 그렇게 예상은 할 수 있습니다만, 만약 적도들이 다시 정비를 한 후 몰려든다면, 그래서 만약 하남 전선을 적도들이 통과한다면 그들은 일 주야 안에 이곳 황도로 쳐들어오게 될 텐데 어찌 가장 중요한 하남 전선을 지키고 있는 북궁월을 다른 전선으로 보낼 수 있겠습니까?"

"하면? 하면… 그냥 이대로 적도들에게 패하는 꼴을 가만히 지켜보자는 얘긴가?"

영중제는 장수는 많지만 능력있고 믿음직한 인재들이 없다는 것이 너무도 답답했다.

그러자 담일기가 조심스럽게 입을 열었다.

"그래서 폐하께 말씀드리고자 합니다."

"무엇을 말인가?"

"전 특사영반이었던 무대붕 방주를 산서 전선으로 보내 전장을 지휘토록 하면 좋을 듯합니다."

"뭐? 대붕이를 전선으로?"

영중제는 눈을 휘둥그렇게 떴다.

"그렇습니다. 무대붕 방주가 전선을 지킨다면 어느 정도는 안심할 수 있다는 게 소신의 생각입니다."

"가당치 않은 소리! 대붕이가 뛰어난 무림인이며 용기있는 사나이라는 것은 내가 누구보다도 잘 알고 있다. 하나 전장을 지휘할 장수감은 아니야."

"소신도 처음엔 그렇게 생각했습니다. 하나 그가 지난번 공손 승상과 그 일당을 일망타진할 때 보여준 빈틈없는 전략과 그 누구도 해낼 수 없는 일을 그가 너무도 쉽게 해결해 냈다는 것을 생각해 보신다면······."

"······!"

잠시 영중제의 얼굴이 심각하게 굳어졌다.

그러나 그 얼굴은 이내 밝은 미소가 번져 가기 시작했다.

"그, 그래! 얼마든지 가능한 얘기다. 우리 대붕이라면!"

무대붕.

그의 이름은 이렇게 그 자신도 모르는 상태에서 또다시 영중제와 담일기의 입에 오르내리고 있었다.

＊　　　　＊　　　　＊

"첫째, 앞으로 나와 얘기를 할 땐 무조건 끝에 '요' 자를 붙여라."

"뭐? 존댓말을 하라고?"

"그렇다. 그것도 아주 깍듯하게."

"그, 그건 좀······."

"왜? 싫어?"

"시, 싫다기보다는… 난 이상하게… 그런 말이 잘 안 나와서……."

"세상에 노력해서 안 될 일은 없다. 고치려고 열심히 노력하다 보면 자연스럽게 입에 붙을 테니. 대답이나 확실하게 해라. 앞으로 나한테 존댓말을 할 테냐, 안 할 테냐?"

"그, 그쪽은 원래 친하고 믿음이 가는 사람에게는 말을 트자고 한다면서? 환규와 광한이란 수하에게는 먼저 말을 트자고 해놓고 왜 나한테만 존댓말을 하라는 거야?"

"네가 내 수하 노릇만 하겠다면 얼마든지 말을 까도 좋다. 수하만 할래? 그러면 나도 군이 책임질 이유도 없고."

"음… 아, 알았어. 노, 노력해 볼게……."

"두 번째, 앞으로 매일 하루에 한 번씩 목욕해라."

"목욕? 그것도 하루에 한 번씩?"

"그렇다. 난 천성이 정결하고 깔끔하여 꾸리꾸리한 건 질색이다. 지난번 술에 취해 네가 옷을 홀딱 벗었을 때, 솔직히 몸매의 곡선은 어디 하나 나무랄 데가 없을 정도로 매우 훌륭했다. 솔직히 그런 몸매는 야래향의 특급 기녀들도 갖지 못할 정도로 예술이었다. 더욱이 피부가 까무잡잡하다 보니 느낌도 매우 신선하고 새로웠다."

"치잇… 그만 해. 나도 여잔데… 쑥스럽게 그런 소리를 어떻게 나의 면전에서……."

"더 들어, 얘기 끝난 게 아니니까. 그렇듯 예상과는 다른 예술적 몸매였는데 무릎에 때가 허옇게 낀 걸 보았으니 그때 내 느낌이 어땠겠냐? 어이가 없고, 솔직히 하늘이 무너지는 심정이었다."

"아, 알았어. 앞으론 자주 씻도록 할게."

"자주가 아니라 매일야, 매일!"

"아, 알았어."

"'요' 자 붙이고!"

"아, 알았어… 요…….."

"세 번째."

"뭐야? 무슨 조건이 그렇게 많은 거야?"

"어허! 가만있어, 이게 마지막 조건이니까. 그리고 계속 그런 식으로 얼렁뚱땅 하면서 '요' 자 빼먹을 거야?"

"뭔데… 요……?"

"내가 뭘 하든 잔소리하면 안 된다."

"그, 그런 게 어딨어? 그럼 딴 년이랑 바람을 피우든 말든 찍소리 하지 말고 가만있으란 말야? 싫어! 그 조건은 절대 받아들일 수 없어!"

"나도 신용이 있고 책임감이 있는 사람이다. 결혼을 한 후엔 누가 돈을 갖다 주면서 제발 바람 좀 피워달라고 애원을 해도 절대 안 피운다. 그러니 그런 걱정은 안 해도 된다."

"그 말 믿어도 돼? 야래향의 최고 단골이라면서."

"난 육만 개방인들의 총수이자 무림의 차기 지도자로 모든 강호인들의 존경을 받고 있는 그런 위치에 있는 사람이다. 체면과 명예를 생각해서라도 한 번 내뱉은 말은 무조건 지킨다."

"아, 알았어… 요. 바람피우는 문제만 아니라면… 잔소리할 것도 없지… 요. 바가지 긁는 건 내 체질에 안 맞는 일이니까… 요."

"됐다. 그 세 가지 약속만 지켜준다면 앞으로 정확히 일 년 후, 우리 개방 식구는 물론 모든 강호인들이 지켜보는 앞에서 가장 성대하고 화려한 혼례식을 올리겠다."

제48장

글쎄, 난 전쟁 따위엔 관심없다니까!

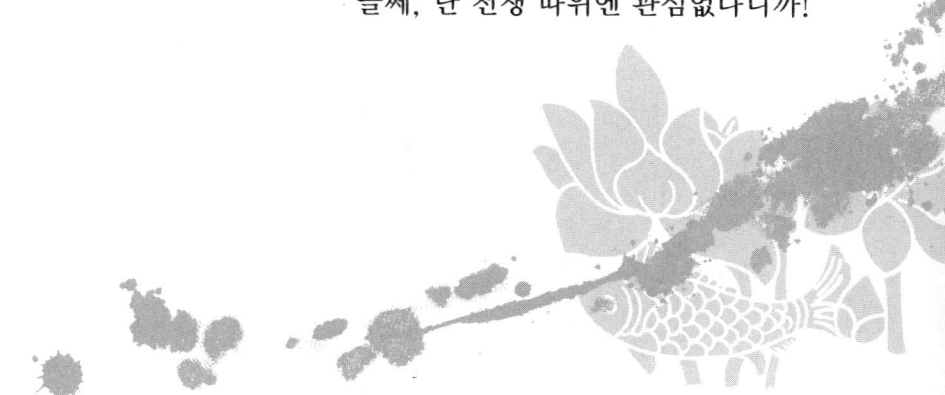

글쎄, 난 *전쟁 따위엔 관심없다니까!*

—나에 대한 과대평가는 고맙소만…
난 그냥 이곳에 남아 있겠소

"*끄윽~* 뭐? 가옥이가 돌아왔다고?"

무대붕이 가옥을 데리고 총단으로 돌아오자, 광마불과 무천표는 후원에 마련된 평상에 앉아 팔자 좋게 낮술을 마시다 말고 맨발로 달려올 정도로 너무도 반갑게 그녀를 맞아주었다.

"이런 딱한 것. *끄윽~* 아무리 속상하고 마음이 괴로워도 그렇지, 어떻게 비구니가 될 생각을 했냐?"

특히 광마불은 마치 십 년 만에 잃었던 친손녀를 다시 찾기라도 한 것처럼 그녀의 얼굴을 만지며 눈물까지 글썽였다.

"스님이 되는 게 얼마나 힘든 일인데… *끄윽~* 노부도 한때 소림에 몸을 담아봐서 아는데 세속을 잊고자 아무리 노력해도 잊지 못할 사람은 절대 못 잊어. 노부를 보라구. *꺼윽~* 오십 년이 넘도록 아직도 첫사랑을 여전히 그리워하는 노부를……."

"그럼. 사람을 잊는 것처럼 힘이 든 것도 없지. 꼭… 아무튼 가옥아, 잘 돌아왔다. 네가 갑자기 사라지니까 어쩌나 너의 얼굴이 보고 싶던지 미치겠더라구. 끅… 너무도 가슴이 아파 도저히 술 없이는 견딜 수 없을 정도로 말이야."

"그럼. 그래서 오늘도 이렇게 너 때문에 술을 마시는 거지. 끄윽~ 너를 각별하게 아끼는 우리들을 생각해서라도 다음부턴 그런 식으로 증발하지 말라구, 알았지?"

무천표와 광마불은 가옥이 있을 때도 하루도 빠지지 않고 술을 마셨다. 그럼에도 그들은 가출한 가옥 때문에 가슴이 아파 술을 안 마실 수 없었다고 했다.

"그럼 가옥이가 돌아왔으니 이제부턴 술을 안 마시겠군."

무대붕이 못마땅한 표정으로 바라보며 빈정거렸다.

"끅… 조카! 그 무슨 말 같지 않은 소리냐? 끅… 스님이 될 뻔한 가옥이가 돌아왔는데… 이렇게 기쁜 날 안 마시면 언제 마시려고."

"거럼. 이처럼 기쁘고 즐거운 날 술을 안 마시면 그건 인간도 아니지. 끄윽… 꼬마야, 우리 그런 의미로 야래향에 가서 제대로 한잔할까? 잘 빠진 기녀들의 수청을 받으며……."

광마불이 무대붕의 손을 잡으며 은근히 채근하자 가옥이 싸늘한 표정으로 그 손을 뿌리쳤다.

"영감, 많이 취한 것 같은데 그만 마시고 들어가서 쉬라구. 괜한 사람 바람 넣지 말고."

"끄윽… 가옥아, 오늘은 출가한 네가 돌아온 역사적인 날이라구. 그런데 이런 날 술 한잔 안 마시면 그건 사나이가 아냐."

"그럼요. 끅… 진정한 사나이는 이런 날 무슨 일이 있어도 술을 마시는 법이죠."

진정한 사나이라기보다는 진정한 술꾼인 광마불과 무천표.

형제의 연을 맺은 이후 그들은 매일같이 술을 마셨지만, 마실 때마다 기가 막히게도 모두 이유가 있었다.

개가 새끼를 낳은 모습이 너무 애처러워서 한잔.

젊은 거지들 중 어떤 한 명이 인사를 깍듯이 안 하는 바람에 기분이 나쁘다고 한잔.

무대붕이 코딱지를 후비는 폼이 문득 건방지게 느껴진다고 한잔.

환규의 혀 짧은 소리가 외국말처럼 느껴진다며, 그래서 기분이 더럽다고 한잔.

그나마 이런 이유라도 없을 땐 비가 와서 한잔, 눈이 와서 한잔, 날씨가 너무 좋아서 한잔, 흐리다고 한잔이었으니……

이토록 술 마실 명분에 집착하는 이 두 형제에게 가옥의 귀환처럼 더 좋은 술 건수가 또 어딨겠는가?

이 정도 건수라면 그들에게는 그냥 한잔이 아닌 대대적인 잔치를 해야 마땅했다.

"끅… 조카, 어제 우연히 대화루의 맹 루주를 만났는데, 이번에 새로운 기녀들이 많이 왔다고 조카에게 연락해 달라고 하더라구. 끅… 모두 쭉 빠진 건 기본이고 가슴도 빵빵하다고……."

"그렇게 가고 싶으면 지부장이랑 영감이랑 둘이 가면 되잖아! 왜 멀쩡한 사람에게 자꾸 바람 넣는 거야? 왜!"

"허, 허걱……!"

가옥이 표독스런 표정으로 악다구니를 치자 무천표와 광마불은 움찔거렸다. 눈에 살기가 감돌 정도로 그녀의 기세가 너무도 섬뜩했기 때문이었다.

그러자 무대붕이 못마땅한 표정을 지었다.

　　"가옥아, 말이 너무 거칠다. 지부장은 나의 당숙야. 그리고 영감은 우리 당숙이 형님으로 모시는 사람이고. 아무리 기분이 더러워도 앞으로 두 사람에게만큼은 어휘 선택을 가려가면서 해라."

　　"하지만 가만있는 사람에게 함께 기루에 가자고 꼬드기는데 그걸 어떻게 참으란 말야?"

　　"그래서 내가 간다고 했더냐? 함께 가겠다고 안 했잖아. 그러면 됐지 무슨 말이 그렇게 많아."

　　"그, 그래도 자꾸 꼬시면……."

　　"어허! 말이 많다. 계속 그렇게 내 말에 토를 달래?"

　　무대붕이 인상을 쓰며 준엄하게 꾸짖자 가옥은 흠칫했다.

　　"아, 알았어. 그만 할게."

　　"뒤에 붙이는 말은 또 어디로 출장 보냈냐? 약속이고 뭐고 다 집어치우고 없던 걸로 할까?"

　　"죄, 죄송해… 요. 잔소리… 그만 할게… 요."

　　무대붕의 엄포에 가옥은 그만 얼굴조차 들지 못한 채 식은땀을 흘렸다.

　　"뭐, 뭐야? 쟤, 쟤가 쥐약 탄 술이라도 마셨나? 대체 왜 저러는 거야?"

　　"그, 그러게 말입니다. 형님, 전 가옥을 이날까지 지켜봤지만 쟤가 존댓말을 하는 거 처음 봅니다."

　　광마불과 무천표는 전음을 주고받으며 황당하단 표정을 지었다.

　　마치 고양이 앞의 쥐처럼 무대붕에게 꼼짝 못하는 가옥의 모습은 그들의 상식으로선 도저히 납득할 수 없는 충격이었다.

"각하."

그 순간, 풍류각 청소를 전담하고 있는 동팔이가 허둥대며 다가왔다.

"무슨 일이냐?"

"지금 풍류각 앞에 각하를 찾아온 손님이 계십니다."

"손님? 누군데?"

"담 태감이라면 알 거라고 하시던데요?"

"……!"

무대붕은 눈을 휘둥그렇게 뜨며 크게 놀랐다.

그가 아는 담 태감이라면, 천위위의 대영반이자 황제의 오른팔인 바로 그 담일기였기 때문이다.

풍류각 안.

손님 담일기와 각하 무대붕은 탁자를 사이에 두고 마주 앉았다.

두 달 만의 만남이었다.

담일기는 차를 들이켰다.

"호오… 맛과 향이 참 독특한데, 이게 무슨 차요?"

담일기는 차 맛이 괜찮았던 모양이다.

"막차라고 부르죠, 우리끼리는."

"막차? 생소한 이름이구려. 내가 다른 건 몰라도 차에 대해선 비교적 식견이 있는 편이건만."

"그럴 거요. 뒷산에 있는 잡초와 막풀을 뽑아낸 후, 바싹 말린 걸로 만든 차니까요."

'윽!'

담일기는 황당했다.

차에 대해선 전문가 못지않은 식견이 있다고 자부했건만 자신이 마신 차가 잡초와 잡풀로 만든 막차였다니.

그동안 고수라고 자칭한 자신의 둔한 코와 혀에 그저 기가 막힐 뿐이었다.

"그나저나 어쩐 일이시오? 바쁘신 분이 이런 미천한 곳까지 왕림을 다 하시고?"

"허허, 성격 급한 건 여전하시구려. 두 달 만의 만남이거늘 그간 하고 싶은 얘기, 궁금한 것들도 참 많을 터인데 용건부터 꺼내라 하시니……."

"천성이 어디 가겠소? 대체 뭡니까? 한가하게 내 얼굴이나 보러 오시진 않았을 테고."

"그럽시다."

무대붕의 채근에 담일기는 알겠다는 듯 고개를 끄덕였다.

"금마국의 도발로 인해 무림맹 소속의 모든 문파들이 전쟁에 참여하였는데 무 방주의 개방은 어찌 참여를 안 하셨는지요?"

"그거야 내 맘이잖소?"

무대붕은 별 쓸데없는 참견을 다 한다는 듯 못마땅한 표정을 지었다.

"허허, 물론 무 방주의 마음이겠죠. 하나 평소 국가와 민족을 위해 몸을 아끼지 않던 무 방주의 행동을 생각한다면 쉽게 납득이 되질 않는구려. 더욱이 무 방주는 차기 무림맹주를 노리고 있는 입장이 아니오? 그런 사람이 모두가 참여하는 전쟁을 마치 불 구경하듯 가만히 있다는 게 좀……."

"내참~ 아무리 조정의 녹을 먹는 대영반이라지만 말을 참 인정머리없게 하시네."

무대붕이 콧구멍을 벌렁거리며 불쾌한 표정을 짓자 담일기는 고개를 갸웃거렸다.

"인정이 없다니? 뭐가 말이오?"

"생각해 보시오. 우린 거지요. 이 땅에서 그 어떤 혜택도 받지 못한 최고 밑바닥층인 거지! 그런 거지들더러 전쟁에 나가서 싸우다가 죽으라니?"

"……?"

"이보시오, 대영반! 아무리 내가 개방의 각하라곤 하지만 난 우리 식구들에게 차마 그런 얘기를 할 수 없소. 단 한 번뿐인 생(生)을 거지로 태어난 것만 해도 미치도록 억울한 일인데, 그런 지지리도 복없는 내 식구들더러 전쟁에 참가해서 화살받이 노릇이나 하다가 장렬하게 뒈지라고 선동하란 말요? 미안하지만 난 그런 얘기 절대 할 수 없소. 그리고 그런 얘기 하러 왔다면 당장 꺼져 주쇼. 더 이상 말을 섞고 싶지도 않으니까!"

무대붕은 쳐다보기도 싫다는 듯 몸까지 돌려 앉았다.

"……."

무대붕의 서슬 퍼런 홍분에 담일기는 더 이상 아무런 얘기도 못한 채 씁쓸한 미소를 지었다.

담일기가 만약 무대붕이 황궁에서 보여줬던 황제를 위한 충성심을 생각하고 이 자리에 왔다면 그는 이 순간 예상과 다른 무대붕의 모습에 대단히 당혹했을 것이다.

하지만 담일기는 천위위의 정보망으로도 알 수 없었던 무대붕의 진면목을 이미 알고 이곳에 왔고, 그의 진가를 알았기에 영중제에게 산서 전선을 지킬 장수감으로 무대붕을 추천한 것이기도 했다.

'그랬군. 북궁월의 얘기대로 이자는 충성심과는 애당초 거리가 먼 그런 친구였어.'

북궁월.

그렇다!

광한은 전장의 최일선을 지키면서도 늘 산서 전선이 불안했다.

하여 부친 북궁장천의 유일한 벗이자 무슨 얘길 해도 믿고 들어줄 수 있는 담일기에게 은밀히 서찰을 보냈던 것이다.

대영반님.

적도들과 전쟁을 치러보니 예상보다 강맹한 그들의 힘을 느낄 수 있었습니다.

승(勝)과 패(敗)는 종이 한 장 차이일 뿐.

이번엔 운 좋게 대승을 거두었지만 그들이 전열을 가다듬고 다시 침략을 강행한다면 그땐 또 어찌 될지 결코 승부를 장담할 수 없을 만큼 그들의 힘은 알려진 것보다 강했습니다.

적도들은 지금 황도인 낙양성 점령을 위해 세 방향으로 진군하고 있습니다. 우리 또한 나름대로 요지를 지키며 그들의 침략에 대비하고는 있으나 그들과 먼저 승부를 겨뤄본 저의 견해로는 아무래도 산서 전선 쪽이 그들의 힘을 막아내기엔 역부족일 듯합니다. 하여 이렇게 대영반님께 글을 올리게 됐습니다.

전쟁에선 무엇보다도 전장을 지휘하는 장수의 능력이 탁월해야 하는데 산서 전선은 현재 전혀 그렇질 못합니다. 하여 적임자를 추천하고자 합니다.

그는 다름 아닌 무대붕 개방각하입니다.

대영반님께서도 물론 지켜보셨겠지만, 그는 그 누구도 엄두조차 내지 못했던 공손 승상 일당을 일망타진할 정도로 한 번 머리 속에 목표를 두면 어떻게 하든 해내고야 마는 놀라운 추진력을 보유하고 있는 사람입니다.

전선에 있는 제가 어떻게 하여 무대붕 개방각하에 대해서 이와 같은 추천을 하는지 궁금하실 겁니다. 사실 전 지난 이 년 동안 무대붕 각하의 지근 거리에서 그를 보좌하는 개방인으로서 살아왔습니다. 그렇기 때문에 누구보다도 그에 대한 장점을 잘 알고 있는 입장입니다.

…중략(中略)…….

비록 글조차 깨우치지 못할 정도로 무식하고 병서(兵書) 한 권 본 적이 없는 사람이지만, 그는 그 누구도 갖지 못한 타고난 직관(直觀)을 갖고 있습니다.

누군가 이런 말을 하였을 겁니다.

수재는 분석이고 천재는 직관이라고.

병서를 읽고 병서에 나열된 많은 전략과 전술을 전장에서 응용하는 것은 누구나 할 수 있는 일입니다.

하나 직관으로서 승리를 취하기란 승부사의 기질을 타고난 천재가 아니고선 절대 불가능한 일일 겁니다.

…중략(中略)…….

대영반님.

강맹한 적도들을 막기 위해선 무대붕 각하가 꼭 있어야만 합니다. 어떻게 하든 이 땅이 적도들에게 넘어가든 말든 관심조차 없다는 그의 닫힌 마음을 열게 하십시오. 그래서 그가 산서 전선에 합류할 수 있도록 만들어주십시오.

부탁드리겠습니다.

"……."

담일기는 잠시 광한이 보낸 서찰을 머리에 떠올렸다.

광한이 사라진 이 년여의 시간 동안을 무대붕과 함께 이곳 개방에서 보냈다는 것도 놀라운 사실이었고, 무대붕이란 인물이 대륙의 영웅인 광한조차 감탄할 정도의 존재라는 사실에 다시 한 번 놀람을 금치 못했다.

"얘기 다 끝난 것 같으니 이제 돌아가시구려. 어차피 계속 앉아 있어봐야 피차 시간만 낭비일 테니. 아함~"

무대붕은 입이 찢어질 정도로 크게 하품을 하며 노곤한 표정을 지었다.

"불쌍한 부하들을 희생시킬 수 없다면 무 방주만이라도 전장에 참여하면 되잖소?"

"……?"

예상치 못한 담일기의 얘기에 하품으로 벌려진 무대붕의 입이 닫혀지질 못하고 그대로 멈췄다.

"무 방주 혼자 황실에 들어와서 공손 승상과 그 일당을 처치했던 것처럼 불쌍한 부하들은 그냥 이곳에서 평소처럼 생활하라고 하고 무 방주만 전쟁에 참여해 주시오."

'이, 이런 씨! 이 수염도 없는 인간이 정말 사람을 엄청 짜증나게 만드네.'

무대붕은 얼굴이 구겨졌다.

지지리 복도 없는 개방 거지들에게 절대 개죽음당하게 할 수 없기 때문에 절대 전쟁에 참여할 수 없다는 게 그동안 그의 논리였다.

지난번 무림맹 대책회의 때도 그런 이유로 유일하게 불참을 선언했고, 담일기의 참여 요구도 당당하게 거절했던 것인데…

혼자만이라도 참여하라니?

"싫소. 난 육만 개방의 총수요. 전장에 참여해서 화살받이 노릇이나 하기엔 강호에서 차지하고 있는 나의 명예와 비중이 너무도 무겁소."

"허허, 궐 내 서열 십오위인 특사영반까지 지낸 무 방주를 어찌 감히 화살받이로 전락시키겠소? 무 방주가 전장에 참여한다면 일만 오천의 병사 가운데 오천 병사에 대한 지휘권을 드리겠소."

"……!"

무대붕은 눈을 휘둥그렇게 떴다.

물론 자신에게 이토록 아쉬운 소리를 할 땐 어느 정도 자신을 중용하기 위함이란 짐작 정도는 할 수 있었다. 하지만 병사 오천 명에 대한 지휘권까지 주겠다는 건, 아무리 잘 돌아가는 무대붕의 통밥으로도 전혀 생각하지 못한 파격이었다.

세상 어느 누구보다도 감투를 좋아하는 무대붕에게는 혹할 만한 유혹(?)이었다.

그런데 뜻밖에도 무대붕은 관심없는 표정으로 고개를 저었다.

"그래도 싫소, 전쟁 참여는……."

"무 방주……?"

"참~ 딱도 하슈. 아무리 급해도 그렇지 병서 한 권 본 적이 없는 까막눈의 거지 왕초더러 오천 병사를 지휘하라니? 대체 내가 무슨 재주로 전략을 세우고 무슨 능력으로 대책을 강구하겠소? 적도들 중에서 제일 센 놈과 일 대 일로 승부를 가리는 거라면 얼마든지 참여하여 그렇게 한판 붙어주겠는데, 전쟁이란 게 어디 그런 게 아니잖스?"

"……."

"괜히 나 같은 놈을 지휘관으로 앉혀 엄한 병사들만 희생하게 만들지 말고 다른 사람을 알아보시오. 병사들도 고향으로 돌아가면 모두 기다리는 처자식이 있거나 늙은 부모들이 있는 귀한 사람들이거늘… 내 아무리 감투를 좋아하긴 하지만 그들의 생명을 헛되이 할 수는 없소."

이건 무대봉의 솔직한 마음이었다.

중앙이나 지방 관직에 있는 공직자의 자식놈들이나 돈 많은 재력가의 자손들 중 어느 한 놈도 전장에 징집되었다는 얘긴 들어보질 못했다.

실례로 개방이 있는 이곳 개봉성의 성문교위(城門校尉), 사성교위(射聲校尉)와 같은 무장(武將)들까지도 자신의 장성한 자식들을 징집에서 뺐다고 할 정도니 다른 관료의 자식들은 굳이 말해서 뭘 하겠는가?

관료들은 관료들대로, 그리고 재력가는 재력가들대로 자신의 자식은 물론 사돈의 팔촌까지 모두 징집당하지 않게 한 상태에서 돈 없고 힘없는 일반 백성과 그들의 자식만이 지방군(地方軍)이란 이름으로 전장으로 끌려 나간 상태니, 징집된 전장의 병사들을 무대봉이 측은하게 여기는 것은 당연한 일이었다.

"징집된 병사들이 정녕 안됐다면, 그래서 그들을 무사히 고향으로 귀환시키고 싶다면 지휘관이 되어 그들의 생명을 지켜주시오."

"거참! 말씀 꽤 못 알아들으시네. 나한텐 그만한 능력이 없다니까요, 글쎄!"

"무 방주에겐 그만한 능력이 있소. 그리고 그건 다른 사람도 아닌 북궁월이 보증하겠다고 하였소."

쿵!

담일기의 입에서 북궁월이란 이름이 나오자 무대붕은 얼굴은 일순간에 딱딱하게 굳어졌다.

"지, 지금 뭐라고 하셨소? 북궁월……?"

"그렇소. 지난 이 년 동안 가장 가까운 곳에서 무 방주를 지켜봤던 북궁월이 당신의 참여를 갈망하고 있소."

"푸훗~ 그놈도 농담을 할 줄 아는군."

무대붕은 어이없다는 표정으로 피식 실소를 지었다.

"내가 무식하다는 것을 누구보다도 가장 잘 알고 있는 놈이 그런 한심한 소리를 하다니."

"그것은 비록 무 방주에겐 병법에 대해 배운 지식은 없지만 본능적인 직관이 있기 때문이오."

"직관?"

"그렇소. 지난 공손 승상과 그 일당을 일망타진할 때 보여줬듯이 무 방주는 어떻게 하면 상대를 꺾을 수 있는지, 그리고 승리를 쟁취할 수 있는지 그 방법을 알고 있소. 본능적으로……."

담일기는 단호한 표정으로 무대붕의 눈을 응시하며 말을 이어 나갔다.

"지금 무 방주는 자신의 능력을 모르고 있지만, 전선에 나가면 무 방주만이 갖고 있는 그 엄청난 능력을 발휘하게 될 것이오."

"……."

"무 방주, 부탁하오. 산서 전선에 참여하여 무서운 기세로 남하하고 있는 적도들을 궤멸시켜 주시오."

담일기의 음성은 비장했다.

그는 중원을 지키기 위해 북궁월이 있어야 하듯, 무대붕이란 존재 역시 절대적으로 필요하다는 판단을 내렸다.

"……."

그러나 무대붕의 입술은 열리지 않았다.

아무리 자신과 한 몸 같았던 광한이 자신의 참여를 바라고 있다지만 이건 결코 쉽게 수락할 일이 아니었기 때문이다.

일단, 자신이 전쟁에 참여한다는 건 단 한 번도 생각해 본 적이 없었던 일이다.

그리고 별로 마음이 움직이지가 않는다.

모두가 칭찬하는 공손 승상과 그 일당을 상대로 벌인 한판 승부는 광한의 복수를 대신해야만 한다는 책임감 같은 게 있었기 때문에 그는 분노했고, 승부욕이 불타올랐기 때문에 가능했다.

하지만 지금은 아니다.

적도들이 대륙을 집어삼키려 무섭게 남하하고 있다는데,

그들이 삼킨다 해도 자신과 자신의 식구들한테 무슨 변화가 생길지 쉽게 머리에 그려지지가 않는다.

이래도 거지, 저래도 거지인데 뭐가 불안할 게 있겠는가?

'이 자식이 웃기네? 잠시 내 곁을 떠났다고 상하 관계까지 잊었나? 감히 날더러 이래라저래라 요구를 해?'

무대붕은 잠시 떨떠름한 표정을 지으며 구시렁거리고는 담일기를 쳐다보았다.

그리고 고개를 저었다.

"나에 대한 과대평가는 고맙소만··· 난 그냥 이곳에 남아 있겠소."

"무, 무 방주."

"미안합니다. 안녕히 가십쇼."

무대붕은 그만 가달라는 의미로 문을 열어주었다.

아무리 광한의 요청이라 할지라도··· 전쟁 참여는 그리 마음이 움직이질 않았던 모양이다.

*　　　　*　　　　*

두두두두······.

자욱한 먼지를 흩날리며 작은 깃발을 등에 꽂은 사내가 하남 전선의 중원군 기지를 향하여 맹렬히 달려오고 있었다.

그는 군영 속으로 진입하기가 무섭게 장군들이 회의장으로 이용하는 군막으로 지체없이 뛰어들었다.

"······!"

깃발 꽂은 사내는 산서성 방향으로 우회를 하고 있는 금마국 군사들의 움직임을 살피기 위해 나갔던 첨병이었다.

그가 헐떡이는 모습으로 보고를 올리자 서문탁 대장군을 비롯한 모든 장군들의 표정이 딱딱하게 굳어졌다.

"뭣이라? 우회하고 있는 그 무리들의 후방에 오천여 명의 기병들이 추가 파병되었단 말이냐?"

대장군 서문탁은 당혹스런 음성으로 반문을 했다.

"그렇습니다. 기병대도 그렇거니와 그 뒤를 이어 따라오고 있는 보급 부대의 군수 물자가 어마어마합니다."

"추가 병력에 엄청난 군수 물자까지 더 지원을? 산동으로 우회하고 있는 적도들에게도 추가 병력과 대규모의 군수 물자가 지원됐다더니만… 이제 보니 놈들이 이곳 하남 전선을 포기하고 우회하고 있는 병력들로 승부를 걸겠다는 계산이잖아?"

기병대장군 철무상은 주먹으로 탁자를 치며 흥분했다.

타미루가 이끄는 금마국의 십만 병력은 황도 낙양 침공을 위한 최단거리 방향인 하남 전선에서 대패를 하고 돌아갔다.

반면 산동과 산서로 우회하고 있는 병력은 각각 이만 정도였다.

이곳만 통과하면 일 주야 안에 낙양의 황궁을 침공할 수 있을 정도로 하남 전선은 전략적으로 너무도 중요한 곳이었고, 그런 이유로 병력을 집중시켰던 것이다.

그런데 단 한 번의 패배로 하남 전선에 참전했던 병사들을 산서와 산동 전선으로 보냈다는 건 전혀 예상치 못한 일이었다.

누가 생각해도 이것은 그들이 이제 하남 전선 통과는 포기했다는 의미로밖에 받아들일 수 없는 일이었다.

"대장군님, 놈들이 승부처를 바꾼 이상 우리도 그에 따른 대비를 하는 게 어떨지요?"

궁수대장 좌춘성은 조심스럽게 입을 떼었다.

"음……."

서문탁은 불편해 보이는 기색으로 묵직한 신음을 흘렸다.

"대장군, 무엇을 생각하십니까? 이건 생각하고 자시고 할 게 없습니다. 놈들이 하남 전선 통과를 포기한 이상, 오만에 가까운 병력이 이곳을 지키고 있다는 것은 전술적으로 엄청난 낭비입니다."

급한 성격답게 철무상은 대답을 유보하고 있는 서문탁을 답답하다는 표정으로 바라보며 말을 이었다.

"이곳 병력을 산동과 산서 쪽으로 지원토록 하여 뒤이어 감행할 적도들의 침공에 대비해야 합니다."

"하면 이곳은 비어두자는 얘긴가?"

서문탁은 미간을 찡그렸다. 여전히 매우 답답하고 불편한 표정이었다.

"어차피 적도들이 이곳 하남 전선을 통과하지 않을 거라는 건 이미 밝혀진 사실 아닙니까? 하니 최소한의 병력만 남겨두고 산서와 산동 전선에 있는 우리 병력들을 지원하는 것이 훨씬 효과적이라는 것이죠."

"이미 밝혀진 사실이라니? 그대는 대체 무슨 근거로 그렇게 확신하는가?"

"우회하는 양쪽 병력에 추가 병력과 엄청난 군수 물자를 지원 보냈다면 답이 나온 거나 다름없지 않습니까? 이곳을 공략할 생각이었다면 오히려 병력을 더 보강시키지 왜 양쪽으로 지원을 보냈겠습니까? 아울러 보급품과 군수 물자가 그토록 막대하다는 것은 전선을 통과한 후 낙양까지 전진할 것을 계산하여 그렇게 단단히 대비한 것일 겁니다. 따라서 그들의 승부처로 삼는 곳은 이제 이곳이 아닌 우회하는 양쪽 전선입니다. 확실합니다."

철무상은 주먹까지 쥐어 보이며 장담을 했다.

그러자 장내에 함께 있던 대다수의 장수들이 그의 견해에 동조를 하기 시작했다.

"본인의 생각도 철무상 대장군님과 같사옵니다."

"그렇습니다. 적도들은 이곳을 포기했습니다. 그러니까 다른 곳에 그토록 병력과 군수 물자를 보강하는 게 아니겠습니까?"

"적도들이 포기한 전선에 이토록 많은 병력이 대비하고 있을 이유가 없습니다."

"둘 중 어느 전선이든 뚫린다면 비록 이곳을 통과한 것처럼 신속하지는 않더라도, 황도까지는 파죽지세로 거침없이 달려가게 될 겁니다. 그렇기 때문에 이곳 병력을 지원 보내서라도 최일선에서 그들을 막아내야만 합니다."

현재의 산동과 산서 전선을 지키고 있는 아군이 계속 병력과 군수 물자가 증강되는 적도들에 비해 허약하다는 건 장수들의 공통된 생각이었다.

서문탁은 대답 대신 곁에 앉아 있는 광한을 응시했다.

"자네의 생각은 어떤가?"

"……."

광한의 입은 굳게 닫혀져 있었다.

그렇지 않아도 양쪽 전선이 왠지 허술하다고 느껴졌고, 특히 산서 전선은 강맹한 적도들의 침략을 막아내기엔 무리라 판단하고 있던 중이었다. 하여 담일기에게 무대붕에 관한 추천의 서찰까지도 보냈던 것이었는데…

'각하가 절대적으로 필요한 상황이거늘…….'

나라의 운명이 바람 앞의 등불처럼 위태로운 상태임에도 무대붕은 전쟁을 마치 자신과는 전혀 상관없는 일처럼 생각한다는 사실이 그저 안타까울 뿐이었다.

강호인들은 무대붕이 싸가지는 없어도 무술에 대한 재능은 타고났고 젊은 나이임에도 불구하고 그가 엄청난 무공을 소유하고 있다는 것에 대해선 알고 있지만, 무대붕이 타고난 전략가라는 사실에 대해선 전혀 모르고 있었다.

아니, 그렇게 얘기하면 거의 모든 사람이 '우헤헤헷! 그 무식한 놈이 무슨?' 하며 오히려 콧방귀를 뀔 정도로 그것은 무대붕과 너무도 어울리지 않는 단어였다.

하지만 무대붕을 지켜보는 이 년 동안 광한은 그가 싸움에 관한 한 보통 치밀한 인물이 아니라는 것을 충분히 느낄 수 있었다.

일 년 반 전, 혀 짧은 환규가 운영하는 해결단에 황금 오백 냥이란 거액의 의뢰가 들어왔다. 그것은 인신매매도 하고, 때에 따라선 청부살인도 하는 쌍살파(雙殺派)란 흑도의 패거리들로부터 사랑스런 딸을 잃었다는 어느 재력가가 자신의 전 재산을 내놓을 테니 그들을 모두 처치해 달라는 요구였다.

무대붕은 쌍살파가 친구 관계인 두 명의 두목에 의해 공동으로 운영되는 조직이라는 것을 알고 그 둘 사이를 이간질하여 결국 패거리가 양쪽으로 나뉜 상태에서 서로 죽이고 죽게끔 만들었다.

무대붕은 그것이 병서에 기록된 이간계(離間計)라는 것을 알지 못한다.

그저 쌍살파에 대한 보고를 받던 중, 즉흥적으로 그게 가장 효율적이라고 생각해서 그와 같은 계책을 꾸몄을 뿐이다.

광한이 중사 사남매에 의해 인질로 잡혔을 땐 광한을 죽이는 것보다 보물을 되찾고자 하는 그들의 심리를 이용하여 자신들이 천애탄 앞에 설치한 진식을 스스로 해체하여 뛰쳐나오도록 만들었던 만큼 심리전에도 그는 탁월했다. 그 또한 격장계(激獎計)였다.

그리고 공손창을 상대할 땐 병력을 일으킬 수 있는 심복들과 여덟 성주의 약점 내지는 개인적 성향을 파악한 후 그들을 차례로 굴복시키게 만든 후 공손창을 검거하는 치밀함을 보였다.

이 역시 커다란 의미에서 본다면 원교근공(遠交近攻)의 하나였으나 무대붕은 이런 병서의 계책들을 따로 공부한 적 없이 모두 본능적으로 체득하고 있었던 것이다.

그렇기에 광한은 상대적으로 더욱 허약한 산서 전선에 그가 꼭 필요하다고 판단한 것인데, 안타깝게도 그는 전쟁 따위엔 여전히 관심조차 없다고 하니 어쩌겠는가?

"이곳은 적도들이 황도로 가는 최단거리의 길목입니다. 그 어떤 경우에도 수비를 허술히 할 수는 없습니다."

광한은 심각한 표정으로 입술을 열었다.

서문탁으로선 예상했던 답변이었다.

"하면? 조만간 산동과 산서 쪽에서 벌어질 전투를 그냥 방관하자는 겐가?"

"산동은 전력 구성과 곽한상 대장군님을 비롯한 장군들의 경륜과 경험이 풍부한 상태인데다가 지원 나온 무당파를 비롯한 무림명파의 무사들이 버티고 있는 만큼 아무리 적의 철갑 기마대가 고강하다고 할지라도 충분히 승부를 겨뤄볼 만하다고 생각합니다. 문제는 산서 전선입니다."

"음… 나의 생각과 같군. 다만 황보 대장군을 비롯한 장수들이 주로 도성의 수비를 담당했던 탓에 전투 경험이 일천하다는 게 마음에 걸리네. 게다가 정예군도 거의 없이 급조된 지방군으로 충당한 것도 그렇고……."

"하여 소신의 견해로는 이쪽에서 오천의 기마병과 일만 명의 정예군을 그쪽으로 지원 보냈으면 합니다."

광한의 제안에 서문탁은 눈을 휘둥그렇게 떴다.

"오천의 기마병과 일만의 정예군이라니? 그럼 이곳은 지방군만 남기고 모두 산서 전선으로 보내자는 얘긴가? 만약 그사이에 적도들이 이곳을 다시 공격하면 어떻게 감당하려고?"

"물론 정예군을 모두 보낸 탓에 힘들기는 하겠지만, 제가 이끌고 있는 삼천의 기마대와 소림과 남궁세가 등 무림에서 지원 나오신 분들은 여전히 존재합니다. 아무리 거센 공격을 받는다 해도 죽음을 각오하고 싸운다면 결코 쉽게 허물어지진 않을 겁니다."

광한은 씁쓸한 미소를 지으며 대답했다.

만약 적도들이 지난번과 같은 대군을 이끌고 또다시 침공을 감행한다면, 그땐 전과 달리 막아내기가 몹시 벅찰 것이다.

상대는 더욱 만반의 준비를 했을 테지만, 이쪽은 오히려 차(車)와 포(包)를 뺀 상태에서 그들을 맞이해야만 하니 말이다.

물론 나름대로 전술과 전략을 강구는 하겠지만, 광한은 그저 많은 사람의 예측대로 그들이 하남 전선을 포기한 것이기만을 바라고 싶을 뿐이었다.

□ 제49장 □

치열한 난전(亂戰)

치열한 난전(亂戰)

—하지만 워낙 강한 적도들이라 파연
언제까지 막아낼 수 있을지
모두가 불안하다고 합니다

"세, 세상에! 이게 인간의 발이에요?"

가옥은 무대붕의 발을 닦아주려다가 말고 눈을 휘둥그렇게
떴다.

아무리 지독한 혹한에도 끄떡없이 버텨내는 무대붕의 절대
무좀을 두 눈으로 확인하게 된 것이다.

"무좀이 이렇게 심하면 약이라도 좀……."

"소용없다. 먹는 약, 바르는 약 등 좋다는 것은 다 해봤고
그 외에 누가 화주(火酒)에 발을 담그고 있으면 무좀이 치료될
거라는 얘기에 그렇게도 해봤고, 뜨거운 백사장 모래 위를 걸
으면 낫는다는 얘기에 무더운 여름날 가릉강 중사의 모래밭을
무려 한 달 내내 왔다 갔다 한 적도 있었지만 모두 소용이 없
더라구. 해서 이제는 그냥 내버려 둔다."

무대붕은 그녀에게 발을 맡긴 채 편하게 침상에 걸터앉아서
무좀 치료를 위해 했던 자신의 눈물겨운 노력을 털어놓고 있

었다.

가옥을 데려온 이후 무대붕은 모든 게 편해졌다.

밥 먹을 때도 가옥에게 떠 먹여달라고 했고, 세수하는 것도 가옥에게 씻겨달라고 했다.

그리고 점점 강도를 높여 오늘부터는 발까지 닦아달라고 한 것이었는데, 뜻밖에도 가옥은 그의 요구를 순순히 들어주었다.

아무리 사나운 여자라 할지라도 사랑을 하게 되면 순한 양이 된다더니만 가옥도 별수없는 여자였던 모양이다.

"너무 걱정 마세요. 제가 한번 고칠 수 있는 방법이 있는지 알아볼게요."

"왜? 내 발이 너무 더럽냐? 그래서 닦아주기가 징그러울 정도로? 그럼 닦지 말던가."

무대붕은 어줍잖게 튕기기까지 했다.

가옥은 화들짝 놀랐다.

"아, 아뇨. 제가 왜 싫겠어요. 전 단지 당신이 무좀으로 너무 고통스러울까 봐서……."

"멋대로 호칭을 가불(?)하지 마라. 우리 아직 혼례 치르려면 멀었다."

"어, 어차피 혼례를 치를 건데 미리부터 호칭에 익숙해 두는 것도 좋잖아요?"

"지금 나한테 말대꾸하는 거냐? 그런 거냐?"

무대붕이 미간을 좁히며 인상을 찌푸리자 가옥은 당황하며 고개를 푹 숙였다.

"죄, 죄송해요. 저도 모르게……."

"다시 말하지만 말대꾸도 내가 건 조건에 해당된다. 없었던 일로 만들고 싶지 않으면 조심하는 게 좋을 것이다."

"예……."

가옥은 모깃만한 목소리로 대답했다.

무대붕은 마치 고양이 앞의 쥐처럼 꼼짝 못하는 가옥의 모습을 바라보며 다소 의외라는 표정을 지었다.

'얼씨구? 애가 보기와는 달리 아주 독하게 마음을 먹은 것 같은데? 이 정도로 무시하고 구박을 하면 그 더러운 성질이 나올 만도 한데……..'

무대붕은 어떡하든 가옥을 자극시켜 그녀로 하여금 스스로 결혼을 포기하게끔 만들려 하고 있었다.

자신이 구박을 하면 할수록 자신에 대한 정나미가 떨어질 것이고, 그러다 보면 결국 광포한 본성을 드러내며 포기하게 될 거라는 게 그의 계산이었다.

하지만 불행하게도 무대붕의 계산과 가옥의 생각은 달라도 너무 달랐다.

'끄응~ 오냐! 지금은 내 쪽에서 너를 더 좋아한다는 이유로 참아준다. 하지만 분명히 나에게도 한 번쯤 기회가 올 것이다. 그때 받은 만큼, 아니, 이자까지 쳐서 확실하게 돌려줄 테니 두고 보자! 아드득!'

얼굴은 미안한 표정을 짓고 있었지만, 가옥은 내심 이를 갈며 분노를 삭이고 있었던 것이다.

"꼼꼼히 닦아. 특히 발가락 사이사이를 정성껏!"

마치 노예 부리듯 준엄한 표정으로 명령을 내리고 있을 때,

"허이구~ 이 썩을 놈. 호강하네, 호강해."

광마불이 기가 막히다는 표정을 지으며 실내에 들어섰다.

"꼬마의 썩은 발을 닦아주다니… 가옥아! 너 제정신이냐?"

"영감은 참견 마."

"강호 최고의 배분인 노부가 이런 꼴 같지 않은 꼴을 봤는데 어찌 참견을 안 할 수가 있겠냐? 아무리 사랑에 눈이 멀면 뵈는 게 없다지만, 이건 아니다. 세상에 결혼도 하기 전에 색시 될 여자를 노예 부리듯 부리는 놈과 짝을 맺어봐야 뭘 하겠니?"

광마불은 너무도 안타깝고 속이 상했다.

보기만 해도 욕지기가 나올 정도로 끔찍한 무대붕의 발을 닦아주고 있는 가옥의 눈에서 콩깍지를 벗겨주고 싶었다.

"네가 아직 어린 탓에 남자 보는 눈이 없어서 그런가 본데, 세상에 널린 게 남자다. 그리고 전부 저 녀석보다 나은 사내들이고."

"영감, 그만 해. 듣고 싶지 않으니까."

"단지 저 녀석이 네 알몸을 봤다는 그 하나의 이유 때문에 네가 어쩔 수 없이 저 녀석에게 목을 매는 모양인데, 요즘 세상에 그딴 건 흠도 아냐. 내가 아는 어떤 아가씨는 거쳐 간 남자만 무려 열다섯 명인데도 불구하고 돈 많은 재력가와 결혼했다구. 그것도 인물 좋고 성격도 좋은 확실한 총각과 말야."

"그만 하라니까."

"그리고 내가 알기로 저 자식은 무늬만 총각이지 어디 총각이라고 할 수 있는 인간이냐? 열다섯 살 때부터 야래향 최고의 단골이었다는데… 이 결혼, 무조건 네가 손해니까 하지 마. 내 말 안 들으려면 차라리 다시 절에 들어가. 그게 낫다. 이런 인격적 모욕을 당할 바엔……."

"에이 씨앙~ 그만 하라고 했잖아!"

가옥은 버럭 소리를 지르며 광마불에게 무대붕의 발을 닦아주던 대
야의 물을 쏟아 부었다.

촤아악~!

"……!"

졸지에 대야의 물을 흠뻑 뒤집어쓰게 된 광마불.

'뭐, 뭐야? 기껏 위해서 금과옥조와 같은 말을 해줬더니만 물을 노
부한테 뿌려? 그것도 꼬마 놈 발 씻던 물을……?'

광마불은 기가 막혔다.

그러나 그렇다고 멀뚱히 서 있을 수만은 없었다.

세수하던 물을 뒤집어썼다고만 해도 기분 더러운 법이다.

하물며 발을 닦던 물이라면?

그것도 절대 무좀을 자랑하는 무대붕의 발을 닦던 물을 뒤집어썼다
면?

그중의 일부가 입과 콧구멍 안으로 들어왔다면 억울한 기분보다는
전율과 공포가 우선이었다.

"카아아아악~ 퉤! 퉤! 으퉤퉤~!"

광마불은 허옇게 질린 표정으로 일단 자신의 체내에 들어온 끔찍하
고 전율스런 오물을 반납하기 위해 침을 뱉고 토악질을 하는 등 발악
을 해댔다.

"으아아! 이 정신 나간 계집애야! 그 무좀균이 득실거리는 흉악한 오
물을 감히 어다가… 퉤! 퉤!"

광마불은 미칠 것만 같았다.

벌써부터 자신의 몸 안에서 무좀균이 왕성한 활동을 보이는지 목젖
과 혓바닥이 가렵고, 입천장과 콧구멍 안에 물집이 잡히는 것 같은 느

낌이 들었다.

"그러길래 왜 참견을 해? 누가 영감더러 참견해 달래?"

"퉤퉤! 노부가 괜히 참견했겠냐? 모두 너 잘되라고 그랬던 거지! 퉤퉤……."

"남 걱정 말고 영감이나 잘해. 구십이 넘도록 장가도 못 간 주제에 이래라저래라 참견하면 누가 들어주겠어? 비웃음이나 당하기 십상이지. 안 그래?"

"뭐, 뭐가 어드래? 주, 주제?"

가옥의 싹수없는 말투에 광마불은 토하는 것도 잊어버릴 만큼 기가 막혔다.

무림맹주를 비롯한 모든 강호의 원로급들도 감히 눈조차 함부로 쳐다볼 수 없는 강호 최고의 배분에게 이와 같이 함부로 지껄이는 인간이 있다면 사내는 무대붕, 계집은 가옥, 이 둘뿐일 것이다.

"가옥아, 그래도 저승 갈 날이 얼마 남지 않은 폐인에게 그렇게 함부로 하는 법이 아니다."

모처럼 무대붕의 입에서 제법 예의있는 말이 흘러나왔다.

물론 '저승 갈 날이 얼마 남지 않은 폐인'이라는 부분이 걸리기는 했지만 그의 입에서 이 정도의 말이 나왔다는 것만 해도 상당한 발전이었다.

무대붕이 힐난을 하자 가옥은 분을 삭이며 입을 열기 시작했다.

"저도 웬만하면 참으려고 했는데 자꾸 신경을 긁잖아요. 당신을……."

"아직 결혼 안 했다."

"죄, 죄송해요. 그러니까 각하님을 너무 우습게 여기기에 도저히 참을 수가 없더라구요. 그래서…….”

“가옥아, 나이를 먹으면 몸과 얼굴만 늙는 게 아니다. 눈도 비례해서 그만큼 썩는 법이다. 모든 사물을 썩은 눈으로 보는데 온전할 리가 있겠냐? 그걸 이해하지 못하고 물을 쏟아 부은 건 너의 잘못이다.”

무대붕은 준엄하게 가옥을 꾸짖었다.

자신에게 버릇없이 군 가옥을 냉정하게 꾸짖었건만 광마불은 조금도 유쾌하지가 않았다.

‘뭐? 눈도 썩어? 그런 식으로 혼을 내려거든 차라리 하지 마라, 이 썩을 놈아!’

광마불의 얼굴이 푸르뎅뎅하게 변하고 있는 순간,

“다들 여기 있었네.”

무천표가 안으로 들어섰다.

“당숙. 뭐 하러 돌아왔수? 그냥 낙양에 있지 않고?”

무대붕은 무천표의 등장을 떨떠름한 표정으로 대했다.

지부장인 무천표가 오랫동안 자리를 비우는 바람에 낙양 지부의 조직 기강이 무너지고 난장판으로 변하고 있다는 소식에 그는 급히 낙양으로 돌아갔다.

하여 무너진 기강과 질서를 바로잡고, 지부장 권한 대행과 각 단주들을 새로이 구성하는 등 조직 개편을 단행한 후 다시 총단으로 돌아온 것이다.

“기껏 힘들게 돌아갔으면 다시 지부장으로서 열심히 근무나 할 것이지, 치잇~ 왜 또 돌아오는 거야? 누가 반긴다고.”

늘 광마불과 어울려 술만 마시는 꼴이 넌덜머리가 난 무대붕이다.

그의 입에서 당연히 좋은 얘기가 나올 수가 없었다.

"이놈아! 내가 반긴다!"

광마불은 총단에 돌아온 자신의 동생을 구박하는 무대붕이 괘씸해 버럭 소리를 질렀다.

얼마 전에 만난 의형제 사이가 피로 맺어진 조카와 당숙의 관계보다도 더 깊고 애틋했던가 보다.

"내가 반긴다? 영감이 반겨봐야 무슨 소용인데?"

"엥?"

무대붕의 반문에 광마불은 눈을 휘둥그렇게 떴다.

막상 그렇게 단도직입적으로 묻자 마땅한 말이 떠오르지 않았기 때문이다.

"영감이 지금 뭔가 대단히 착각하고 있는 모양인데 영감은 개방인이 아닌 개방의 빈대라구, 빈대."

"네놈을 위해 빈틈없고 만만치 않은 제남성주를 한 방에 제압해 준 노부더러 뭐가 어째? 빈대? 이 썩을 놈아! 배은망덕도 어느 정도지 노부는 네놈이 황궁에서 공을 세우는 데 가장 결정적인 역할을 한 은인이다. 알겠냐?"

'젠장! 그때 한 번 일을 한 것 갖고 마르고 닳도록 우려먹는군.'

"다시 말하지만 노부는 여기서 당당히 얻어먹을 자격이 있는 사람야. 절대 빌붙어 있는 노인네가 아니라구!"

"하하! 형님, 조카의 농담일 겁니다. 조카가 농담 잘하는 거 형님도 아시잖습니까?"

"자식이 농담을 해도 어느 정도지. 빈대가 뭐야? 빈대가……."

"하하… 재밌게 표현하려다 보니까 부적절한 단어가 나온 모양입니다. 그러니 그만 고정하십쇼."

무천표는 한번 건수를 잡으면 악어 이빨처럼 물고늘어지는 광마불의 습성을 아는지라 중간에 끼어들어 신속히 화제를 돌렸다.

그렇지 않으면 돌림 노래를 부르듯 밤새도록 제남성주를 굴복시켰던 얘기만 계속 반복하며 떠들어댈 게 너무도 자명했기 때문이었다.

"이번에 낙양을 갔다 오면서 보니까 민심이 너무도 흉흉하더군요. 장사꾼들도 한결같이 죽겠다고 아우성이고."

"그거야 당연한 얘기잖아. 금마국 놈들이 다시 전쟁을 시작 했다잖아?"

"예. 그래서 그런지 객점이며 기루며 전혀 손님이 없습니다. 거리도 한산하고……."

"전선에선 한창 치열하게 전쟁이 벌어지고 있다는데 술 처먹고 헤롱거리는 놈들이 어딨겠냐? 만약 그런 놈들이 있다면 정신이 나갔거나 눈곱만치도 양심이 없는 것들이겠지."

누구나 남에 대해선 야박하고 자신에 대해선 관대하다.

광마불 역시 마찬가지였다.

'얼씨구? 남의 얘기 하듯 태연스럽게 내뱉네?'

무대붕은 어이가 없었다. 허구한 날 술을 끼고 살면서 아무런 거리낌 없이 그와 같은 얘기를 하는 광마불의 당당함이 그저 존경(?)스러울 뿐이었다.

"황도인 낙양을 향해 금마국 놈들이 세 방향으로 나눠서 남하하고 있다고 하는데 그중 가장 최단거리 진로 방향은 다행히 하남 전선을 지키고 있는 우리의 군사들과 무림인들이 막았다고는 합니다. 하지만 워낙 강한 적도들이라 과연 언제까지 막아낼 수 있을지 모두가 불안하다고 합니다."

"그 얘긴 나도 들었다. 북궁월, 그러니까 광한이가 눈부신 활약을 한 덕분에 대승을 거두었다고 하더구만."

"맞습니다. 서융국과의 칠년전쟁을 종식시킨 것만 해도 대단한 일이었는데, 이번에 또 엄청난 무공(武功)을 세웠으니… 백성들 사이에선 북궁월이 아니었으면 이미 황궁은 적도들의 손에 넘어갔다는 얘기가 공공연하게 나돌고 있더라구요."

"당숙, 광한이 걔가 나의 수하였어. 알지?"

무대붕은 자랑스럽게 무천표와 광마불의 대화에 끼어들었다.

"이 썩을 놈아! 수하는 바람 앞에 등불처럼 위험한 조국과 백성을 위해 제 한 몸 던져 가며 열심히 적도들과 싸우고 있는데, 네놈은 도대체 뭐 하는 거냐? 광한이에게 미안하지도 않냐?"

광마불이 인상 쓰며 버럭 소리를 지르자 무대붕은 이해할 수 없다는 표정으로 그를 빤히 쳐다보았다.

"영감, 미안하다니? 내가 왜 그 녀석에게 미안하다는 거지?"

"뭐?"

"광한이와 난 태생부터가 달라. 그 자식은 뼈대가 탄탄한 가문의 후손이고, 게다가 놈의 부친은 모든 백성들이 존경했던 어사대부였던 인물이었어."

"그런데?"

"그에 반해서 우리 집안은 대대로 거지야. 우리 아버지 무천승도 거지였고 유일한 친척인 당숙도 거지."

"그래서? 거지 출신들은 안 되고, 꼭 명문가 출신들만 조국을 위해서 싸우라는 법이라도 있다는 거냐?"

"영감, 구십이 넘도록 살면서 뱁새가 황새 따라가다가는 가랑이가 찢어지듯이 거지가 주제도 모르고 쥐뿔만큼의 애국심도 없이 명문가 출신들 흉내를 내면 날벼락 맞는다는 얘기도 못 들어봤어?'

"이놈아! 그런 얘기가 어딨냐?'

"영감은 못 들어봤는지는 모르지만, 아무튼 그런 유명한 얘기가 있어. 때문에 난 광한이처럼 전쟁에 참가하고 싶어도 그럴 수 없는 입장이라구. 적어도 영감만큼은 살아야 하는데 괜한 오지랖 떨다가 날벼락을 맞고 요절할까 봐서."

무대붕의 변명 같지도 않은 변명에 광마불은 어찌나 어이가 없는지 하품이 날 지경이었다.

"에라~ 요 썩을 놈아! 참가하기 싫으면 싫다고 해라. 추접하게 말 같지 않은 변명을 늘어놓지 말고."

"영감! 아니, 우리 각하님이 벼락맞을까 봐 참가할 수가 없다는데 영감이 뭔데 욕을 하고 난리야? 듣자 듣자 하니까 기분 더럽네? 만약 우리 각하님이 전쟁에 참여했다 만약 좋지 않은 일이라도 생긴다면 영감이 책임질 거야? 질 거냐구?'

가옥이 표독스럽게 따지고 들었다.

"부창부수(夫唱婦隨)라더니만… 어쩜 그렇게 너희들은 수준이 똑같으냐?'

"영감, 기분 나쁘게 문자 쓰지 마. 글 좀 안다고 잘난 체하는 거야 뭐야?"

"끄으응~ 오냐. 더럽게 미안하다. 앞으론 두 번 다시 너희 둘과 말을 섞으면 노부가 개아들이다."

무대붕의 헛소리만 들어도 염통이 끓는 판이다.

그런데 거기에 가옥이까지 동조하여 자신의 비위를 뒤집어대니 뒷골이 당기고 염통은 폭발할 것처럼 부글거렸다. 이럴 땐 그저 피하는 게 최선이다.

이 자리에서 계속 한 쌍의 남녀가 번갈아가며 지껄여 대는 헛소리를 듣다가는 아직 소식도 모르는 옛사랑 독화를 만나지도 못한 채 자폭할지도 모른다. 하여 광마불은 더 이상 상종하고 있다간 아무래도 제명에 못 죽을 것 같다는 생각에 자리를 떴다.

"조카야……."

무천표의 심기도 편치만은 않은 듯, 심각한 표정으로 무대붕을 응시했다.

"당숙, 왜?"

"소림을 비롯한 구대문파는 물론 문도 수가 스무 명도 안 되는 작은 방파까지 모두 전쟁에 참여를 했는데, 이렇게 모른 척하고 가만히 있어도 정말 괜찮을까? 그것도 명색이 무림 최대의 문도수를 자랑하는 우리 개방이……."

"당숙, 그게 무슨 뚱딴지야? 그럼 이 나라에서 그 어떤 혜택도 받지 못한 우리 식구들더러 전쟁에 참여하라고 하란 말야? 전쟁으로 세상이 변하든 안 변하든 달라질 게 없는 거지 신세인데 뭐가 답답해서 우리 식구들에게 그런 짓을 시키라는 거야?"

무대붕은 이해할 수 없다는 표정이었다.

"하지만 체면이란 게 있잖아? 전통의 거대 명파인 우리 개방의 체면이. 그리고 식구들 중에는 조카의 생각과는 달리 전선에 나가서 싸우고 싶어하는 친구들도 적지 않아."

"미친놈들, 그런 쓸데없는 생각하는 걸 보니 요즘 배가 부른 모양이군. 대체 어떤 놈들이 그런 정신 나간 생각을 한다는 거야? 얘기해 봐,

정신 차릴 때까지 쫄쫄 굶겨 버릴 테니까."

'에휴~ 소 귀에 경 읽는 격이군.'

차분한 목소리로 얘기를 했건만 무대붕이 오히려 얼굴을 붉히며 노성을 지르자 무천표도 더 이상 말을 하고 싶지 않은 듯, 그만 몸을 돌려 나가고 말았다.

무대붕은 광마불의 뒤를 이어 무천표가 사라지자, 떨떠름한 표정을 지으며 투덜거렸다.

"젠장! 내가 분명히 전쟁에 참여 안 한다고 했는데도 왜 또 엉뚱한 소리들을 하는 거야? 아무튼 여러 가지로 술 마실 건수를 만든다니까."

아무리 황궁에서 담일기가 찾아와 사정을 하는 광마불과 무천표가 전쟁 참여를 권하든 간에…

무대붕에게 전쟁은 여전히 관심 밖의 남의 일이었을 뿐이다.

*   *   *

"하남 전선에 배치되어 있던 오천 기마병과 일만 정규병을 산서 전선으로 지원 보냈단 말이냐?"

"그렇습니다."

"하면 현재의 병력은?"

"오천의 정규병과 북궁월이 키운 삼천 명의 죄수로 구성된 기마병과 사천여 명의 무림인이 남아 있습니다."

"무림인들의 수가 생각보다 적군."

"지난 전투 때, 미륵색귀의 음공과 흑막의 살수들에 의해 많은 피해를 당했습니다. 그리고 남궁 가주와 소림의 석풍 대사 등… 내부적으로 부상자도 상당히 많습니다."

"후후, 자신들도 결코 적지 않은 피해를 입었음에도 불구하고 정규병을 산서 쪽에 지원 보내다니……."

"산동과 산서 방향으로 우회하고 있는 아군들의 후미에 병력과 군수물자를 지원한 게 제대로 먹혀든 것 같습니다."

"수고했다. 계속 놈들의 움직임을 예의 주시하며 변화가 있을 때마다 수시로 보고하도록 하라. 특히 북궁월에 대한 것은 어느 것 하나라도 놓쳐선 안 된다. 알겠느냐?"

"명심하겠습니다."

전쟁은 무력과 무력의 충돌이며, 세작(細作:간첩)들의 치열한 싸움이기도 했다.

금마국 궁(宮) 안의 어느 깊은 내실.

금마국 전투 병력들을 총지휘하는 어느 사내와 세작의 대화가 은밀하게 울리고 있었다.

*　　　　　*　　　　　*

밤[夜].

여인의 눈썹 같은 그믐달이 어두운 밤하늘에 걸려 있는 그런 밤이다.

때는 삼월 그믐.

아직도 찬 기운이 가시지 않은 전선의 밤.

모두가 잠든 야심한 시각이거늘, 차가운 밤바람을 맞으며 막사 앞에 쓸쓸히 앉아 있는 사내가 있었다.

한성처럼 차가운 눈으로 어두운 하늘을 응시하고 있는 사내.

바로 광한이었다.

"휴~"

광한은 땅이 꺼져라 무거운 신색으로 깊은 한숨을 내쉬었다.

야인이 된 이 년여의 기간 동안 너무도 많은 것이 변해 있었다.

북궁장천이라는 정적(政敵)에게 역모의 누명을 뒤집어씌운 후 자신의 천하로 만든 공손창은 국정을 자신의 뜻대로 움직이기 위해 자신과 가깝지 않은 장군들은 모두 잘라 버렸다.

혹시라도 장군들이 병력을 일으켜 모반을 획책할지도 모른다는 의심에 그들을 모두 차례차례 내치고 자신과 가까운 인물들로 물갈이를 했다.

수많은 전장에서 잔뼈가 굵은 경험 많은 장군들은 모두 야인이 되고, 일천한 경험에 장수로서 능력도 미흡한 인물들이 그 자리를 차지해 버린 것이다.

이런 상황에서 적도들은 파죽지세로 연경까지 집어삼켰고, 종내는 황궁이 있는 낙양을 쓸어 엎기 위해 또다시 물밀듯이 달려오고 있다.

아무리 하남 전선에서 첫 번째 대승을 거두긴 했지만, 분명 시간이 흐르면 흐를수록 그들의 침공을 막아내기가 힘들 것이라는 걸 광한은 느끼고 있었다.

그래서 밤마다 제대로 잠을 이룰 수가 없었다.

"허허… 안 주무시고 왜 나와 계시오?"

문득 걸걸한 중년 사내의 음성이 고막을 파고들었다.

강인한 사각형의 각진 얼굴이 인상적인 사십대 중반의 사내, 남궁세가의 가주인 남궁일도였다.

"이상하게 잠이 안 오는군요. 그러시는 남궁 가주님은 어떻게 이 시간에……?"

"자다가 깼소이다. 꿈에 딸년의 얼굴이 나타나지 뭐겠소?"

남궁일도는 씁쓸한 표정으로 입을 열었다.

그는 슬하에 자식이 없는 줄 알았다가 몇 해 전에 딸 하나를 얻게 되었다. 결혼 후 십오 년 만에 얻은 너무도 귀한 딸이었다.

"허허, 남들 손주 볼 나이에 얻은 딸내미라서 그런지 이렇게 떨어져 있으니 자주 눈에 밟히지 뭐겠소?"

그의 딸 아령(雅玲)은 이제 다섯 살이다. 한창 재롱을 떨 나이다. 바람 앞에 등불과도 같은 조국을 위해 눈에 넣어도 아프지 않을 그런 어린 딸을 두고 전장에 나와 있는 그의 마음도 그리 편치만은 않은 입장이었다.

"어설프게 자다 일어난 탓에 다시 술이나 마시고 자려고 나왔는데 이렇게 말벗을 만나게 되었구려. 한잔하시겠소?"

남궁일도는 들고 온 술병을 건넸다.

"아닙니다. 그냥 드십시오. 가주께서 드시려고 갖고 나오셨잖습니까?"

"허허, 괜찮소. 조금씩 나눠 마십시다. 취할 만큼 마실 것도 아니니까요."

"그럼 먼저 드십시오."

"그럴 수야 없죠. 냉수도 위아래가 있는 법인데, 전선의 지휘관이신 북궁 총사보다 어찌 감히……."

"저보다 훨씬 연장자이시질 않습니까? 그리고 가주님은 무림에서 지원을 나와주신, 오히려 저희들이 예의를 갖춰야 할 그런 애국지사이십니다. 먼저 드시고 넘겨주십시오."

광한이 미소를 지으며 대답을 하자 남궁일도는 고개를 끄덕였다.

"북궁 총사는 상대를 배려하는 예절이 정말 몸에 배어 있구려. 알겠소. 내가 먼저 마시고 드리리다."

벌컥!

남궁일도는 시원하게 들이키고는 광한에게 술병을 넘겼다. 광한도 쭈욱 한 모금 들이켰다.

"크~ 속이 찌르르합니다. 이 시간에 밤하늘의 별을 보며 한잔하는 것도 괜찮군요."

"하하, 그럼요. 적막한 전선에서 막사 앞에 앉아 별을 보며 마시는 술 맛은 무림에 있었다면 결코 느낄 수 없는 경험이었을 것이외다."

남궁일도는 매우 유쾌한 표정으로 껄껄거렸다. 광한은 그렇게 웃는 그의 모습이 그저 씁쓸할 따름이었다.

"가주님……"

"말씀하시구려."

"정말 많이 보고 싶으시겠습니다. 결혼 십오 년 만에 얻은 귀한 딸이자 단 하나뿐인 혈육이니 더 더욱……"

"말해 뭣 하겠소? 갓난아이였을 때 칭얼거리면 내 배 위에 올려놓고 자장가를 불러서 재우곤 했더니만 녀석이 지금도 내 옆에서만 잠을 자려고 하지 뭐겠소? 집사람이 아무리 타일러도 듣질 않아요. 녀석 때문에 둘째는 아예 꿈조차 꾸질 못한다니까요. 허허허."

남궁일도는 특유의 너털웃음을 터뜨렸다. 그러나 웃음은 전과 달리 공허했다.

"그렇듯 눈에 밟히는 딸을 두고 전장에 참여하시다니, 그것도 잘 훈련된 세가의 일급 무사들을 대동하면서까지… 가주님의 각별한 애국심에 고개가 숙여집니다."

"허허… 별말씀을. 북궁 총사와 같은 분도 계시는데 내가 무슨……."

"저야 국가로부터 임무를 부여받은 몸이니 가주님과는 여건이 다르죠. 가주님은 군이 어린 딸과 억지로 떨어지면서까지 전선에 오지 않아도 될 입장이셨으니까요."

"나라가 바람 앞의 등불과도 같이 위태로운 상황인데 관직에 있든 무림인이든 그게 무슨 상관이겠소? 전쟁 참가는 이 땅에 발을 딛고 살아가는 백성으로서 당연한 도리요. 그리고 어디 나만 참여한 것이랍디까? 무림맹에 소속된 모든 방파들이 참여를 했소이다. 물론 때려 죽여도 참여할 수 없다고 엇나가는 놈도 있긴 했지만."

죽어도 참여할 수 없다는 놈!

굳이 더 이상 보충 설명이 없어도 광한은 그놈이 누군지 너무도 잘 알고 있었다.

"조국으로부터 쥐뿔만큼의 혜택도 받은 게 없다고 출전할 수 없다는 놈이 있긴 했지만, 원래 정신 상태가 불량한 놈이라 이곳에서 거론할 가치조차……?"

남궁일도는 느닷없이 눈을 크게 뜨며 말을 멈췄다. 이어 그는 광한을 유심히 바라보며 고개를 갸웃거렸다.

"허… 생각하면 할수록 거참, 너무도 똑같이 생겼다니까."

"……?"

"북궁 총사, 혹시 옛날에 잃어버린 쌍둥이 형제가 있는 건 아니오?"

"쌍둥이 형제라뇨?"

"강호에 개방이라는 거지 방파가 있는데, 그곳에 북궁 총사와 너무도 똑같이 생긴 인물이 있어서 하는 얘기요."

광한은 무림인들의 입에서 언젠가 그와 같은 얘기가 나올 거라고 생각한 탓에 결코 놀라거나 당황하지 않았다.

하지만 그때와 지금은 복장과 머리의 형태가 다르다. 광한 스스로 인정하지 않는 한 어느 누구도 동일인이라고 장담하진 못할 것이다.

"하하, 세상에 닮은 사람이 어디 한둘이겠습니까?"

"닮은 정도가 아니라 이건 너무도 똑같소. 이건 나뿐만 아니라 지난번 개방에서 열린 합동 혼례식에 참석을 하신 소림의 혜천 장문인께서도 하신 말씀이외다."

"그렇게 말씀하시니 저도 문득 그자를 한번 만나고 싶어지는군요. 얼마나 닮았으면 가주님과 소림의 장문인께서 그런 말씀을 다 하시는지. 그러나 쌍둥이는 물론 다른 형제가 있다는 얘기도 아직 못 들어봤습니다."

광한은 빙긋 미소를 지으며 화제를 돌렸다.

"이런, 너무 늦었습니다. 이제 그만 일어서시죠."

"하암, 그럽시다. 술이 한잔 들어가서 그런지 다시 졸음이 쏟아지는군요."

남궁일도는 하품을 하며 자리에서 일어났다. 그러나 그의 머리는 여전히 혼란스러웠다.

'쌍둥이도 아닌데 어떻게 이처럼 닮을 수가 있지? 정말 신기하다니까……'

그러나 혼란스러움도 잠시, 이내 그의 표정은 잔뜩 구겨지기 시작했다.

'그나저나 한심하고 철딱서니없는 무대붕 그 자식은 전쟁이 나든 말든 여전히 멋이나 실컷 부리면서 계집질을 하고 있겠지? 에잇~ 싸가지없는 그 자식의 머리통에 벼락이 떨어져야 할 텐데, 이 나라의 미래와 강호의 정의를 위해서라도…….'

공손창 일당을 응징하여 황실에서 구국의 영웅으로까지 칭송받던 무대붕이 벼락맞아 죽을 놈으로 전락하고 있었다.

안타깝게도 황궁의 폐쇄성 때문에 그곳에서 무대붕이 보여준 활약은 전선에까지 전해지질 않은 모양이었나 보다.

                    *   *   *

"에이 썅~ 뭐야, 왜 이렇게 귀가 간지럽지?"

거처에 마련된 탁자에 앉아 홀로 술잔을 기울이던 무대붕은 느닷없이 인상을 찌푸리며 자신의 귓구멍을 후볐다.

"또 누가 나를 씹어대는가 본데…… 어떤 인간이지? 영감인가?"

대충 때려 맞추는 솜씨가 가공할 정도이긴 하지만, 이번은 빗나가도 한참 빗나갔다. 광마불은 오늘도 변함없이 무천표와 죽기 살기로 퍼마신 후 세상모르고 뻗어 있었기 때문이다.

한데, 모든 개방 식구들이 잠든 이 시간에 그는 어이하여 홀로 술잔을 기울이고 있는 것인가?

"이 썩을 놈아! 수하는 바람 앞의 등불처럼 위험한 조국과 백성을 위해 제 한 몸 던져 가며 열심히 적도들과 싸우고 있는데, 네놈은 도대체 뭐 하는 거냐? 광한이에게 미안하지도 않냐?"

"그 영감은 뻑하면 광한이에게 빗대며 나한테 욕지거리를 해대는 거야? 인생이 불쌍하여 거둬줬더니만 은혜를 원수로 갚아도 유분수지, 감히 어디다 욕을 하는 거야? 양심없는 영감탱이 같으니라구."

그러나 거슬리는 건 광마불의 욕뿐만이 아니었다.

"각하 조카야! 소림을 비롯한 구대문파는 물론 문도 수가 스무 명도 안 되는 작은 방파까지 모두 전장에 참여를 했는데, 이렇게 모른 척하고 가만히 있어도 정말 괜찮을까? 체면이란 게 있잖아? 전통의 거대 명파인 우리 개방의 체면이. 그리고 식구들 중에는 조카의 생각과는 달리 전선에 나가서 싸우고 싶어하는 그런 친구들도 적지 않아."

"젠장~ 영감과 어울려 술 마시고 돌아다니더니만 물들어 버렸군. 어차피 이러나저러나 거진데… 놈들이 이 땅을 집어삼킨다고 우리가 뭐 달라질 거라도 있나? 무슨 절박한 게 있어야 나도 참여를 하든 말든 할 게 아냐?"

벌컥!

무대붕은 신경질적으로 술잔을 들이켰다.

아무리 생각하고 또 생각해 봐도 전쟁으로 인해 전혀 변할 게 없는데도 참여를 권하니 오히려 자신이 답답할 따름이었다.

"무 방주에겐 그만한 능력이 있소. 그리고 그건 다른 사람도 아닌 북궁월이 보증하겠다고 하였소. 지난 이 년 동안 가장 가까운 곳에서 무 방주를 지켜봤던 북궁월이 당신의 참여를 갈망하고 있소."

"망할 자식! 누가 네놈더러 그딴 거 보증하래? 지난번에 분명 싫다고 얘기했는데도 왜 수염 없는 인간을 보내면서까지 날 귀찮게 만드는 거야?"

벌컥벌컥……

이곳저곳에서 가만히 있는 사람을 자꾸 쑤시고 흔들어대는 통에 무대붕은 도저히 술을 안 마실 수가 없었다.

"크으~ 광한과 영감, 당숙은 똑바로 들어. 난 정말이지 세상이 어떻게 변하든 관심없어. 그냥 내가 내키는 대로 살고 싶을 뿐이라구. 멋진 의상과 장신구가 있으면 치장하고, 예쁜 여자가 있으면 열심히 이층 공사도 하면서……"

술에 취한 탓일까? 그의 눈은 심하게 흔들렸고 얼굴 혈색은 마치 터질 것처럼 시뻘겋게 충혈되었다.

"내 인생을 나의 소신껏 살겠다는데 왜들 옆에서 참견들이지? 왜? 왜?! 왜—!"

쾅! 쾅! 쾅!

마치 쥐약 먹은 강아지가 발광을 하듯 무대붕은 악다구니를 치며 머리를 탁자에 들이박고 있었다.

실성한 사람처럼 너무도 격렬하게……

제50장

젠장! 우리 형제끼리만이라도 전선으로 간다

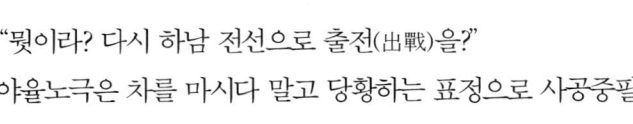

젠장! 우리 형제끼리만이라도 전선으로 간다

—꼬마야! 이 썩을 놈아! 도저히 네놈이 하는
한심한 짓거리를 볼 수가 없어 노부는
네 사랑스런 아우와 함께 전선으로 떠난다

"뭣이라? 다시 하남 전선으로 출전(出戰)을?"

야율노극은 차를 마시다 말고 당황하는 표정으로 사공중필을 바라보았다.

"그렇습니다, 폐하."

사공중필은 담백한 어투로 대답했다.

"이보게, 군사. 타미루 제독이 패하고 돌아온 지가 보름밖에 되질 않았네. 그런데 벌써 병력을 움직이자는 말인가?"

"보름이면 충분히 회복할 수 있는 시간입니다."

사공중필은 충분하다고 했으나, 그동안 많은 전쟁을 치러왔던 이들의 경험으로 본다면 너무도 부족한 시간이었다.

보름은 승리를 거두고 정비하며 다음 전투를 위해 재충전하기에도 부족한 시간이었거늘, 대패를 하고 만신창이 돼서 돌아온 병력을 보름 만에 또다시 출격시키겠다니?

부상에서 회복하지 못한 병사들이 태반이다. 그리고 더욱 중요한 것은 병사들이 아직도 패배의 충격에서 벗어나지 못했다는 것이다.

"평소 냉철한 사공 군사께서 무슨 생각으로 그런 말씀을 꺼내셨는지는 모르겠소만 재출전은 너무 무리요. 더욱이 내가 데리고 있던 병사들의 일부를 산동과 산서 쪽으로 지원을 보낸 상태인데 무슨 재주로 그놈들과 다시 싸운단 말이오?"

탁자를 사이에 두고 사공중필을 마주 보고 앉아 있는 타미루는 어이가 없다 못해 황당할 지경이었다.

"그래도 아직 일만의 병사가 남아 있질 않소?"

"뭐요? 허참~ 정말 답답한 소리만 골라서 하십니다. 십만 병력으로도 놈들에게 당하고 왔소. 그런데 이제 일만밖에 남지 않은 패잔병들로 다시 출전을 하자니? 그걸 지금 말이라고 하고 있소?"

그렇지 않아도 지난 전투만 생각하면 머리 뚜껑이 열릴 만큼 화가 치미는 타미루다. 그런 그에게 지난번 출전한 십만 병력 중에 사망자와 부상자, 그리고 산동과 산서로 보내진 지원군을 뺀 나머지 단 일만 병사를 데리고 다시 출전을 하자고 하니 어찌 심기가 온전할 수 있겠는가.

"군사, 짐도 재출전은 무리라고 생각한다. 물론 하남 전선이 전술적으로 가장 중요한 곳이긴 하지만……. 더욱이 지금 이곳엔 전장의 최일선에서 적진을 파해할 기마병이 전혀 준비가 안 된 상태일세. 지금은 때가 아냐. 너무 빨라."

숱한 전장에서 직접 병사들을 지휘하고 독려했던 야율노극도 역시 곤란한 표정으로 고개를 저었다.

"우리의 병력이 전에 비해 십분지 일로 줄어든 것처럼 저들의 현재 병력도 전에 비해 상당한 열세입니다."

사공중필이 의미심장한 얼굴로 미소를 지었다.

야율노극은 의아한 듯 눈을 크게 뜨며 사공중필을 바라보았다.

"그, 그게 무슨 뜻인가?"

"그들은 허술한 산서 전선으로 대규모의 정예군을 지원 보냈습니다. 따라서 현재 하남 전선에 남아 있는 중원군은 제대로 훈련받지 못한 일만여의 지방군과 북궁월이 직접 이끄는 기마대와 사천 명 정도의 무림인들뿐입니다."

"뭐라? 그게 사실인가?"

"그렇습니다. 적진 깊숙이 침투해 있는 우리의 세작으로부터 입수한 정확한 정보입니다."

"흠……."

야율노극은 잠시 수염을 만지며 생각에 잠겼다.

적진에 제대로 훈련받지 못한 지방군만 남아 있다는 것은 분명 유쾌한 소식이다. 그러나 공략은 여전히 쉽게 느껴지지 않았다.

"하지만 여전히 무림인들이 있고 더욱이 적의 모든 전술을 지휘하고 있는 북궁월이란 자가 존재하는 한, 쉬운 승부는 아닐걸세."

"소신도 폐하와 생각이 같습니다. 비록 정예군은 없다 할지라도 북궁월인가 하는 놈이 직접 이끄는 기병대는 우리의 기마대에 비해 한 수 위의 기량을 갖추고 있었습니다."

타미루는 지난 전투에서 당한 패배감이 워낙 크고 고통스러웠는지 아직도 그들의 힘이 두렵기만 했다.

"게다가 현재 우리는 남아 있던 모든 기마병들을 대량의 보급 물자와 함께 산동과 산서 쪽으로 지원 보냈습니다. 제가 겪은 경험으로는 일만 정예군으로는 절대 그놈들은 물론 그 기마대조차 물리칠 수가 없을 겁니다."

"만약 그들의 기마대를 우리쪽에서 초전에 궤멸시켜 버린다면 어찌되겠습니까?"

"……?"

너무도 뜬구름과도 같은 야기에 타미루는 불쾌한 표정으로 사공중필을 직시했다.

'이 자식이 지금 나랑 말장난하자는 거야, 뭐야?'

성질 같으면 멱살이라도 잡고 자꾸 자신의 심기를 건드리는 사공중필의 주둥이를 한 방 갈기고 싶었다. 그러나 그러기에는 그에 대한 야율노극의 총애가 너무 깊었다. 배알이 비틀려도 성질을 죽이는 수밖에 없었다.

한데 타미루의 불편한 심기와는 달리 야율노극의 얼굴엔 미소가 번지고 있었다.

"허허, 그러고 보니 자네에게 대안이 있는 모양이구만."

사공중필과 같이 평소 말을 아끼는 사람이 그와 같은 얘기를 꺼냈을 땐 분명 그만한 이유가 있다는 것이 야율노극의 생각이었다.

'흥! 이곳에서 팔자 좋게 쉬고 있는 놈에게 대안은 무슨…….'

배알이 비틀린 탓인지 타미루의 미간은 잔뜩 찌푸려져 있었다. 처음 천담사에서 만났을 때부터 맘에 안 들었던 까닭에 그는 사공중필의 얘기라면 무조건 고깝게만 들렸다.

"어디 뭔지 한번 얘기해 보게."

야율노극은 사공중필의 복안이 궁금했다.

"폐하, 백문이 불여일견이라고 했사옵니다. 직접 눈으로 확인하심이 어떨까 합니다."

"확인이라니?"

"이미 연무장에 준비해 뒀습니다. 가시지요."

대답과 함께 사공중필은 거침없이 자리에서 일어섰다.

연무장.

금마국 궁(宮) 안에 있는 드넓은 연무장엔 짚단으로 만든 수백여 개의 사람 모형(模型)이 세워져 있었다.

각기 칼과 창을 쥐고 있는 모습이다. 짚단으로 만든 것치고는 제법 그럴듯한 모형들이었다.

연무장의 한쪽엔 네 대의 쌍두마차가 있고, 말들은 모두 흑마(黑馬)들로 윤기 흐르는 갈기와 잘 발달된 다리 근육이, 일견하기에도 보통 말이 아님을 알 수 있었다.

또한 마차마다 한 명의 마부와 두 명의 무사가 우뚝 서 있는데 그들은 마치 청동으로 빚은 철제 인간처럼 강인해 보였다. 상당한 수련을 거친 무사들임을 충분히 느낄 수 있는 그런 인물들이었다.

그리고 각 마차의 양쪽에는 무수히 많은 창들이 꽂혀져 있었다.

"나원 참~ 대안이라고 해서 잔뜩 기대를 하고 따라왔거늘 고작 전투형 마차 네 대뿐이라니! 그러니까 저게 북궁월이라는 놈이 지휘하는 기병대를 박살 낼 수 있는 대안이라는 얘기요? 마차 네 대가?"

한편에 떨어져서 장내의 상황을 바라보던 타미루는 어이없다는 듯 빈정거렸다. 사공중필은 여전히 미소를 머금고 있었다.

"폐하께선 어떠신지요?"

"음… 전신에서 예리한 전의와 살기가 뻗치는 게 결코 범상치가 않구만. 자네 말대로 직접 눈으로 확인해 보고 싶네."

야율노극은 팔짱을 낀 상태로 계속 장내를 주시하며 입을 열었다.

"알겠습니다, 폐하."

사공중필은 깊숙이 고개를 숙인 후 몸을 돌렸다.

그리고는 마차의 사내들을 향해 크게 소리쳤다.

"시작하라!"

쾅두두두!

흑마들이 무서운 속도로 질주하기 시작했다.

그와 동시에 각 마차의 마부들은 자신의 우측에 있는 손잡이를 잡아당겼다.

빠캉! 철컹.

그러자 마차 바퀴의 중앙에서 바깥쪽으로 쇠막대가 튀어나왔다.

쇠막대는 유선으로 날카롭게 깎여져 있었고 그 끝은 섬뜩할 정도로 뾰족했다.

"……!"

야율노극과 타미루는 마차 밖으로 튀어나온 날카로운 쇠막대를 보며 흠칫했다.

쾅두두두두두…….

사람 모형으로 만들어진 밀짚들을 향해 갈기를 휘날리며 맹렬히 달려나가고 있는 흑마들.

어느 한순간,

"타앗!"

우렁찬 기합과 함께 마차에 타고 있던 무사들 중의 한 명이 창을 하나 뽑아 들며 밀짚 모형의 심장을 관통시켰다.

카카카카칵!

또한 마차 바퀴에서 튀어나온 뾰족한 유선의 쇠막대는 무섭게 회전하며 나무로 세워져 있는 밀짚 모형의 하단을 부숴뜨렸다.

파파파팟!

콰르르—

카카칵!

팟! 파파파팍……!

너무도 창졸간이었다.

그 많던 사람 모형의 밀짚들이 눈 깜짝할 사이에 멀쩡한 것이 하나도 없이 모두 초토화가 돼버린 것이었다.

"오… 이럴 수가! 실로 엄청난 파괴력이로다! 질풍처럼 달리며 목표한 것들을 모조리 부숴 버리는 저들을 감히 뉘가 상대할 수 있겠는가?"

야율노극의 입에서 탄성이 터져 나왔다.

"저 많은 허수아비들을 하나도 남김없이 처리하는 데 겨우 식은 차한 잔 마실 시간도 채 걸리지 않다니……."

"그렇습니다, 폐하. 흑풍전차(黑風戰車)의 말들은 모두 북방의 기마족들이 최상으로 여기는 흑오마(黑烏馬)들입니다. 마차를 끄는 힘과 속도에서 그 어떤 말들도 감히 대적할 수는 없을 겁니다."

"호오. 그랬군. 어쩐지 보통 말들이 아니라 했더니만……."

"또한 흑풍전차의 바퀴에서 튀어나온 쇠막대는 만년한철로 특별히 제조한 특수 병기로써 아무리 단단한 물체라 할지라도 스치는 순간 모두 부숴지고 말 겁니다."

"흑풍전차라 했나?"

"소신이 임의로 그렇게 지어봤습니다."

"허허… 과연 천하제일의 재사가 만들어낸 무적의 병기로다. 만약 흑풍전차가 전선으로 달려간다면 어느 누구도 막지 못할 것이야."

야율노극은 대단히 흐뭇한 표정으로 크게 껄껄거렸다.

흑풍전차에 의해 중원군들이 비명을 지르며 쓰러지는 모습이 쉽게 눈앞에 펼쳐졌던 것이다.

"한데 군사?"

타미루는 자신의 머리로는 도저히 상상조차 할 수 없었던 흑풍전차를 준비한 사공중필의 지혜에 감탄하기는 마찬가지였으나 다소 불만도 있었다.

"말씀하십시오, 제독."

"흑풍전차가 엄청난 위력을 지닌 마차임에는 분명하나, 저 두 대 만으로 어찌 적도들을 상대한단 말이오?"

"하하, 하남 전선을 뚫고 황도인 낙양까지 계속 달리며 선봉대 역할을 할 흑풍전차가 어찌 단 두 대뿐이겠습니까?"

"그, 그럼 더 있단 말이오?"

"물론입니다. 저들을 포함하여 총 오십 기의 흑풍전차를 준비했습니다."

사공중필이 득의만면한 미소를 지으며 대답하자 타미루는 물론 야율노극까지 크게 놀랐다.

"뭐라? 오십 기씩이나?"

"예, 폐하."

"허허, 정말 믿어지지 않는 일일세. 대체 언제 그와 같은 준비를 했단 말인가? 늘 황궁에만 있던 사람이……."

야율노극은 사공중필이 마치 요술 방망이라도 갖고 있는 사람처럼 느껴질 정도로 감탄을 금치 못했다.

하나 사공중필은 중원의 저력이 결코 녹록치만은 않다는 판단에 지난겨울 내내 흑풍전차를 개발하고, 부하들을 시켜 몽고족들이 최상으로 여긴다는 흑호마까지 준비했다.

아울러 흑풍전차를 몰 마부들과 함께 무사들까지 따로 훈련을 시킨 것이었다.

콱!

야율노극은 뜨겁게 사공중필의 손을 잡았다.

"제아무리 중원의 영웅인 북궁월이 하남 전선을 지킨다 해도 결코 흑풍전차의 질주는 막을 수 없을 것이네. 수고했네. 정말 대단한 일을 했네."

"하면 재출전을 윤허해 주시는 겁니까?"

"하하, 이를 말인가?"

야율노극은 껄껄 웃으며 타미루를 향해 고개를 돌렸다.

"타미루."

"예, 하명하십시오."

"지금 당장 남은 모든 병력들에게 소집령을 하달하라!"

"존명!"

결코 쉽게 넘을 수 없을 것 같았던 하남 전선이었다. 그리고 남아 있는 병사들도 그리 넉넉치가 못한 상태다.

하지만 이제 야율노극은 피를 흘리며 쓰러지는 중원군들의 모습이 너무도 쉽게 상상이 되었다.

그 누구도 막을 수 없는 흑풍전차가 존재했기에.

"으하하하핫—!"

쩌렁한 웃음이 광활한 연무장 전역으로 울려 퍼졌다.

모처럼 터지는 야율노극의 웃음소리였다.

*   *   *

"개도 부지런해야 더운 똥을 얻어먹는 법이다. 그런데 요즘 너희들의 정신 상태는 너무도 엉망이다. 구걸 실적도 개판이고, 무술 연마하는 것도 개판이다. 이래서야 어디 대개방의 제자라고 할 수 있겠냐?"

무대붕은 모처럼 총단의 식구들을 연무장으로 소집하게 한 후 열심히 열변을 토하고 있었다.

부하들의 기강이 흐트러져 있다고 판단될 때라든가, 자신이 매우 할 일이 없고 따분할 때면 부하들을 모아놓고 연설을 하곤 했는데 오늘은 바로 후자의 경우였다.

"귀찮다고 해서 개 보름 쇠듯 구걸을 한다고 해서야 어찌 그게 거지라 할 수 있으며, 그런 식으로 무술을 연마해서 언제 고수가 되겠느냐!"

무대붕은 목에 핏대까지 세우며 정열적으로 연설을 했다.

'젠장! 개 아니면 연설이 안 되나? 왜 기분 더럽게 말끝마다 꼭 개랑 비교를 하는 거야?'

'신경 쓰지 마라, 원래 개 눈엔 개만 보이는 법이니까.'

마치 개 귀에 방울 소리처럼 연무장에 서 있는 개방의 식구들은 늘 그래 왔던 것처럼 무대붕의 연설에 무신경했고 관심조차 두질 않았다.

"단주급 이상의 간부들은 개 한 마리가 헛짖으면 뭇 개들이 따라서 짖는다는 것을 명심하고 자신들부터가 모범을 보일 수 있도록 노력하라. 알겠느냐?"

"예……."

신문팔을 비롯한 간부들은 따분한 표정을 지으며 형식적으로 대답을 했다.

"좋다! 그럼 해산!"

무대붕의 입에서 해산령이 떨어지자 개방의 거지들은 누구랄 것 없이 구시렁거렸다.

'내참, 우리 각하 오늘 꽤 많은 말을 한 것 같은데 어째 머리에 남는 얘기는 하나도 없을까?'

'계속 개 얘기만 했는데 뭐가 기억에 남겠냐? 설마 우리 각하의 입에서 기억이 날 정도로 인상 깊은 얘기를 기대한 것은 아니겠지?'

'하긴 개 입에선 멍멍 짖는 소리만 나오는 법이지.'

그랬다.

제딴에는 흐트러진 개방의 기강을 잡아보기 위해서 나름대로 명언(?)만 골라서 연설했다고 생각했겠지만 부하들에겐 그저 멍멍 짖는 소리로밖에 들리질 않았다.

이래서 무대붕은 더욱 고독(?)할 수밖에 없었다.

풍류각.

"오늘 내 연설 어땠냐?"

무대붕은 자리에 앉자마자 함께 따라 들어온 신문팔을 향해 물었다.

"모두가 하나같이 각하의 말씀을 듣고 정신 바짝 차리는 표정들이었습니다."

"암~ 당연하지. 처음부터 끝까지 모두 피가 되고 살이 되는 교훈적인 얘기만 골라서 했는데."

무대붕은 흐뭇한 표정을 지었다.

'교훈? 쯧! 내가 눈을 감기 전에 과연 우리 식구들이 각하의 연설을 듣고 정신 차리는 그런 날을 볼 수 있을는지…….'

신문팔은 단연코 그런 날은 없을 거라고 생각했다.

"그건 그렇고… 보고할 일이 있다고? 뭐냐?"

"가옥이 문제입니다."

"가옥? 걔가 왜?"

"청무여걸단(靑武女傑團)에 있는 계화(桂花)와 취선(翠仙)이를 자기 멋대로 정주 지부로 전출시켜 버렸지 뭡니까?"

"뭐?"

무대붕은 눈을 휘둥그렇게 뜨며 깜짝 놀랐다.

계화와 취선은 총단 내의 젊은 여자 거지들의 무술 단체인 청무여걸단 소속의 열일곱 살 된 소녀들이다.

무술에 대한 재능은 물론 열성까지 대단했고, 얼굴까지 귀엽고 예쁜 탓에 무대붕이 각별히 총애하는 아이들이었다.

"아니, 걔네들을 왜? 뭣 땜에 가옥이가 제멋대로 전출을 보냈단 말이냐? 그리고 제까짓 게 무슨 권리로?"

"거지 주제에 너무 예쁘다나요? 그리고 각하의 총애를 받는 것도 불쾌하다며 예비 안주인의 권한으로 그 애들을 전출 보낸 거라지 뭡니까."

"무, 무슨 권한?"

무대붕은 얼마나 기가 막혔던지 하마터면 턱이 빠질 뻔했다.

"예비 안주인요. 그러니까 각하의 예비 부인으로서 더 이상 각하께서 계화와 취선에게 관심을 갖지 못하도록 멀리 떠나보낸 거죠. 일종의 투기(妬忌) 같은 거죠."

"끄응~"

무대붕은 똥 마려운 강아지처럼 앓는 신음을 토해냈다.

무대붕이 볼일이 있어 밖으로 나가면 혹시 기루로 가는 줄 알고 따라나서고, 설령 피치 못할 사정으로 기루에 가게 되면 무대붕의 옆에 찰싹 달라붙어 앉아서 기녀가 해야 할 시중을 대신 드는 가옥이었다. 그리고 그녀가 잠시 자리를 비운 사이에 어떤 기녀가 무대붕에게 교태를 떨었는데, 그걸 본 가옥은 눈이 뒤집힌 나머지 그 자리에서 인정사정 보지 않고 그녀를 도저히 회생할 수 없을 정도로 완전 묵사발을 만들어놓았다.

"각하! 똑바로 들어! 만약 나 몰래 딴 년이랑 놀아나다가 걸리면 그 날로 세 목숨이 끝장이야!"

"세 목숨이라니?"

"놀아난 년, 각하, 그리고 나!"

무대붕은 그날의 기억을 떠올리며 한없이 얼굴을 구겼다.

'끄응~ 바람피운 두 연놈을 죽이고 자기까지 죽겠다고 협박해 대는 가옥이니 무슨 짓을 못하겠나?

"각하! 대체 앞으로 어쩌실 겁니까?"

신문팔은 짜증스런 표정으로 무대붕을 쳐다보았다.

"어, 어쩌다니 뭘?"

"가옥이 문제 말입니다. 아직 결혼도 하지 않은 상태에서 조직의 인사권까지 멋대로 행사한다고 불만이 많습니다. 차라리 이럴 바엔 어서 결혼해 버리십시오."

"이, 임마! 결혼은 무슨? 너한텐 내가 이미 얘기했잖아, 가옥이를 절에서 데려오기 위해서 어쩔 수 없이 그런 식으로 약속을 했다고."

"하지만 가옥이는 이미 안주인처럼 행동하고 있고 그로 인해 이곳저곳에서 불만이 표출되고 있으니 걱정이라는 거 아닙니까?"

"아, 알았다. 가옥이 문제는 내가 알아서 처리할 테니 일 절만 하고 그만 해라."

무대붕이 곤혹스런 표정으로 대답하는 순간, 환규가 다급한 표정으로 들어왔다.

"각하, 크… 큰일낫더!"

"임마! 웬 호들갑이야? 설마 영감이 가출이라도 한 거냐?"

"웅! 마더. 광마불 영감이 방금 떠낫떠."

"……?"

무대붕은 뜨악한 표정을 지었다.

"그것도 무턴표 디부당과 함께."

"임마! 그게 무슨 뚱딴지야? 아무리 구박을 해도 거머리처럼 떨어질 줄 모르는 영감이 느닷없이 왜?"

"그, 그거야 나도 모르고, 떠나면서… 이걸 각하에게 던해두래."

환규는 품속에서 서찰을 꺼내어 건네주었다.

"임마! 이걸 나한테 주면 어쩌자는 거야?"

"아탐!"

환규는 스스로 자신의 머리를 한 대 쥐어박고는 서찰을 신문팔에게 넘겼다.

촤악!

신문팔은 서찰을 펼치자마자 눈을 휘둥그렇게 떴다.

"아, 아니?"

"왜 그래? 뭐라고 써 있길래 그렇게 놀라는 거야?"

"가, 각하! 이, 이건 읽기가 좀……."

신문팔은 곤혹스런 표정을 지었다.

그러자 무대붕은 더욱 궁금했다.

"임마! 어서 읽어봐."

"제, 제가 읽을 수 있는… 그런 글이 아닌데……."

"이런 씨앙! 그럼 여기서 네가 아니면 누가 읽어? 어서 후딱 읽지 못해?"

"아, 알겠습니다. 그, 그럼……."

무대붕이 인상을 찌푸리며 버럭 노성을 지르자 신문팔은 마지못해 읽기 시작했다.

꼬마야! 이 썩을 놈아! 도저히 네놈이 하는 한심한 짓거리를 볼 수가 없어 노부는 내 사랑스런 아우와 함께 전선으로 떠난다. 나라가 어찌 되든 말든 부디 네놈 소원대로 벽에 똥칠할 때까지 잘 처먹고 잘살아라, 이 벼락맞아 뒈질 놈아!

"뭐? 너, 지금 나더러 썩을 놈에 벼락맞아 뒈질 놈이라고 했냐?"

무대붕은 잔뜩 흥분한 표정으로 신문팔을 쏘아보았다.

"가, 각하, 무, 무슨 말씀을? 그건 광마불 노선배가 서찰에 그렇게 글을 남긴 겁니다."

신문팔은 식은땀을 흘리며 완강하게 손을 저었다. 그러나 아무리 부정을 해도 소용이 없었다.

"이 망할 놈아! 아무리 영감이 그렇게 썼다고 해도 그 부분을 빼고 읽어도 충분한 것을 악착같이 읽은 건 결국 네놈이 그 영감을 구실로 나한테 욕지거리를 한번 해보겠다는 심보잖아!"

무대붕은 이미 흥분했고, 그의 주먹은 날벼락처럼 신문팔의 얼굴에 여지없이 꽂혀 버렸다.

우직!

"우아악!"

비명과 함께 신문팔은 바닥으로 곤두박질쳤다.

비교적 잔머리는 잘 돌리지만 정작 융통성이 필요할 때 그걸 발휘하지 못하는 신문팔은 너무도 정직하게 서찰을 읽었다는 이유로 기절을 하고 말았다.

"개도 사흘만 키워주면 주인을 알아보고 꼬리를 흔든다는데 기껏 먹여주고 재워준 은인에게 실컷 욕을 하고 떠나? 이런 개만도 못한 영감탱이 같으니라구!"

무대붕은 또다시 개를 거론하며 씩씩거렸다.

"영감도 영감이지만, 그 영감을 따라나선 당숙이 더 괘씸한걸? 그러니까 조카와 당숙지간보다는 술로 맺은 형제지간이 더 소중하다는 거잖아? 젠장, 계속 여러 가지로 기분 더러운 일만 생기는군."

한마디로 요즘 같아선 살맛이 안 난다는 얘기였다.

*   *   *

추풍객잔(秋風客棧).

개봉에서 서쪽으로 오십여 리 떨어진 관도에 위치한 허름한 객잔이다.

평소에는 겉보기와는 달리 제법 손님이 많은 편이었는데, 전쟁으로 인심이 흉흉한 탓인지 객잔 안은 스산할 정도로 썰렁했다.

쪼옥!

광마불은 술 한 잔을 맛깔스럽게 들이켰다.

"카흐~ 조오타!"

늘 술 마신 뒤끝마다 광마불은 트림과 함께 '좋다'는 소리를 본능적으로 내뱉었다.

"어? 술 안 마시고 뭐 해?"

광마불은 술잔을 앞에 놓고 무거운 표정으로 앉아 있는 무천표를 쳐다보았다.

"형님."

"왜?"

"이렇게 우리만 뛰쳐나오기보다는 그래도 조카를 설득하는 게 순서가 아니었을까요?"

"아무리 얘기해 봐야 그 썩을 놈이 귓전으로도 안 듣는 걸 어쩌겠냐?"

"그래도… 알아듣게 잘만 얘기하면 그래도 통할 수 있었을 것 같은데… 조카가 인정도 있고 의리도 깊다는 건 형님도 잘 아시잖습니까?"

"그럼 뭐 해? 나라가 망하든 말든 상관이 없다는데."

광마불은 짜증을 내며 다시 술 한 잔을 입에 털어 넣었다.

"크으… 썩을 놈. 뭐? 이 땅에서 전혀 혜택을 받은 게 없기 때문에 억울해서라도 절대 전쟁에 참여할 수가 없다고?"

생각하면 할수록 어이가 없었다.

"조국을 무슨 거래의 대상인 줄로 아는 그런 놈과는 백날 얘기해 봐야 입만 아플 뿐이다. 전선에서 광한이가 부탁을 했다는 데도 눈 하나 꿈쩍 안 하는 그런 놈과 무슨 얘기를 더 하겠냐?"

"……."

"그냥 우리 둘만이라도 전정에 참여해서 미약하나마 힘을 보태자구. 이대로 두 눈 멀쩡히 뜨고 적도들에게 우리의 대륙이 짓밟히는 꼴은 볼 수 없는 것 아닌가!"

"예, 알겠습니다."

무천표는 씁쓸한 표정으로 대답했다.

"우리 중원군의 산서 기지로 가려면 앞으로 얼마나 남았지?"

"여기서 이백 리 정도만 가면 됩니다. 적도들이 하남성으로 들어오려면 반드시 통과해야 할 제원의 개활지에 우리 군(軍)의 군영이 있습니다."

"음, 이백 리라… 그럼 내일이면 충분히 도착하겠구만."

"일반인들이라면 곤란하겠지만 형님과 저라면 아무리 천천히 움직여도 내일 오후면 충분히 당도하겠죠."

"좋아. 전선에 합류하면 아무래도 술도 귀하고, 마시기도 좀 그러할 테니 오늘 실컷 마셔두자구. 코가 삐뚤어져 원상태로 회복 못할 때까지!"

"하하! 좋습니다."

쨍!

술로 맺은 두 형제는 술잔을 부딪쳤다. 그리고 본격적으로 마시기 시작했다.

전쟁에 참여하겠다는 결심을 굳힌 이들에게 두려움이 있다면 그것은 예측할 수 없는 생사보다는 아마도 당분간 술을 못 마실 수도 있다는 게 아닐는지······.

□ 제51장 □

기분 더러운 악몽(惡夢)

기분 더러운 악몽(惡夢)

—각하! 그러니까… 피를 흘리면서 각하를
저주하는 광한 학사의 얼굴이 자꾸
꿈에 나타난단 말입니까?

산서성으로 우회하고 있는 금마국의 병력들.

잘 훈련된 일만 오천의 정예병과 새로이 증원된 오천의 병사, 그리고 비무기, 마인귀, 갈포악을 비롯한 일천삼백의 중원 흑도(黑道) 무리들.

이들은 장장 한 달 가까운 기간 동안 행군을 하여 마침내 산서성에서 하남성으로 통하는 길목인 진성(晉城)에 당도하였다.

워낙 오랫동안 낮밤으로 전진한 탓에 도착했을 때 기병들은 너나 할 것 없이 지쳐 있었다.

"거기장군, 그대의 생각을 얘기해 보라."

삼십 명이 넘는 장수가 앉아 있는 막사의 안.

상석에 앉은 사십대 정도에 날카롭고도 강한 인상을 지닌 사내가 입을 열었다.

독수리처럼 형형히 빛나는 찢어진 눈매와 철석보다 더 강인

하고 비정한 심성의 소유자임을 상징하는 듯한 유달리 크고 얇은 입술, 그리고 활처럼 휘어져 있는 대부리코.

도로곤(都魯昆).

나이 마흔하나에 금마국 산서 전선 총지휘관을 맡은 인물이었다.

"제 생각은 이렇습니다."

번쩍이는 멋진 갑주(甲胄:갑옷과 투구)를 한 사내가 자리에서 일어섰다.

거기장군 비무기.

그는 일찌감치 야율노극의 앞에 충성의 맹세를 하고, 사파의 무리들을 금마국의 우산 아래로 끌고 왔다는 공헌도로 거기장군에 임명되고 장군으로서 이번 전쟁에 참여하게 된 것이었다.

그의 의형제인 마인귀, 갈포악과 함께.

"적진을 탐색하고 돌아온 밀정들의 얘기에 의하면 이곳에서부터 이십 리 앞에 중원 놈들의 일차 방어선인 전진 기지가 있고 그 십 리 뒤에 놈들의 본진(本鎭)이 있다고 합니다."

비무기는 무게가 느껴지는 낮은 저음으로 보고를 했다. 의상에 따라 언행도 바뀌는 모양이었다.

기실 삼십여 명의 장수 중에는 중사 삼형제 이외에도 득두귀마 골회, 사천변태 육갑해 등 사파 출신의 무림인들도 있었지만 그들은 갑주를 입고는 불편해서 제대로 싸울 수 없다며 원래의 옷차림으로 전쟁에 참여했다.

하지만 비무기만은 자랑스럽고 당당하게 갑주 차림을 했다. 그렇게 해야만 장군 같고 자신이 신분 상승했다는 게 확실하게 느껴졌기 때문이다.

신분 상승에 대한 비무기의 열망이 얼마나 절실했는지 알 수 있는 대목은 그 외에도 또 있었다.

"일진의 병력은 어느 정도인가?"

"궁수대와 기병, 그리고 일반 전투병을 모두 합쳐 대략 오천 정도라고 합니다, 형님."

오십대의 비무기가 사십대 초반인 도로곤에게 형님이라고 했다. 그 이유는 비무기가 얼마 전 도로곤의 여동생과 혼례를 치렀기 때문이다.

도로곤의 여동생 도지림(都芝琳)은 결혼 세 번에 세 번 모두 타고난 행실에 문제가 있어 소박맞은 그런 여인이었지만, 비무기는 기꺼이 그녀에게 청혼을 했고 결국 결혼까지 하게 되었다.

비무기에겐 아내의 바람기 따윈 아무 문제도 아니었다. 본인 입으로도 아내에게 '바람피우는 것도 능력이니 남편 의식하지 말고 얼마든지 펴라'라고 말할 정도였다.

그렇게 하면서까지 그녀를 공식적인 자신의 아내로 만든 이유는 금마국 서열 오위이자 실세인 정남대장군(征南大將軍) 도로곤과 인척을 맺고 싶었기 때문이다.

야율노극의 신임이 두터운 도로곤과 인척이 되면 자신의 입지도 탄탄해질 뿐만 아니라 앞으로 출세하는 데 유리할 것이라는 나름대로의 판단으로 남들이 모두 손가락질하는 도지림에게 기꺼이 청혼을 하고 결혼까지 한 것이었다.

무공 수준이나 머리에 든 학식 따윈 전혀 내세울 게 없지만 출세를 향한 그의 집념만큼은 놀라울 정도로 집요했다.

"음… 오천 정도라면 그냥 곧장 밀고 들어가도 되겠군."

도로곤은 패기와 자신감으로 무장한 젊은 대장군답게 생각도 시원스러웠고 결론도 빨랐다.

"하남 전선의 소문을 들어보니 중원무림인들의 저력이 생각 이상이었다던데 이쪽 전선에도 마찬가지겠지?"

"다행히 중원의 무림인들은 하남과 산동 쪽으로 나뉘어 있고, 이곳은 곤륜과 아미파, 그리고 하북팽가와 사천당문의 무사들만 배치되어 있는 상태입니다, 형님."

"다른 쪽보다 상대적으로 적게 배치한 이유는 뭔가?"

"하남 전선은 놈들이 목숨을 걸고 최우선으로 방어를 해야만 할 입장인지라 가장 많은 무림인들이 배치되었고, 산동 전선은 오록호리 대장군의 철갑 기마대가 워낙 위명이 쩌렁한지라 역시 많은 무림인들이 지원을 할 수밖에 없다고 판단된 것 같습니다, 형님."

비무기는 외형을 보고 남들이 자신과 도로곤의 관계를 혹시 모를 수도 있다는 판단을 했는지, 말이 끝날 때마다 형님이란 칭호를 악착같이 붙이고 있었다.

"흥! 그러니까 내가 이끄는 토벌군과 정예군은 별게 아니다 이 말이렷다?"

도로곤은 상대적으로 자신을 그리 두렵지 않게 생각하고 있다는 사실에 배알이 뒤틀렸다.

"좋다, 출격은 사흘 후다!"

그의 입에서 출전의 지시가 떨어지자 장내의 많은 인물들이 당혹한 표정을 지었다.

"사흘 후는 너무 빠릅니다. 우리의 병사들은 한 달 가까이 행군을 하느라 많이 지치고 피곤한 상태입니다."

"그렇습니다. 전투력이 최고조에 오르기 위해선 좀 더 시간이 필요

합니다."

쾅!

"어허! 이 무슨 해괴한 언동이오!"

비무기가 주먹으로 탁자를 내려치며 벌떡 일어났다.

"대장군께서 말씀하시는데 이의라니! 지금 이것이 대단한 하극상이라는 걸 모르시오? 전쟁에선 총지휘관이 주둥아리로 밤송이를 까라고 해도 그냥 군소리없이 까는 법입니다, 아시겠소?"

마치 도로곤의 대변인이라도 되는 양 비무기는 흥분한 표정으로 인상을 잔뜩 찌푸리며 노성을 질렀다.

'내미럴! 저 성성이 같은 자식은 대체 자기가 뭔데 나서는 거야?'

'전투 경험도 없는 삼류무림인 출신이라는 놈이 뭘 안다고······.'

많은 장군과 부장들은 단지 도로곤의 매제라는 이유로 마치 이 인자처럼 행동하고 있는 비무기가 달갑지 않았다. 그러나 비무기는 여러 사람들이 자신을 어떻게 생각하든 말든 상관이 없다는 듯, 도로곤이 해야 할 지시를 대신 내렸다.

"그동안 각 장군과 부장들은 자신이 맡고 있는 병사들이 사흘 후에 있을 전투에서 우리 금마국과 폐하를 위해 한 목숨 기꺼이 던질 수 있도록 정신 무장을 단단히 시켜 놓길 바라겠소이다."

비무기는 단호한 표정으로 말을 내뱉고는 고개를 돌렸다.

"형님, 더 하실 말씀 있으면 하십시오."

"됐다. 자네가 모두 다 했잖은가? 이만 해산하도록!"

"대장군께서 해산하라고 하셨습니다. 이제 물러가도 좋소이다."

마지막 해산령까지 대변하는 비무기.

어느덧 그는 도로곤의 대변인이자 그의 오른팔과 같은 작전 참모로서의 위치를 굳건하게 잡아가고 있었다.

"빌어먹을! 큰형님, 정말 배알이 뒤틀려 미치겠습니다."

회의를 끝내고 자신의 막사로 돌아온 갈포악은 술 한 병을 꺼내며 구시렁거렸다.

"둘째 형은 대장군의 수족 노릇 하느라고 아예 우리와는 어울릴 생각조차 안 하는군요."

"……"

마인귀는 대답 대신 술 한 잔을 들이켰다.

그 역시 근자에 들어 비무기가 자신들을 멀리하고 오로지 도로곤의 충복 노릇에만 전념하는 모습이 마땅치 않았다.

"망할 자식, 뭐? 태어난 것은 각기 다르지만 죽는 것만큼은 함께하자고 본인 입으로 직접 지껄인 놈이 우리를 양자강 오리알 취급을 해?"

생각하면 생각할수록 괘씸했다.

하지만 그렇다고 불쾌함을 내색할 수는 없었다. 이곳은 전선이고 자신들도 비록 감투를 쓰고 있다지만 모든 생사여탈권은 총지휘관인 도로곤에게 있는 만큼 괜히 속마음을 비추다가는 불이익을 당하기가 십상이라는 것을 마인귀는 너무도 잘 알고 있었기 때문이다.

"아무리 인간의 마음이 간사하다고 하지만 내 칠십 평생에 그렇게 치사하고 더러운 새끼는 정말 처음이다."

"전 의리라곤 쥐똥만큼도 없는 그런 인간을 그동안 형님으로 모셨습니다. 그냥 콱 혀를 깨물고 죽고 싶은 심정입니다."

"셋째야, 그럴 필요 없다. 그 의리없는 자식 때문에 왜 네가 죽는단 말이냐?"

"더럽고 배알이 비틀리니까요. 형님도 보셨잖습니까? 우리를 개가 닭 보듯 하면서 오로지 대장군에게만 열심히 손바닥 비비며 아양 떠는 그 꼴을 말입니다."

"그렇다고 죽어? 어떻게 네 녀석은 수틀리는 일만 생기면 혀를 깨물고 죽고 하는 건지 모르겠다. 지난번 무대붕 그 망할 녀석에게 망신당했을 때도 혀를 깨물자고 하더니만 이번에도 또……."

"그때 깨물었으면 지금 같은 꼴도 안 보고 얼마나 좋았습니까? 전 정말이지 그때 깨물지 못한 게 통한스러울 뿐입니다."

가슴을 치며 원통해하는 갈포악과는 달리 마인귀는 상대적으로 여유가 있었다.

쭈욱!

그는 술 한 잔 들이킨 후 입술을 훔치며 입을 열었다.

"셋째야, 기다려 봐라. 세상이란 말이다, 언제나 예측할 수 없는 반전이 있기에 재미있는 곳이니까."

"반전이라뇨? 어떻게 말입니까?"

갈포악은 의아한 듯 한쪽뿐인 외눈을 크게 뜨며 마인귀를 쳐다보았다.

"그거야 나도 모르지. 하지만 친구의 제자인 네가 나의 동생이 되고, 무슨 일이 있어도 함께 죽자고 닭똥 같은 눈물을 흘렸던 비무기 녀석이 우리와 상종조차 안 하려고 들 줄 몰랐던 것처럼 세상사엔 늘 그런 게 있어, 누구도 예상할 수 없는 변화가. 그러니까 한번 기다려 보자구. 언제고 그 자식에게 앙갚음할 날이 있을 테니까."

마인귀는 얇은 입술을 굳게 짓씹으며 싸늘한 광망을 번뜩였다.

한때는 유비, 관우, 장비의 도원결의(桃園結義)를 능가하는 중사결의(中沙結義)였다고 생각했건만.

전쟁은……

안타깝게도 이들 결의 삼 형제의 사이까지도 갈라놓고 있었다.

*　　　　*　　　　*

악몽은 같은 내용의 것일 경우가 많다.

똑같은 악몽을 되풀이해서 꾼다는 것은 다른 내용의 악몽을 꾸는 것보다 더욱 불쾌하고도 두려운 일이다.

"각하! 그러니까… 피를 흘리면서 각하를 저주하는 광한 학사의 얼굴이 자꾸 꿈에 나타난단 말입니까?"

무대붕은 꿈 해몽에 일가견이 있다는 장례단주 주부래를 불러서 자신의 악몽에 대해 얘기했다.

"오냐, 그것도 요 며칠 계속."

"뭐라고 저주를 합디까?"

"그건 잘 모르겠어. 잘 먹고 잘살라고 하는 것 같기도 하고, 넌 인간도 아니라고 하는 것도 같고… 아무튼 내뱉는 말은 비록 정확하게 기억나진 않지만 날 원망하는 표정으로 악담하는 것만은 확실했어."

"호오~ 그거 아무래도 상당히 안 좋은 꿈 같은데요?"

주부래는 짐짓 심각한 표정을 지으며 고개를 설레설레 저었다.

"어째서?"

"일단 반복되는 꿈 치고 좋은 꿈이 없습니다. 게다가 주무시다가 깰 정도로 불쾌한 꿈이었잖습니까?"

"사설 빼고 본론만 얘기해. 어째서 안 좋다는 건지, 어서!"

"각하!"

주부래의 표정이 자못 심각해지기 시작했다.

"뜸 들이지 말고 어서 얘기나 하라니까!"

"그 꿈은 너무도 안 좋은 꿈입니다. 왜냐하면 광한 학사는 지금 전쟁에 참여하여 조국을 위해 열심히 싸우고 있는데 각하는 지금 가옥이와 깨소금 쏟아지도록 아기자기하게 지내고 있잖습니까?"

"임마! 깨소금은 무슨 얼어죽을……."

"발까지 씻겨주고 기루까지 함께 다니는데 그게 깨소금 쏟아질 일이 아니면 뭡니까?"

'끙~ 환장하겠군. 그게 다른 인간들에겐 깨소금 쏟아질 일로 보였다니…….'

발을 씻기라고 한 것은 자신의 발을 보면 차마 그러지 못하고 두 손들 줄 알고 시켰던 것이지 다른 의도 따윈 결코 없었다.

또한 기루에 함께 출입한 것은 자신이 기녀와 혹시라도 다른 짓을 할까 봐 자옥이 찰거머리처럼 따라붙었기 때문이다. 그런데도 사람들은 그것까지 깨소금 쏟아질 일이라 생각하고 있다는 게 무대붕은 그저 괴로울 뿐이었다.

"그래서?"

"광한 학사 자신은 전쟁에 나가서 치열하게 싸우고 있는데 각하가 그러고 있으니 저주를 퍼붓는 겁니다."

"뭐가 어째? 임마, 너희들 같으면 별것도 아닌 일에 샘을 내고 배아파 하지만 광한이는 그릇 자체가 달라. 내가 돈 많이 벌기를 바라고, 내가 잘되길 바라고, 내가 행복하길 바라는 그 녀석이 그런 이유로 날 저주하는 거라고? 주부래, 너 오늘 죽을래?"

무대붕은 똑바로 해몽하지 못하면 두들겨 팰 것처럼 험악하게 인상을 썼다.

"제대로 한 해몽입니다. 자신은 피를 흘리며 죽어가는데 각하 혼자만 잘살고 있으니 세상에 아무리 인간성 좋은 광한 학사라지만 어찌 입에서 좋은 얘기가 나오겠습니까? 광한 학사는 무슨 날개 안 달린 천사인 줄 아십니까?"

"주부래! 임마, 그게 무슨 꿈 해몽이냐! 그건 내가 꾼 꿈이 그대로잖아!"

"똑같은 악몽이 반복되면 결국 그대로 나타나게 되는 법입니다. 그런 꿈은 그대로 푸는 게 제대로 된 해몽입니다."

"그럼 뭐야? 광한이가 죽기라도 한단 말이냐?"

"그렇습니다. 꿈대로라면……."

"이, 이게 터진 입이라고 정말 나오는 대로 지껄이네!"

흥분과 동시에 무대붕의 주먹이 허공을 갈랐다.

"우와악!"

꽈다당탕!

주부래는 졸지에 비명을 지르며 나가떨어졌다.

"이 자식아! 내가 분명히 얘기했지! 제대로 해몽하지 못하면 나한테 맞아 죽을 수도 있다고!"

무대붕은 나가떨어진 주부래의 몸 위에 올라타며 씩씩거렸다.

"광한이는 조만간 애 아빠가 될 녀석이다! 그 자식이 공주와 잘되길 바라며 내가 피눈물을 흘리며 다리를 놔주고, 그놈의 태몽까지 내가 대신 꿔줬거늘, 뭐? 광한이가 죽는다고?"

빠빠빡!

아무리 생각해도 기분이 더러워서 참을 수가 없는 듯 무대봉의 주먹이 주부래의 얼굴 위로 현란하게 떨어졌다.

"으아악! 가, 각하 정말… 이번만큼은… 제대로 해몽한… 거라니까요……."

"닥쳐! 그 개떡 같은 해몽을 누구더러 믿으라는 거야!"

뻐뻐뻐뻑!

"으악! 으아악! 자, 잘못했습니다! 각하… 사, 살려… 주십쇼……!"

"시끄러! 내 기분 이토록 더럽게 만들어놓고 그런 소리가 나와? 이 양심없는 인간아!"

퍼퍼퍼퍽!

때린 곳만 절묘하게 골라서 패는 무대봉의 주먹은 그 뒤로도 무려 일각 동안 계속되었다.

그리고…

이번만큼은 제대로 꿈을 해몽하려는 의지를 보였던 주부래는 안타깝게도 복날 개처럼 완전히 쭉 뻗고 말았으니…….

*   *   *

"하하하! 정말 잘 오셨습니다."

재원의 개활지에 위치한 산서 전선 중원군의 군영에 호방한 웃음이 터졌다.

웃음의 주인공은 다름 아닌 전선의 총지휘관인 대장군 황보철명이었다.

"광마불 어르신의 존명은 본인도 익히 알고 있습니다. 한때 소림 최고의 기재이셨고, 천하제일인이시라고 하더군요."

"험! 한때는 그랬지요. 그리고 얼마 전까지도 당연히 노부가 천하제일인인 줄 알고 있었는데 어떤 싸가지없는 젊은 녀석이 천하제일인은 자기니까 어디 가서 그런 소리 함부로 하지 말라고 합디다."

광마불과 무천표가 참전을 하겠다며 산서 전선에 나타나자 황보 대장군을 비롯한 군 수뇌부와 지원 나온 무림인들은 뜨겁게 그들을 환영했다.

비록 한때 괴팍한 성격으로 무림인들이 넌덜머리를 치던 광마불이긴 했으나 그것은 중요한 게 아니었다.

광마불이라는 천하제일인이 적도들과 싸우기 위해 이곳에 왔다는 자체만으로도 이들에겐 엄청난 힘이 돼주었다.

특히 곤륜파를 비롯한 무림의 수장들이 그를 적극 환영했다.

"허허, 노선배님께서 오십 년 은거를 깨고 강호에 나오셨다는 소문은 익히 들었습니다."

"그렇지만 노선배님께서도 직접 적도들과 싸우려고 여기까지 오시리라곤 꿈에도 생각지 못했습니다."

곤륜의 장문인인 운학 진인(雲鶴眞人)과 하북팽가의 가주인 팽염은 그의 손을 뜨겁게 잡았다.

"헐헐, 이 늙은이야 얼마 남지 않은 인생, 그냥 편히 살다가 죽으려고 했는데, 글쎄, 우리 아우가 병풍 뒤에서 향 냄새 맡기 전에 조국을 위해 뭔가 보람된 일을 하자고 보채지 뭔가? 하여 이렇게 나오게 되었네."

광마불은 자신의 전쟁 참여에 대한 공을 무천표에게로 돌렸다.

비록 술로 맺은 의형제였으나, 반대편에 있는 중사 삼형제와는 너무도 극명히 비교되는 모습이었다.

"반갑습니다. 개방 전임 방주였던 무천승 대협의 아우이시죠? 예전에 무 방주를 통해 말씀 많이 들었소이다."

"잘 오셨소이다. 더욱이 광마불 노선배님까지 모시고 이곳에 참전하시다니… 정말 큰일을 하셨습니다."

"허허, 아닙니다. 바람을 넣은 것은 제가 아니라 바로 광마불 형님이셨습니다. 저같이 무식한 거지가 뭘 알겠습니까? 전 그저 형님이 하자는 대로 따라왔을 뿐입니다."

무천표는 너무도 극진한 환영에 몸둘 바를 모를 정도로 당혹스러워했다. 그가 살아오면서 명문정파의 무림인들은 물론, 수많은 장군들에게 이와 같은 대접을 받는 건 아무리 기억을 더듬고 또 더듬어봐도 단연코 없었다.

그래서 그 감동에 자신도 모르게 눈물까지 찔끔 흘릴 정도였다.

한데 그때였다.

"대장군님! 큰일났습니다!"

젊은 장교 한 명이 다급히 막사 안으로 뛰어들며 황보 대장군을 향해 보고를 했다.

"큰일이라니? 무슨 일인가? 설마……?"

"그렇습니다. 드디어 적도들이 총공세를 시작했습니다!"

"……!"

쿵!

장내의 공기는 일순간에 얼어붙고 황보 대장군을 비롯한 모두의 표정이 딱딱하게 굳어버렸다. 심지어 방금 전선에 참여를 한 광마불과 무천표의 얼굴까지도……

　　　　＊　　　　　＊　　　　　＊

콰두두두두두……!

굉음을 울리며 진격하는 금마국의 병사들.

산서성과 하남성을 잇는 넓은 관도 위로 마치 누런 종이 위에 먹물을 쏟아내듯 엄청난 수의 기마가 질주하고 있었다.

"전군 위치로!"

중원군의 일진을 맡고 있는 궁수대장 좌춘성의 명령이 떨어졌다.

지난 하남 전선에서 퇴각하는 타미루의 군사들을 모두 고슴도치로 만들었던 매복군의 수장이었던 바로 그 인물이다.

병사들은 일제히 토성(土城) 위로 올라갔다. 성루의 병사들의 얼굴엔 식은땀과 함께 긴장이 가득 채워졌다.

이 전쟁에서 살아남을 수 있을까?

과연 고향의 부모 형제들에게 돌아갈 수 있을까?

그러나 안타깝게도 그 답을 내는 것은 그들의 것이 아닌 하늘의 몫이었다.

두두두두두!

금마국 기병의 속도는 실로 엄청났다.

잠시 전만 해도 아득한 관도 저 멀리 뿌연 흙먼지를 일으키는 것만 시야에 들어왔었다. 그런데 어느새 최선봉의 기마가 토성 앞에 이른 것이다.

"쏴라!"

좌춘성의 벼락과 같은 일갈이 터졌다.

피익! 피이이잇!

퍼런 하늘을 뒤덮고 우박처럼 쏟아지는 화살이었다.

파파파콱! 파팟!

선두의 기마대는 예상이라도 했다는 듯, 방패를 들고 막아냈다. 이미 수많은 전투에서 상대들이 성루에서 퍼부어대는 화살 세례를 막아내며 계속 전진을 했던 그들이다.

"토벌군은 성을 함락하라!"

선봉대를 지휘하는 기병장군 구타이(具他異) 명령이 뇌성처럼 울렸다.

"와아아아!"

우레와 같은 함성을 울리며 금마국 군사들이 개미 떼처럼 성문을 향해 돌진하기 시작한다. 그는 중앙의 선두에서 병사들을 독려하며 달리고 있는 반면, 거기장군 비무기는 전신을 철갑으로 빈틈없이 무장을 했음에도 불구하고 두려운 듯 구타이의 옆에 바짝 붙어 달리고 있었다.

'쓰가발! 내가 총지휘관이라면 당연히 매제를 전투에서 빼줬을 텐데 오히려 선봉대로 내몰다니… 덕 좀 보자고 바람기 많은 제 동생을 마누라로 삼아줬건만 그랬으면 그만한 해택이 있어야 할 것 아냐?'

생각하면 할수록 기분이 더러웠고, 자신을 선봉대에 임명한 도로곤의 처사가 원망스러웠다. 이럴 줄 알았다면 괜히 행실 나쁜 도로곤의 여동생과 결혼했다는 생각도 들었다.

그러나 섭섭해도 어쩔 수 없었다. 이미 명령은 떨어졌고, 그는 선봉대를 이끌 장군으로서 토성을 함락해야만 할 입장에 있다.

마음 같아선 중원군들의 화살 공세로부터 되도록 멀리 떨어지고 싶었으나 주변의 눈치 때문에라도 그럴 수는 없는 일.

울며 겨자 먹는 심정으로 그저 구타이의 등 뒤에 바짝 붙어 악착같이 목숨을 보존하는 데 온 신경을 세울 뿐이었다.

그들의 좌우로 독두귀마 골회와 사천변태 육갑해가 장비를 몰아 가며 달리고 있다. 골회와 육갑해는 비록 사파인이긴 해도 무림인답게 평상복 차림으로 전투에 참여했고, 성루에서 퍼붓는 화살 따윈 가볍게 막아내며 계속 전진하고 있었다.

온통 철갑을 뒤집어쓰고 구타이의 옆에서 마지못해 전진하는 비무기와는 너무도 극명히 비교되는 모습이었다.

금마국의 기병들이 토성 밑에 이르자 더욱 치열한 공격과 방어가 시작되었다.

"화살에 불을 붙여라!"

"뜨거운 물을 퍼부어라!"

치열한 접전.

불화살과 돌덩이들이 쏟아졌다.

"으아악!"

"크악!"

사상자가 속출하고 있고 피아(彼我) 간에 무수한 희생자가 속출하기 시작했다.

전진만을 외치며 기병들을 독려하던 구타이가 처음으로 뒤를 돌아보며 소리를 질렀다.

"성루와 성문을 동시에 공격하라!"

포차(抛車)에서 엄청난 돌덩이들이 성루 위로 날아들기 시작했다.

콰아아아! 콰앙!

"으악!"

"크아아악!"

동시에 운제(雲梯:성을 공격할 때 사용하는 높은 사다리)가 동원되고, 끝을 뾰족하게 깎은 엄청난 크기의 나무 기둥이 성문을 향해 움직였다.

콰앙! 콰아아앙!

"놈들이 성문을 부수려 한다! 돌을 굴려라! 뜨거운 기름을 쏟아 부어라!"

좌춘성은 다급한 얼굴로 고함을 쳤다.

쏴아아아!

"으아악!"

콰아앙! 쾅!

"크악! 크아아악!"

아비규환이다.

금마국의 토벌대는 필사적으로 비탈진 성을 오르려 하고, 성루의 중원군들은 돌과 기름을 쏟아 부으며 그들이 올라오지 못하도록 막으려 했다. 그러나 성루의 중원군들은 포차에서 우박처럼 날아드는 무수한 돌덩어리들에 얻어맞거나 깔려죽으며 그 수가 확연히 줄어들고 있었다.

콰앙! 콰아아앙!

성문은 계속 조금씩 부서져 나가고 성루의 수많은 군사들이 떼로 죽어간다.

"빌어먹을! 곧 성문이 부서지게 생겼는데 지원군은 왜 아직도 안 오는 것이냐! 대체 언제 오려고!"

좌춘성으로서는 너무도 힘에 벅찬 전투였다.

성을 지킨다는 것은 도저히 불가능하다는 판단과 함께 그의 얼굴은 점차 깊은 절망감에 사로잡히고 있었다.

*   *   *

하남 전선 중원군 진지.

이곳 역시 급변하는 상황은 마찬가지였다.

작전 회의가 열리는 군막 밖으로 웅성거리는 장수들의 음성이 새어 나왔다.

"무엇이! 적도들이 또다시 몰려왔단 말이냐?"

서문탁은 자신도 모르게 자리에서 벌떡 일어나고 말았다. 침착한 평소 그의 행동에 비춘다면 너무도 뜻밖의 모습이었다. 그만큼 금마국의 재출격은 그에게 상상 이상의 충격이었다.

"그렇습니다, 대장군님. 적도들은 지난번 그들이 진지를 형성했던 그 장소에 다시 군영을 세우기 시작했습니다."

매부리코의 사내.

세작(細作)으로 적진 깊숙이 침투했던 바로 그 사내가 부목을 한 상태로 대답했다.

"아, 아니, 그놈들은 대패를 하고 돌아간 지가 얼마나 됐다고 벌써 또 병력을 이끌고 왔단 말이냐?"

"더욱이 퇴각한 병사들의 상당수를 산서와 산동 쪽으로 지원까지 보냈다는 놈들이 어찌 벌써 이곳에 나타날 수가 있는지 난 도무지 이해가 안 되는구만."

"그때 우리가 너무 호락호락하게 보내줬어. 아주 씨 몰살을 시켜 버렸어야 했는데……."

장수들은 웅성거리며 이번만큼은 두 번 다시 전쟁이란 단어를 꿈조차 꿀 수 없도록 하겠다고 다짐을 하였다.

"허어… 그와 같은 참패를 당하고도, 그리고 병사들을 다른 전선으로 지원을 보내놓고도 여전히 여력이 있다는 것인가?"

서문탁은 그들이 다시 전력을 회복하려면 족히 반년 이상은 걸릴 것이라 예상을 했다. 그러나 뜻밖으로 그들은 지난 전투 이후 정확히 한 달 만에 다시 나타났으니 어찌 당황하지 않을 수 있겠는가?

"적도를 이끄는 총지휘관은 누구인가? 이번에도 타미루인가 하는 그자인가?"

팔짱을 낀 채 무거운 표정으로 앉아 있던 광한이 처음으로 입을 열었다. 매부리코는 고개를 저었다.

"물론 그자도 참여하긴 했습니다만, 지휘는 사공중필인가 하는 그 사람이 하는 것 같았습니다."

"사, 사공중필?"

광한이 경악하며 소리쳤다.

"그렇다면 금마국 군사인 그자가 이번 전투에 직접 참여를 했단 얘기냐?"

"예, 그렇습니다."

매부리코가 머리를 크게 끄덕이자 많은 장수들이 당황하기 시작했다.

"사공중필? 열두 살이란 나이에 역대 최연소로 대과에 장원 급제를 했다는 그 인물이 아닌가?"

"끝을 알 수 없을 정도로 높은 학식은 물론 병법(兵法)에까지 통달했다는 인물이 이번 전투에 적들을 지휘하기 위해 직접 참여를 했다니……. 이, 이런……."

　조금 전까지만 해도 이번만큼은 모든 적도를 몰살시키겠다고 호언
장담을 하던 장수들이다. 그랬던 그들의 얼굴이 너무도 빠르게 어두워
졌다.

　"하하하~ 아무리 똑똑한 인물이라지만 난 별로 달라질 게 없다고
생각하오. 그깟 책이나 읽고 붓이나 굴리던 문사(文士) 녀석이 전투에
영향을 끼쳐 봐야 얼마나 끼치겠소? 내가 보기엔 그리 걱정할 일은 없
을 듯하오."

　문(文)보다는 무(武)를 최우선의 가치로 생각하는 무림인답게 남궁
일도는 호방한 웃음을 터뜨렸다.

　"아미타불… 빈승도 남궁 가주와 생각이 같소. 전쟁은 붓으로 싸우
는 게 아니오. 힘과 힘의 대결이오. 어느 편이 더 강한 힘과 저력을 보
유하고 있느냐에 따라 승부가 가려지게 될 것이고, 결국 승리는 우리가
차지하게 될 것이오. 꼭 그렇게 될 것이외다."

　소림의 계율원주(戒律院主)인 석풍 대사는 젊은 무림의 지도자답게
패기에 찬 음성으로 사람들의 얼굴에 드리운 어두운 그림자를 쓸어냈
다.

　"하하, 옳으신 말씀이오. 전쟁이 붓으로 하는 거였으면 일단 똑똑하
기로 이름난 한림원의 서생(書生)들을 최우선으로 배치해야겠죠."

　"그럼요. 문사 놈들은 주둥아리로만 싸울 줄 알지 기실 전장에 내보
내면 하등 쓸모없는 인간이나 마찬가지지요. 하하하!"

　남궁일도와 석풍 대사로 인해 어두웠던 장내의 분위기는 사라지고
다시 장수들에겐 자신감이 피어올랐다.

　'…….'

그러나 광한의 표정은 여전히 어두웠다.

'사공중필… 그가 직접 적도들을 이끌고 나타나다니……'

*   *   *

콰쩌쩌쩌쩍!

드디어 성문이 부서졌다.

그와 동시에,

"와아아아아!"

토벌대들을 필두로 금마국 병사들이 물밀듯이 몰려들었다.

"선봉은 좌, 우측으로 갈라져라! 기병대는 진격하라! 지금이다! 어서 돌진하라!!"

거기장군 비무기가 목청이 터져 나갈 듯한 큰 소리로 명령을 내렸다.

과연 이것이 비무기의 본모습일까?

투구에 달린 붉은 수실을 흩날리며 성안으로 개미 떼처럼 몰려가는 군사들을 지휘하는 그의 모습은 마치 적벽대전의 주유를 연상케 하는 너무도 늠름한 모습이었다.

이렇듯 멋진 모습으로 군사들을 지휘하는 비무기가 성루에서 중원의 궁사들이 화살을 퍼부을 때 구타이의 등 뒤에 숨어 있었다는 것을 과연 어느 누가 짐작이나 할 수 있을 텐가.

자신이 부각될 수 있을 때만큼은 누구보다도 멋지고 화려하게 군사들을 지휘하겠다는 게 비무기의 각오였다.

차차차창!

"으아악!"

슈콰콰콱!

"크악!"

금마국 기병들이 성안을 휘저으며 장창을 휘둘렀다. 중원의 병사들은 너무도 허망하고 무참하게 그들의 창날 아래 죽어갔다.

좌춘성은 피화살을 뿌리며 바닥에 머리를 처박는 부하들의 모습을 보는 것이 괴롭고 안타까웠지만 이미 끝난 승부였다.

"죽엇!"

적도 한 명이 그를 향해 창을 휘둘렀다.

피하려면 얼마든지 피할 수 있었겠지만 이미 그에겐 항거할 의욕과 의지가 사라졌다.

'이렇게… 끝나는 것인가?'

문득 그의 뇌리에 가족의 얼굴이 떠올랐다.

현숙한 아내, 그리고 시집갈 나이가 됐음에도 불구하고 여전히 애교가 만점인 쌍둥이 딸의 모습이…….

조국을 구하고 가족들 곁으로 돌아가겠다는 그의 결심은 이제 한낱 부질없는 꿈이 되었다는 자괴감 속에서 그는 조용히 눈을 감았다.

약속을 지키지 못한 용서를 가족들에게 빌며…….

그러나,

"으아악!"

좌춘성은 자신의 몸에 전해졌어야 할 화끈한 통증 대신에 처절한 비명 소리를 들었다.

꽈다당탕탕!

이어, 요란하게 나뒹구르는 소리.

"쯧쯧, 아무리 절망적인 상황이라도 끝까지 싸워야지 장군이란 자가 그렇게 허약해서야 되겠소?"

섬광처럼 나타나서 금마국의 기병을 한 방에 때려눕히고 우뚝 서 있는 사내.

앞니가 빠진 얼굴에 너덜거리는 누더기 옷차림의 오십대 중년 사내가 혀를 차며 어느새 그의 앞에 서 있었다.

바로 무천표였다.

"당신은… 누구……."

누구이기에 어째서 자신을 돕느냐고 좌춘성은 물으려 했다. 그러나 굳이 그렇게 질문할 필요가 없게 되었다.

둥둥둥둥……!

"와아아아아!"

전고 소리와 함께 지축을 뒤흔들 것 같은 우렁찬 함성을 지르며 지원군들이 몰려오는 것을 직접 보았기 때문이다.

"진격하라!"

"적도들을 몰살하라!"

갑작스런 지원군의 출현으로 금마국 기병들은 우왕좌왕거리며 당황하기 시작했다.

차차창!

"으아악!"

카카카캉!

"크아악!"

곧 끝날 것 같았던 전투는 지원군의 출현으로 또다시 일대 혼전을 일으키고 있었다.

'쓰가발! 뭐야? 이게…….'

비무기는 끝난 승부가 다시 원점으로 돌아갔다는 것에 울화가 치밀었다. 모든 것을 체념하고 죽음을 기다리던 좌춘성을 어느 거지가 구했다는 것이 더욱 기분을 더럽게 만들었다.

알고 보니 아는 거지였다. 알아도 너무 잘 아는 거지였다. 그리고 그 거지와 시선까지 마주치게 됐다.

"무, 무천표……?"

"호오~ 온몸을 멋진 갑주로 무장한 적장이 누군가 했더니만 비무기, 바로 네놈이었구만!"

한때 개방이란 곳에서 한솥밥을 먹었던 사이이니 어찌 모를 수 있겠는가? 무천표로선 너무도 반가웠지만 안타깝게도 비무기는 벌써부터 식은땀이 흐르기 시작했다.

"그, 그동안… 자, 잘 지냈지?"

"뭐? 잘 지냈냐구?"

너무도 어이없는 질문에 무천표는 기가 막혔다.

차차창!

"으아아악!"

사방에서 더운피가 튀고 쉼없이 단말마의 비명이 이어지고 있는 전장의 한복판에서 서로 적으로 만났다. 그것도 평소 아주 더러운 악감정을 갖고 있는 상태에서.

그런데 비무기는 이 순간 어색한 미소를 흘리며 안부를 묻고 있으니 어찌 황당하지가 않을 텐가?

"미안하게도 더럽게 못 지냈다! 뭣 때문인지 가르쳐 줄까?"

"아, 아냐! 안 가르쳐 줘도… 괜찮아……."

비무기는 곤혹스러운 표정으로 자신이 타고 있는 말과 함께 뒤로 주춤주춤 물러났다.

그 순간, 비무기의 눈에 사천변태 육갑해가 들어왔다. 육갑해는 자신들 쪽을 응시하며 고개를 갸웃거리고 있었다.

"크큭, 그럴 순 없지. 이곳에서 네놈을 만난 것도 다 하늘의 뜻인데, 알려줄 건 알려줘야지."

도르륵… 톡!

무천표는 바닥에 떨어져 있는 어느 이름 모를 병사가 떨군 창 하나를 발끝으로 튀겼다. 창이 그의 손에 움켜쥐어졌다.

"네놈이 뒈졌다는 소식을 아직까지 못 들었거든. 그러니까 이번 기회에 좀 죽어줘라!"

무천표가 지면을 박차고 도약했다.

"아, 안 돼! 육갑해 동지! 동지!"

비무기는 기겁을 하며 육갑해가 있는 곳으로 다급히 말을 몰았다.

"어딜!"

무천표는 도망치는 비무기를 향해 벼락처럼 창을 내리찍었다.

까깡!

그런데 손에 전해지는 예상치 못한 격렬한 울림.

무천표가 내려친 창날 밑에 커다란 기형도(奇形刀)가 나타나 그의 움직임을 가로막았다. 사천변태 육갑해가 난데없이 끼어들었던 것이다.

*　　　　*　　　　*

"뭐가 어째?"

풍류각 지붕 위로 여인의 뾰족한 외침이 터졌다.

"각하가 사라졌다니? 임마! 그게 무슨 뚱딴지 같은 소리야?"

서슬 퍼런 가옥의 음성이었다.

그녀는 무대붕을 위해 정성스럽게 점심상을 마련한 상태다.

더욱이 오늘은 물개의 음경을 건조한 해구신까지 구해 특별 요리까지 했다. 사랑하는 이를 위해 구하기 힘든 해구신으로 정성껏 요리를 했건만 무대붕이 증발했다니…….

가옥에게는 그야말로 마른하늘의 날벼락이었다. 풍류전 전담 청소를 맡고 있던 동팔이는 곤혹스런 표정으로 머리를 긁적거렸다.

"저도 잘 모르겠습니다. 갑자기 밤중에 마구간에서 천비(天飛)를 데려오라고 하시기에 그냥……."

천비란 하루에 천 리 길을 마치 날듯이 달린다는 무대붕의 애마였다.

"그러니까 천비를 타고 이 밤중에 대체 어디로 간 거냐구? 천비까지 끌고 나갈 정도라면 가까운 기루에 가진 않았을 테고…… 혹시 야래향의 기녀들 말고 어디 멀리에 내가 모르는 다른 여자라도 있는 거야?"

일단 가옥의 머리엔 여자 문제가 가장 먼저 떠올랐다. 그게 아니라면 몰래 야반도주를 하듯 사라질 리가 없다는 게 그녀의 생각이었다.

"여깃떳구나. 그렇디 않아도 가옥이 널 탓던 둥이엇는데……."

그 순간, 환규가 혀 짧은 소리를 내며 다가왔다.

"왜?"

가옥이 인상을 쓰며 대수롭지 않게 대답했다. 그녀의 관심은 온통 무대붕의 행방뿐이었다. 그 외의 것은 뭐든지 귀찮고 신경조차 쓰고 싶지 않았다.

"각하가 당분간 가옥이 너더러 각하 권한 대행을 맡으래."

"뭐?"

환규의 입에서 각하라는 단어가 터져 나오자 가옥의 눈이 크게 확대
가 되었다.

〈5권 끝〉